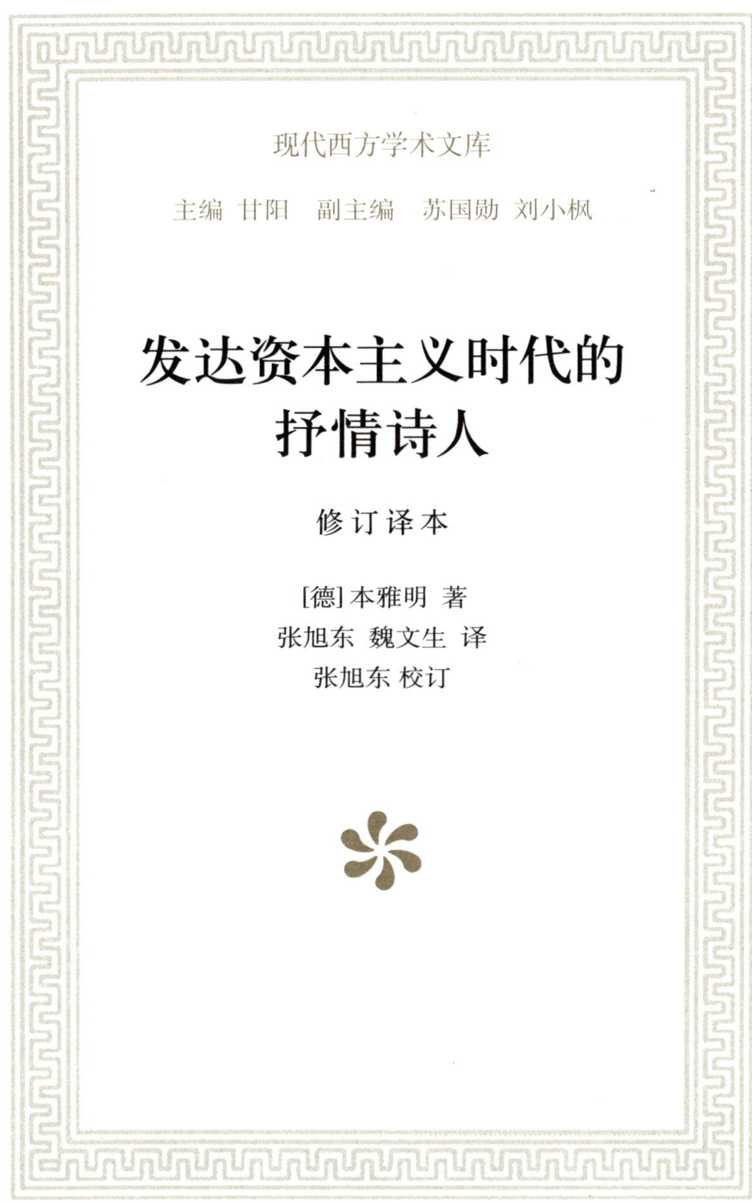

现代西方学术文库

主编 甘阳 副主编 苏国勋 刘小枫

发达资本主义时代的抒情诗人

修订译本

[德] 本雅明 著

张旭东 魏文生 译

张旭东 校订

生活·讀書·新知 三联书店

图书在版编目（CIP）数据

发达资本主义时代的抒情诗人：修订译本 /（德）本雅明著；张旭东，魏文生译．—北京：生活 · 读书 · 新知三联书店，2014.9
（2022.10 重印）
（现代西方学术文库）
ISBN 978－7－108－05095－3

Ⅰ．①发…　Ⅱ．①本…②张…③魏…　Ⅲ．①波德莱尔，C.（1821 ~ 1867）－抒情诗－诗歌研究　Ⅳ．① I565.072

中国版本图书馆 CIP 数据核字（2014）第 166050 号

责任编辑　冯金红
装帧设计　蔡立国
责任印制　董　欢
出版发行　生活·讀書·新知 三联书店
（北京市东城区美术馆东街 22 号 100010）
网　　址　www.sdxjpc.com
经　　销　新华书店
印　　刷　河北鹏润印刷有限公司
版　　次　2014 年 9 月北京第 1 版
2022 年 10 月北京第 3 次印刷
开　　本　880 毫米 ×1230 毫米　1/32　印张 7.75
字　　数　180 千字
印　　数　10,001－13,000 册
定　　价　49.00 元
（印装查询：01064002715；邮购查询：01084010542）

现代西方学术文库

总　　序

近代中国人之迻译西学典籍，如果自1862年京师同文馆设立算起，已逾一百二十余年。其间规模较大者，解放前有商务印书馆、国立编译馆及中华教育文化基金会等的工作，解放后则先有五十年代中拟定的编译出版世界名著十二年规划，至“文革”后而有商务印书馆的“汉译世界学术名著丛书”。所有这些，对于造就中国的现代学术人材、促进中国学术文化乃至中国社会历史的进步，都起了难以估量的作用。

“文化：中国与世界系列丛书”编委会在生活·读书·新知三联书店的支持下，创办“现代西方学术文库”，意在继承前人的工作，扩大文化的积累，使我国学术译著更具规模、更见系统。文库所选，以今已公认的现代名著及影响较广的当世重要著作为主，旨在拓展中国学术思想的资源。

梁启超曾言：“今日之中国欲自强，第一策，当以译书为第一事。”此语今日或仍未过时。但我们深信，随着中国学人对世界学术文化进展的了解日益深入，当代中国学术文化的创造性大发展当不会为期太远了。是所望焉。谨序。

“文化：中国与世界”编委会

1986年6月于北京

目　录

中译本第一版序 本雅明的意义　张旭东 1

再版序 27

第一部　波德莱尔笔下的第二帝国的巴黎 31

一　波希米亚人 33

二　游荡者 58

三　现代主义 91

附录

论唯物主义方法 131

论趣味 134

第二部　论波德莱尔的几个母题.......... 137

第三部　巴黎，19 世纪的都城（随笔集）　189

一　傅立叶与拱门街 191

二　达盖尔与西洋景 195
三　格朗德维埃与世界博览 198
四　路易·菲力浦与内部世界 201
五　波德莱尔与巴黎街道 204
六　奥斯曼与街垒 207

名词与人名注释 211
修订译本后记 242

中译本第一版序

本雅明的意义

张旭东

一

瓦尔特·本雅明[1]的奇特风格也许是他奇特的社会位置和生活方式的再现。应该说，后者不仅提供了风格，而且提供了这种风格赖以形成的实质。他的作品明确无误地说明了这一点。本雅明隐晦的意图是，在寓言的意义上具体地呈现出完整的时代与体验的内在的真实图景，这把他同一种充满活力的思想传统以及那个时代最杰出的心灵联系在一起。在这个意图的活动中，本雅明向人们展示了他的天才。正如他指出在他宠爱的诗人波德莱尔身上融合着一个拉辛和一个法兰西第二帝国新闻记者的风格，这种极不协调的二重性也在他自己身上表现出来：

---

① 瓦尔特·本雅明（1892—1940），德国批评家，文化史家及文艺理论家。生于柏林富裕犹太人家庭，学生时代积极参加激进的文学活动，后转向理论研究。“一次大战”后他在柏林为报章杂志撰稿，并成为法兰克福社会研究所的成员。在此期间与布洛赫、阿多诺，尤其是布莱希特过从甚密。1933 年纳粹上台后避居巴黎，开始了他著名的“19 世纪的巴黎”的研究。1940 年纳粹占领法国，他在逃亡西班牙途中被困自杀。

在他身上，融合了一个马克思和一个“现代诗人”的倾向。这构成他的作品的双重特征，一方面，它带有一个注重普遍性和历史规律的哲学家的思辨力量、分析的技巧以及批判的严厉；另一方面，却带着一个注重个体的内在经验、陷于存在的困扰的现代诗人的敏锐的直觉式的感受、透悟以及想象的热情。这一切在他的理论蕴含极为丰富的叙事性的议论中结合起来；在具体的真的广泛呈露中，思考和诗不分彼此地、自在地贯通为一了。因而本雅明的作品总是极大地超越了论述的问题，并且超越了这种论述本身。这么说并不是要把本雅明形容为一个超验的沉思者，一个形而上学家。恰恰相反，本雅明没有能逃脱时代加于一个具体实在的人——更不用说一个具体的思考者和写作者——身上的种种矛盾和困扰，因而他的思想无不带有鲜明的经验的色彩，充满了体验的震荡，并且在一种逃避与回击的姿态中与时代不可分割地联系在一起。他是从痛苦中收获的思考者，而他的思考所呈现的，正是这种痛苦的现象学。领会这个艰巨的内在转换过程是在他那有时显得非常自我陶醉的唯智论的实证主义思维、那些有如外科医生的手术刀般犀利无情的分析以及乐此不疲的广征博引之外领会他的思想的寓言性质的关键。

在一个社会分工越来越细密的时代（在知识阶层尤其如此）很难想象本雅明这样伟大的游离者。在这方面他有点像维特根斯坦（甚至两人所关切的问题也在一个比喻的意义上极为相似）。但《逻辑哲学论》的作者最终在学院里占据了一个受人尊敬的位置，他的问题也终于被接受并置入一个课题或专业里面（尽管这很可笑）；维特根斯坦生前就赢得了巨大的名声。在他的思想被批准“合法”之后，他的独特之处竟也一道登堂入室，并作为“天才”的印记而被奉为至宝了。本雅明在这个充满了文化的分割和意识形态的壁垒的社会里没有这么走运，他的主要著作都是作为“遗著”出版的，他的思想在最亲密的人中间有时也不被接受，① 而他声名鹊起更是近十来年的事情。虽然这是些表面现象，但多少涉及他们两人根本上的不同。

本雅明对时代以及人在这个时代的处境的洞察，以及他的思想方式和表达方式的独特超出了同时代人的理解力，更确切地说，超出了那个时代的意识形态的承受力。他乐于把写作看成是一种生产，而把整个文化活动领域比作一个市场。在这个市场里，本雅明与他笔下的波德莱尔和卡夫卡一样占据着一个很糟的位置。这并不奇怪，因为本雅明的产品对整个市场的交易法则无疑是颠覆性的，它披露了那种操纵交易的人们力图遮掩起来的图景。因而本雅明不得不过着一种波希米亚人式的不安定的生活。但这种境遇却正与本雅明的思维套路相辅相成。首先，它把他从专门化的思想分工中强迫性地排斥出来，暴露在广阔而真实的现实面前。本雅明的不合规范、难以界定是无以复加的。他是波德莱尔和普鲁斯特的德文译者，但他未曾以翻译家自居；他的博士论文《德国古典悲剧的起源》深入探讨了巴洛克时期的德国文化，“19 世纪的巴黎”系列研究也带有文化史的色彩，但他无疑不是史学家；他的强烈的诗人气质和

① 只有布莱希特例外，他无保留地称赞本雅明（虽然有时，当涉及一些具体的艺术理论问题时，他提醒人们注意本雅明“过于精明的唯智论”的一面和一些神秘主义的倾向）。他称本雅明为“本世纪最伟大的文学心灵之一”。当得到本雅明的死讯时他说：“这是希特勒给德国文学带来的第一个真正的损失。”两人的友谊是批评家与作家之间曾经有过的最动人的例子。布莱希特的戏剧手法与本雅明的艺术生产形式以及艺术与政治的关系的看法互为印证，有力地促进了本雅明的思想。

作家式的观察和表述方式，造就了他的内在经验世界，而他毕生的努力之一是像普鲁斯特那样把握住自己的经验；他写了一些散文作品，但从未在更有力的叙事文体中将它们表现出来；奇怪的是，他宣称自己的“最大野心”是“用引文构成一部伟大著作”。他基本上是个批评家，他一生都评论在世的或已故的作家的作品，但如果把他定义为“批评家”，就像把卡夫卡定义为“小说家”一样，难以尽意，而且容易误解。他最接近于一个哲学家，他一生追踪的问题最终只能说是哲学问题，而且他对思考本身的关注，对语言和媒介的关注，最终，对理性和理性之外的强大因素的关注和内行的把握只能出自哲学的训练。但他的行文只消一眼就可以看出与一般的哲学文本相去多远；事实上，本雅明也从未把自己作为一个哲学家，他太醉心于自己的写作方式了，他对“现象”（而非抽象概念）的嗜爱使他更倾向于以一种诗的方式从无论多么细小易逝的具体事物中捕获思想的战利品——他最终也不是一个哲学家。

本雅明似乎只能用他自己挑选出来的，并以自己的一生和充满洞见的阐发赋予了深长意味的一个名词来定义。这个词便是 homme de lettre——文人。这个“文人”在他文章的字里行间出没，就像“人群”、“大众”在波德莱尔的诗里暗藏。

二

在《波德莱尔与19世纪的巴黎》中，本雅明用他特有的飘忽不定的线条勾勒了“文人”的轮廓。他首先在密谋者策划起义的烟雾弥漫的小酒馆里发现了文人，他把他们一同归入了“波希米亚人”一类：他们生活动荡不定，由偶然事件所支配，毫无规律可言，他们是“种种可疑的人”。那些让波德莱尔着迷的密谋家在马克思看来无异于一群“革命的炼金术士”，他们无条件地发动起义，把革命变成一种“即兴诗”。波德莱尔与他们的真正的关联也许并不在于他也加入了他们的活动。本雅明把波德莱尔视为一个“同语言一道密谋策划的人，他在诗行里调遣词句，计算它们的功效，像密谋者在城市地图前分派暴动的人手”。[①] 本雅明进而把波德莱尔的朝三暮四的艺术宣言同密谋者突然的举动以及第二帝国令人猝不及防的政令联系起来。这种逃脱与落网无疑是文人的实际处境。波德莱尔高出同代作家的地方则在于，他今天高喊“为艺术而艺术”，明天已一变而成“艺术与功利不可分割”的鼓吹者，但这时他并非成为时尚的风标，而是借此在宣告自己作为文人的自由——一种姿态。的确，文人与“波希米亚人”、与那种流浪汉一样享有一种自由，但这却是一种失去任何生存空间的自由，一种被抛弃的自由。本雅明向我们暗示，这便是摆脱作为一件商品，一个符号的存在所需付出的代价。

文人随着“波希米亚流浪汉”进入了“游荡者”的行列（这个形象的重要性我们在后面还要谈到），他们是大城市的产儿。在拥挤不堪的人流中漫步，“张望”决定了他们的整个思维方式和意识形态。文人正是在这种漫步中“展开了他同城市和他人的全部的关系”。文人的漫步在两种意义上成为他的工作，其一，他只有在这种漫步中，在与他人的关系中才有事可做，才能找到他自己的下一个题目；其二，这种漫步也展示了作为他工作的一部分的

① 参看瓦尔特·本雅明：《夏尔·波德莱尔》，1983 年英文版，以下不注书名页码的引文皆引自本书。

闲暇，本雅明尖刻地加上一句：“仿佛他已从马克思那里弄懂了产品的价值由制造它的社会必要劳动时间决定。”这样，文人通过展示闲暇而使得自己的劳动力价值“大得惊人”。“游荡者”同完全被机械化了的芸芸看客不同，他“需要一个回身的余地”。本雅明在这个时候又一次给了文人一个机会。他说，“大城市并不在那些由它造就的人群中的人身上得到表现，相反，却是在那些穿过城市，迷失在自己的思绪中的人那里被揭示出来。”于是，本雅明把那些“被剥夺了生长的环境”的文人置入到一种思想的气氛中去了。他把狄更斯也归入到这种在城市中飘泊、沉溺于思想的人们中，切斯特顿的话得到他的激赏。“当他（狄更斯）做完苦工，他没有别的地方可去，只有流浪，他走过了大半个伦敦。他是个沉湎于幻想的孩子，总想着自己那沉闷的前程。……他在黑夜里从霍尔登的街灯下走过，在十字路口被钉上了十字架……他去那儿不是要去‘观察’什么——一种自命不凡的习惯；他并没有注视着十字路口以完善自己的心灵或利用数霍尔登的街灯来练习算术……狄更斯没有把这些地方印在他的心上，然而他把心印在了这些地方。”

使本雅明如此感动并以难得的慷慨在自己的行文中让出一块地盘的东西，也许是触动他对文人的意识——带着强烈的自我意识色彩——的话语。文人的流浪为他提供了工作和休息，更重要的是，为他提供了自我意识，这成为他生命的最高意义。然而即便是那种独立出来的沉思默想也带着迷茫的痛苦。这一切把他从意识的日常世界里牵引出来，使他像一个幽灵那样从他熟悉的地方掠过。但在飘流中，从意识里摒除出去的东西却必然以更不可抵御的力量在潜意识里向他呈现出来，将他覆盖，将他淹没，像那些飘荡的灵魂，把自己留在了它想飘荡而过的地方。

本雅明知道这种无奈的境况，他随即把体验的同情收了起来，冷漠地注视着他的同类走进了市场。这代表了本雅明的风格：在他隐藏起他的自身体验，并把它转化为一种唯智的抽象分析时，他的抽象理论却成为他的自我体验的一种奇特的象征。这种象征甚至比他的诗意的热情更具有摄人的魅力。

资产阶级的市场文化决定了文人的方式，他也是一个出卖劳动力换取报酬的人。本雅明把街头小报和专栏文章作为这种文化的先驱。随着报纸订金下降，广告增加，它必须以日新月异的面貌吸引各种各样的读者，各种各样新奇的专栏必须每天填满，这样“美文”以及“连载小说”应运而生。甚至连批评文章在很长一段时间里也只是作为报纸的一个栏目被人阅读的。急迫的需求和巨额的收益两者一同造就了文人的地位，也就是说，文人通过报刊专栏在资本主义市场里占据了一席之地，从而在社会生活中占据了一个位置。他的订货性质和他的产品的内在规律已暗示了他同这个时代的关系，这个关系在他与他人，他与作为同行和顾客的大众的关系中展现出来。用本雅明的话说，文人依赖这种关系一如“娼妓依赖乔装打扮”。他们的节奏不妨说是合同的改头换面，这个节奏必然是支配整个社会生产和社会生活的节奏，它同隐隐传来的传送带的节奏同步，而资产阶级新闻出版界的天才们“早在机械应用之前就已在咖啡馆里熟悉了这种节奏”。

在一个隐喻中，本雅明把成功的作家与不成功的作家之间的差别视作熟练工人和非熟练工人之间的差别——一种训练的差别。至此，作为一个雇佣劳动者的艺术家和作为一种商品的艺术品的面貌已暴露无遗。然而本雅明讽喻式的思想的真实意图或许恰恰在反面。他在一次又一次把作为类的文人放进暴露性的语境时，却一次又一次地把他作为个别的精神从不那么诗意的背景中突出出来。不能不说本雅明的全部同情落在了他们身上。他怀着忧虑的震惊深切地注视着他的同类在大城市喧嚣的街道上行走，在摩肩接踵的人流里被人推搡着；疾速的交通使他陷入惊慌，穷于应付扼杀了他的沉思；商品的诱惑以及“集商品和售货员为一身”的性诱惑让他神不守舍；而对这一切漠然置之则不啻是淹没在规范化了的大众之中，把自己“交了出去”。本雅明的注视像舞台上的聚光灯一样使波德莱尔的形象从人群中分离了出来：“那一片骚动的人群像一个孤独的灵魂的光辉，那曾让游手好闲者们眼花缭乱的闪亮，对他显得昏暗了。他为了在自己身上打下人群的鄙陋的印记而过着那样一种日子，但在那些日子里，甚至连被遗弃的女人和流浪汉都在鼓吹井井有条的生活，谴责自由派并反对除金钱以外的任何东西。在被这些最后的同盟者出卖之后，波德莱尔便向大众开火了——带着那种人同风雨搏斗时的徒然的狂怒。这便是体验的本质；为此，波德莱尔付出了他的全部的经验。”

本雅明称赞波德莱尔一心一意地致力于自己的使命，用自己全部的经验去换取诗的体验的勇气。本雅明醉心于这种悲剧意味，而他的思想毋宁说是为这种悲剧意味提供了一种理论阐述。在他看来，诗人明白在现时代“感情”的价格。他同波德莱尔一样，把一种毁灭性的体验作为语言的内蕴，把一个要将他们的过去和现在碾得粉碎的时代作为思考的主题；在这种交换中，个人的世界——即那种“气息的光晕”在一个接一个的震惊中消散了。对此，我们倒不如说，他们自己去面临震惊，他们“赞成它的消散”，为此他们无不付出了高昂的代价。但是，像本雅明所说，“这是他的诗的法则”。因而本雅明最终给了波德莱尔这样一个定论：

“他的诗在第二帝国的天空闪耀，像一颗没有氛围的星星。”

“没有氛围的星星”这个从尼采那里借来的意象表明，他同波德莱尔一样把诗人从地面抬升到空中，尽管他同波德莱尔一样看到了诗人从半空中跌落下来。[①] 这颗星是诗人在马路上丢失了他的神圣光环[②]之后本雅明给予他的补偿。

这里，海德格尔的形而上学语言或许比本雅明的寓言语言更直截了当。他称诗人是在世界的黑夜更深地潜入存在的命运的人，是一个更大的冒险者；他用自己的冒险探入存在的深渊，并用歌声把它敞露在灵魂世界的言谈之中。[③]

三

本雅明通过波德莱尔看到“大众”最终只是诗人敌意的同盟，一如诗人不折不扣地是它的异己的同谋。但诗人的意义却往往在他的积极的独特的一方面。本雅明把这种积极意味同一个令人意想不到的形象联系到一起。“拾垃圾者”，作为诗人形象的隐喻，在更广的意义上作为文人的形象的隐喻，无疑是通向本雅明的中心形象的一个过渡。

本雅明从波德莱尔的散文中发现了“拾垃圾者”形象，并把它剪贴下来：“……他在大都会聚敛每日的垃圾，任何被这个

---

① 参看波德莱尔：《信天翁》和《伊卡洛斯的悲叹》，见《恶之花》。

② 参看波德莱尔：《光环丢了》，见《巴黎的忧郁》。

③ 参看海德格尔：《诗人何为》，见《林中路》。

大城市扔掉、丢失、被它鄙弃、被它踩在脚下碾碎的东西，他都分门别类地搜集起来。他仔细地审查纵欲的编年史，挥霍的日积月累。他把东西分类挑拣出来，加以精明的取舍；他聚敛着，像个守财奴看护他的财宝……”本雅明一眼便在这个形象里认出了文人，“他们都或多或少地过着一种朝不保夕的生活，处在一种反抗社会的低贱地位上。”更进一步，他看出了波德莱尔的意图——把拾垃圾者的活动视为诗人的活动的夸张的隐喻。本雅明是这样说明的：“两者都是在城市居民酣沉睡乡时孤寂地操着自己的行当；甚至两者的姿态都是一样的。……诗人为寻觅诗的战利品而漫游城市的步子也必然是拾垃圾者在他的小路上不时停下捡起碰到的破烂儿的步子。”本雅明甚至还指出了拾垃圾者的革命性：“在适当的时候，拾垃圾的人会同情那些动摇着这个社会的根基的人们。”在他们自己的梦里，拾垃圾者是起义者的同志。

这种典型的本雅明式的隐喻形象如与作者自身的形象联系起来就不那么费解了。本雅明始终把自己的存在放在他的一切象征的起点上，这也许是杰姆逊称他为一个“奇特的现代主义者”① 的原因。

本雅明的自我形象只有在一个地方是确定的，他一生都是一个“收藏者”，从书籍到只言片语，都是他收藏的对象。早在写《德国古典悲剧的起源》时，他就感到“拥有一个图书室的内在需要”。② 在靠微薄的薪俸度日的许多年里，他一直不断地

---

① 弗雷德里克·杰姆逊：《马克思主义与形式——20 世纪辩证文学理论》，1973 年英文版，第 61 页。

② 本雅明：《打开我的图书馆》，见《启迪》，1964 年英文版。

购买图书，扩充自己的图书馆，甚至不惜为此变卖家产。在他的收藏里有卡夫卡全集的第一个版本，也有许多本雅明所憎恶的作家的著作，还包括大量的看上去不那么重要的文字记载，社会学的，历史的，建筑的，回忆录，书信集甚至儿童读物。读者可以从他研究波德莱尔和19世纪的巴黎的著作里发现引文的丰富多彩。本雅明一生都处在经济拮据的境况里，为了这个奢侈的嗜好，他甚至一度在父亲的怂恿下打算去一家旧书店合股经营。这是本雅明一生中惟一一次考虑找个有收益的工作。自然，这个打算什么结果也没有，他一直卖文为生。

本雅明一生动荡，然而无论是寄居在父母的房子里还是在巴黎草草安身，他始终和他的图书馆在一起，他的“收藏”也从未停止过。这种“昂贵的热情”同本雅明的思想有着密切的联系。在“收藏者”形象里，我们得以透悟本雅明思想深处的蕴含。

“在最高的意义上说，收藏者的态度是一种继承人的态度。”① 在这种收藏中，灵魂徜徉在过去的精神财富的丰富之中，这个过去是他生存的土壤。像一个在商品世界中漫步的游手好闲者，收藏者在这里得到一种闲暇的满足。本雅明接着说道：“同对象建立最深刻的联系的方式就是拥有这个对象。”但这个“拥有”绝非私有制意义上的占有，“收藏者”并不像资产阶级收藏家那样把一件物品打上私有的记号，或像购买会升值的股票那样把收藏品当作一种会带来利润的东西。相反，他把它们收集起来，置于自己的关怀之下，从而把它们永远从市场上分离了出来，恢复了它们自身的尊严和价值。本雅明自己宣布了这种“收藏”的政治意义；收集者要提供给人的“不仅仅是他

① 本雅明：《打开我的图书馆》，作品已引。

们在日常世界所必需的东西，而且还是那种从实用性的单调乏味的苦役中解放出来的东西”。①

在更深一层上，“收藏”是现代世界的生存者的抗争和慰藉。本雅明在“巴黎研究”中继“震惊”之后提出了“内在世界”或“室内”的概念。在本雅明看来，由于资本主义的高度发展，城市生活的整一化以及机械复制对人的感觉、记忆和下意识的侵占和控制，人为了保持住一点点自我的经验内容，不得不日益从“公共”场所缩回到室内，把“外部世界”还原为“内部世界”。在居室里，一花一木，装饰收藏无不是这种“内在”愿望的表达。人的灵魂只有在这片由自己布置起来、带着手的印记、充满了气息的回味的空间才能得到宁静，并保持住一个自我的形象。可以说，居室是失去的世界的小小补偿。文人的图书馆无疑是这个“居室”的特殊化，在传统和充满先辈的气息和注目的事物中，他感到与那个精神的整体同在。在存在的意味上，收藏对于收藏者是一种构筑——构筑一道界限，把自己同虚无和混乱隔开，把自己在回忆的碎片中重建起来。

在这个意义上，图书馆成为本雅明以“过去”拒绝“现在”的壁垒。但如果我们的分析只停留在这个层次上便从根本上误解了本雅明，因为“收藏者不仅梦想一个遥远的桃花源，同时还梦想一个更好的境地”，② 是要把物从“实用性的单调乏味的苦役中解放出来”。这种解放与其说是政治的，不如说是哲学的，它意味着打碎加于思考的传统的权威，抹去分类的标记，揭开意识形态的蒙蔽——一种认识论的颠覆。本雅明在他的图

---

① 本雅明：《文集》，德文版，第一卷，第416页。

② 同上。

书馆里进行着一场革命，他是个退居书房的革命家。他的收藏作为一种思想的战略行动更具有重大的美学意义，而其实质是语言意义上的革命。

本雅明给予那些书籍以极大的自由，当人问他读了多少藏书，他说："不到十分之一。"他随即反问道："难道你每天都用你的塞弗勒瓷器吗？"① 在这个自由的空间里，存在物自在而自为地存在着，从而以美的形态呈露出自己。本雅明常常不无得意地宣称他从来不把书分门别类、按部就班地放置，而是"杂乱无章地、随意地一放"，他常常劝别人千万不要把图书归类。那种随意的放置给本雅明带来了极大的乐趣。这里，毕加索的习惯与本雅明的态度相呼应。R.潘罗斯在描述毕加索的房间时写道："事实上，对毕加索来说，房间里的杂乱无章比清洁整齐、样样有条不紊更有助于培养思想。"一次作者在毕加索屋里看到壁炉上一幅很大的雷诺阿的作品已经卷曲，这时毕加索说道："还是这个样子好。你要糟蹋一幅画，只须把它很好地挂在钉子上就行了，因为那样不久你就看不到绘画，只看到个画框。只有把它放在不适当的地方，才能更好地欣赏它。"②

使事物从一个实用计划中摆脱出来，恢复其原有的初始性、独特性，并把这种新鲜直接带入思想的行文中是本雅明在作品里处心积虑要达到的效果。在这个过程中，事物、现象和语言的片断被一个活跃的思维中心从它们原先的坐落中吸引出来聚合在一起，因而产生了极大的揭示性力量。本雅明声称他的摘引"像路边的武装强盗，发动一场攻击，解放了被定罪的

---

① 参看《启迪》英文版序言，阿伦特著。

② 参看R.潘罗斯：《毕加索——生平与创作》，1986年中译本，第74—75页。

懒散者”。[1] 事物的事实性从一种囚禁中获得了解放，存在的本真在新的语言中向人们涌现出来。这正是现代语言哲学的——无论维特根斯坦式的还是海德格尔式的——意图。

本雅明的引文宣布了旧的真理体系和文化的统一性的解体。而这种传统的权威长期以来一直无视事物和现象的内在的生命力，把它粗暴地置于一个“更大，更重要”的实体之中。本雅明揭穿了这种文化的“黑格尔主义”的欺骗性，在他看来，只有在这些引文的摧毁性力量中存留着“使这个时代的事物得以幸存的惟一希望”。[2] 这种幸存的方式，在本雅明看来，就像珊瑚形成的方式，是远古生命的遗骸；又像珍珠产生的方式，是生命内在的孕育。本雅明带着这幅图景捕捉他的时代中富于生命的片断。正是在这个意义上，他把自己“最大的野心”宣布为“用摘引构成一部伟大的书”；也正是在这个意义上，他与他的时代不可分割地结合在一起。

四

卡夫卡日记里的一段话可以作为“现代人”——在此指的是那些内心存有诗意但却被时代抛在后面的现代人的悲剧纪念碑上的铭文：

“无论什么人，只要你在活着的时候应付不了生活，就应该用一只手挡开点笼罩着你的命运的绝望……但同时，你可以用另一只手草草记下你在废墟中看到的一切，因为你和别人看到

① 本雅明：《文集》，德文版，第一卷，第571页。

② 同上书，第142—143页。

的不同，而且更多；总之，你在自己的有生之年就已经死了，但你却是真正的获救者。”①

本雅明在卡夫卡身上找到了与自己最为贴近的人格，这并非偶然。偶然的是他的这种人格因素在意识中与辩证唯物主义结合到一起了。萨特曾很聪明地指出，唯物主义只是那些羞于唯心主义的人的唯心主义，这无论怎样都可以很恰当地用在本雅明身上。在本雅明的行文中，唯物辩证法被生存体验和诗人式的感性直觉冲淡，成为一种大范围的跳跃的真实洞察和一种形象的神话，毋宁说，前者是后者的一种显影方式。但我们也不应低估唯物主义，尤其是唯物史观对本雅明思想的深刻影响，它使本雅明着眼于现实的变化和发展，从而以一种形式（生产方式意义上的形式）的乐观主义姿态面对现代的混乱和绝望。他下面的一段话如果不从这种二重性来考虑，简直是卡夫卡的回声：

“就像一个人爬到沉船的顶端随着船骸漂流，他在那里有一个机会发出求救的信号。”②

这使我们想起作为收藏者的本雅明，在“传统”沉没之后，本雅明便是在它的碎片上漂流，并不断地发出信号，以使自己可能在无意义的虚无中得救。本雅明还不能使自己同这一切分开，因为他终究不属于另一个阶级，尽管他的思想强烈地倾向于这种属于未来的力量。他的思想，推而广之，他所属的这类人的思想并不直接地建立在现实状况之上，并不直接地由经济地位和社会关系所决定，而是经过一个个体存在意识的中间层。

① 卡夫卡：《日记》（1921年10月19日）。

② 瓦尔特·本雅明：《书信》，“致舒勒姆，1931年4月17日”。

在经过这个中间层时，并且就在这个中间层中，个体精神范畴里的上层建筑找到了自己的更为直接的基础。这个“亚基础”构成他们的思想意识和语言作品的世界同现实世界之间的反映或再现关系的折射层。在本雅明，它成为他的思维的跳板，而在他的隐喻中被省略掉的辩证的媒介无一例外地可以在这个层次上找到它们的相等的转换。可以说，这个基础也是本雅明的寓言的基础，而我们也必须在这个基础上理解本雅明式的马克思主义。

本雅明天生是个作家，然而最终只是个不怎么成功的作家。那种作家的阴影时刻影响着他的内在经验的构成方式；这种内在召唤被滞留在一种散文的水平上，同他的知识和思想结合起来，从而与一种传统的重负结合起来。本雅明最终选择了这种方式，这无论如何不是屈从。他的困于表达的内心找到了一种寓言方式，并且在一个全新的领域将它建立起来。本雅明的批评意识证明了他的远见。在他的批评中，对象通过一种寓言作用直接地达到概念的高度，同时其方式又把这种概念非概念化为一种寓说。这样，实际事物的具体性的多层次的、难以归纳的意义，连同它们自身固有的异质性和相互间的强烈对比以一种无可回避的姿态呈现在意识面前。布莱希特称这种方式——本雅明的方式——为“残酷的思考”，在这种方式里，我们无疑可以看到马克思的影子。

本雅明的风格是一种战略意图。有意思的是，他首先而且最终把这种寓意的丰富性赋予了一个关键的概念：形式。本雅明把形式寓意化，从而从中分离出语言学意义上的形式，生产方式意义上的形式和“生活形式”（不妨借用维特根斯坦的词汇）意义上的形式，而这种分离不是绝对的分隔，而是一种边界模糊的分层。本雅明在通过寓意把它“分层”之后，又以隐喻把各层次联系起来。这样，他便在一种语言风格里融合了现代主义和马克思主义的问题。可以说，这个“形式”的寓意，或者说是寓意化了的“形式”是本雅明的诸多意象的原型，它在许多形象和场面中实现了自己。我们至此已接触到问题的核心。

在进入这个核心范围之前，我们还必须考察一下本雅明的隐喻方法。寓言与隐喻无疑是本雅明风格的两个方面。如果说寓言是本雅明风格的心理学，那么隐喻便是它的语言学。两者是相辅相成的：在赋予对象一种寓意时，不可避免地带有隐喻的色彩。可以说，隐喻是寓言得以形成的材料，又是寓意层次之间的联系的媒介，因此，隐喻还是领悟本雅明的寓言的一把钥匙。在《波德莱尔与19世纪的巴黎》里，本雅明展示了这种方法的力量。他毫无过渡地以一种叙事的一致性描述了一个又一个形象：流浪汉、密谋家、路易·波拿巴及其走狗、诗人、拾垃圾的、醉汉、妓女、人群、大众、商品、拱廊街、林荫大道……这时，他的主题却已在寓意的高度上清晰地呈现出来，这些隐喻形象在由自己构成的总体里完全敞开了，像同一光源形成的多重叠影，极大地扩展了思想的疆域，在一种思考的畅通中把差异的事物结合起来。在此，隐喻成为事物之间的真正的关系。

隐喻的基础首先是一种语言上的张力的可能性，而这种张力只能以精神的力量加以解释。因而，词与词之间的紧张关系是精神与物的紧张关系的再现。这把我们的讨论引向问题的本质。在事物与精神之间，本雅明并没有采取调和的方针。在他看来，那种调和的瞬间的诗意并不足以弥合现代世界的巨大裂隙。也许是这个原因使本雅明没有在象征的水平上停步。在他看来，寓言是我们自己在这个时代所拥有的特权，它意味着在这个世界上把握自身的体验并将它成形，意味着把握广阔的真实图景，并持续不断地猜解存在的意义之谜，最终在一个虚构的结构里重建人的自我形象，恢复异质的、被隔绝的事物之间的联系。

本雅明反对形而上学，但并不反对整体论；反对简单的决定论，但不否认有一种决定性的支配因素。他的思想是一种多元的思想，他的整体毋宁说是个体的纷呈迭现，是同一性与异质性的并存。在辩证传统中，本雅明无疑是个奇特的例子，他与马克思的联系与其说是经由黑格尔，不如说是经由歌德，[①] 他的整体与其说是一幅世界图景，不如说是事物的关系网络，他的世界与维特根斯坦的“世界”最为相近，他的隐喻关系的形态也与维特根斯坦的“家族相似”不谋而合。他的批评概念来自康德，但他的批评技巧却与当代结构主义遥相呼应；两者都以一种差异的区分把事物（或词）从原有的一致性中剥离出来，把它从一种自我中心的状态移植到语境的边缘，使之在延宕中消解；两者都以一种踪迹的网络取代因果关系的整体；最终，两者都不屑于抽象概念的建筑学，而醉心于具体的战术，仿佛他们并不是高深莫测的哲学家，而是身怀绝技的手艺人。

但本雅明坚持“文人”的立场，这是他的整体观的内在组成部分。这使他避免了成为一个专门家，更不用说成为一个形式主义者。他在思考的领域像一个诗人那样走在现实的深处和

---

① 诗人歌德比任何思想家——也许除了马克思——都更深刻地影响了本雅明。本雅明的第一篇批评文章就是论歌德的《亲和力》。本雅明直接从歌德那里继承的传统与盛行的黑格尔主义截然不同，这种传统强调以个别对象的自身的力量来展现精神的普遍性。

时代的前头，他命定似的处在马克思主义与现代主义的交叉点上，这两者在他的心灵上留下了深深的印记。然而他像一个受惊的诗人一样，在殊死的逃避与追寻中指明了这个时代的深层机制，并在拼命维持住自我世界的时候，将体验的本质如此高明地描绘了出来。

五

本雅明同波德莱尔一样，“在这个时代里找不到什么他喜欢的事情”，从而，本雅明对这个时代最具特征的事物的反复的不厌其详的描述就必须从相反的方向来理解了。

机器。把机器作为文明的象征不是本雅明的首创，但他对机器的描述却无疑是一个首创：“19 世纪中叶钟表的发明所带来的许多革新只有一个共同点：手的突然一动就能引起一系列运动。这种变化在许多领域里出现。其中之一是电话，抓起听筒的动作代替了老式摇曲柄的笨拙动作。在不计其数的拨、插、按以及诸如此类的动作中，按快门的结果最了不得。如今，用手指触一下快门就使人能够不受时间限制地把一个事件固定下来。照相机赋予瞬间一种追忆的震惊。这类触觉经验同视觉经验联合在一起，就像报纸的广告版或大城市交通给人的感觉一样。在这来往的车辆行人中穿行把个体卷进了一系列惊恐与碰撞。在危险的穿行里，神经紧张的刺激疾速地、接二连三地通过体内，就像电池里的能量。波德莱尔说一个人扎进大众中就像扎进蓄电池里一样。”……他称这种人为“一个装备着意识的万花筒”。

本雅明随即把这个画面化入工厂流水线的场面：“在用机器工作的时候，工人们学会了调整自己的运动，以便同一种自动化的统一性和不停歇的运动保持一致。”马克思对此说道：“……不是工人使用劳动工具，而是劳动工具使用工人。”

流水线上的节奏成为整个社会生活的节奏。它在大街和大众中得到了应和。本雅明借坡的小说向我们呈现出那种行为和打扮的一致性，那些“面带微笑的一类”下面的机械操纵，这种机械操纵最终使人只剩下了“反射行为”。

本雅明把报纸也列为使经验陷于无能的证据。“如果报纸的意图是使读者把它提供的信息吸收为自身经验的一部分，那么它是达不到目的的。但它的意图却恰恰相反，并且这个意图实现了，它便是：把发生的事情从能够影响读者经验的范围里分离出来并孤立起来。新闻报道的原则——新闻要新鲜、简洁、易懂，还有最重要的，排除单个新闻条目之间的联系——对这个意图做出的贡献绝不亚于编排版面所做的贡献。卡尔·克劳斯总是不厌其烦地向人们表明报纸的语言习惯能使读者的想象瘫痪到何等严重的程度。”

机械给本雅明的震动在本雅明对机械的关注中表现为两种方式：美学的与心理学的，但首先是心理学的。对于本雅明来说，机械以它轰然的节奏打破了个体生活的整体，一如它侵损了自然的整体。在机械面前，人要么通过接受机械训练而变得合乎规范，要么毫无防备地陷入震惊。在此，经验与体验、意识与无意识明确地分离开来，这种分离无疑是现代主义的专利。而“震惊”则当之无愧地是本雅明的第一主题。

在弗洛伊德看来，意识的功能是防备外界能量的突然刺激。这种过度的刺激往往是在对焦虑缺乏防备的情况下造成心理伤害的原因。因而，意识储备起自身的能量来抵御这种刺激，它必须尽快地把意识以及尚未进入意识（潜意识）的材料登记注册。普鲁斯特认为，意识通过为理性服务的“意愿的记忆”来对个体的存货加以清点。通过这样一种清点，个体便在某种意义上“经历”过了某个事件。但这种“在清醒的意识上发展起来的训练”（弗洛伊德）的结果却是：“它使大脑皮层的某个部位如此经常地受到刺激的打击，以至于它提供了接受刺激的最好条件。”——在缓冲刺激的同时，意识已越来越被毁坏，越来越不中用，以致越来越成为敌意的外界的帮凶了。机械技术——新闻报道、照相等对人实施的日复一日的刺激已成为一种持久而固定的训练，它们直接诉诸感官，从而把个人从传统和经验的世界里分离出来、孤立起来——孤独的人群。因而“意愿的记忆”并不能帮助人们重建自我形象，把体验同自我的经验世界联系起来，在“成为有意识的过程中”，“过去一点痕迹也留不下来”，这是“意愿记忆”的规律。这样，普鲁斯特便把“非意愿记忆”作为与之对立的因素引入意识与潜意识的对立之中。在他看来，潜意识的内容是“非意愿记忆”的材料，比如在一种气息带来的感受中，过去的时光浮现在人的面前。普鲁斯特的所有作品，从《过去的韶光重现》到《消逝的阿尔贝蒂娜》，更不用说《追忆似水年华》，都可视为把握这种气息般的“非意愿记忆”的努力。本雅明则把普鲁斯特的写作理解为“在当今的条件下综合地写出经验的尝试”。本雅明强调这种努力的艰巨性，因为如今“用经验的方式已越来越无法同化周围世界的材料了”。技术手段不断扩大意愿记忆的领域，在技术对自然（同时也是对潜意识）的侵犯中，人只有在“形象后”才能找到一种真实内容，用柏格森的话说，使是一个“补偿性的自然”。但在积极的意义上，它却是重建自我形象的源泉。本雅明以一种深刻的同情领悟了普鲁斯特的劳动的意义，在他来说，能否把握住过去的事情，把握住一个活的自我形象是能否在这个时代有意义地生存的关键。本雅明在自己的作品《1900年的一个柏林孩子》中同样是在召唤旧日的灵晕。①

震惊的体验作为潜意识的内容通过“非意愿记忆”被赋予了一种诗的结构，这种震惊便成为震惊的形象。本雅明把“震惊”看作决定波德莱尔人格的决定性因素，同时也把它看作波德莱尔的诗的法则。在本雅明看来，正是“震惊”以及诗人试图躲避震惊的种种念头被诗人重造成诗的“虚张声势的攻击”。通过潜意识的桥梁，拥挤的人群、起义者、致人死命的交通、性的诱惑、商品的移情、机械生产的节奏等等这一切进入到诗里；正是通过这种体验的再现，本雅明把“抒情诗人”同“发达资本主义时代”联系在一起。

本雅明至此完成了一个历史性的战略合围：他把文学文本或艺术作品与意识形态的关系，意识形态与生产方式的关系，意识与潜意识的关系在一种隐喻的意味上联结起来，使之在一种寓言的意味上向现实世界大范围地展开；一个直接的结果便是，上层与基础的关系不再被视作被决定与决定的关系，而是一个意识与潜意识的关系，一种分层，一种再现。这种再现也不仅仅是或完全不是反映论的再现，而是当弗洛伊德说“梦是被压抑的欲望的扭曲的再现”时的那个“再现”。

这样，本雅明寓言和隐喻的跳板便呈现在人们的眼前，而

---

① 灵晕（aura）是本雅明创造的一个极富内涵的概念。在本雅明看来，灵晕无疑是艺术最后的守护神了。它对立于感官的训练，把人直接带入过去的回忆之中，沉浸在它的氛围之中。同时，灵晕赋予一个对象“能够回头注视”的能力，从而成为艺术品的无穷无尽的可欣赏性的源泉。而现代机械文明带来的震惊却能使“灵晕”四散。

本雅明的思想毋宁说是被压抑的诗的梦想的再现。本雅明通过这种奇特的方式把现代主义的主题与马克思主义的主题融合在一起，而这绝不能说只是弗洛伊德加马克思的结果。本雅明到底是沿着体验与震惊的道路发现了马克思主义还是通过马克思主义揭穿了意识——无论个体的还是集体的——虚伪，从而以一种严酷的方式去阐明真实，这个问题在此并不显得至关重要。

马克思的经济基础—上层建筑理论、阶级斗争理论无疑是本雅明思想的有力支柱。但在这个支柱之上，本雅明有更富于个性和创造力的表演。首先，在批评实践中，他以一种起码是最接近马克思主义的方式阐明了现代艺术的特性，从小说到电影，从波德莱尔到布莱希特，在马克思主义批评传统中，没有一个人像他这样在具体的批评叙述中给我们那么多洞见。本雅明的理论意义也许更值得注意——他把隐喻的因素引入了辩证法。

本雅明强调媒介，强调中间层次，但这种中间环节的性质并非辩证的，而是一种隐喻性质的转换。隐喻的本质是把一个具体可感的形式赋予一个无形的存在，本雅明则正是以这种态度来理解马克思的上层—基础模式的，就是说，他从根本上把它视为一个隐喻。这构成了本雅明的模式与马克思的模式的不同，而这种不同的关键则在于隐喻关系同辩证关系的不同：

马克思	本雅明
上层建筑/经济基础	表层形式/潜层形式
决定论的，一元论的	非决定论的，多元的
现实的	寓言的
辩证关系	隐喻关系
间接的	直接的
哲学—政治经济学的	美学—心理学的

在此，本雅明把一种物的关系——他的确是这样看待马克思的伟大发现的——移植到内心的事物之中，但他的思路却恰恰相反，他从内心事物出发，在一个隐喻的意义上捕捉到了世界的关系。这给我们巨大的启发。它暗示给我们一个把心灵世界同物质世界放在一个语境里讨论的方式，尤其是一种理论的方式。这种方式在本雅明自己的批评文章里以其巨大的韧性和承受力包容了最最富于体验的意象和最最严于事物规律的逻辑。更重要的是，它在想象的国度和事实的国度之间架设了一道桥梁，这道桥梁为人们充分地认识两者之间的广阔的中间地带提供了可能性，从而极大地丰富了我们的思维层次和描述语言。而这便是本雅明的模式的意义。

六

然而，本雅明的意义并不仅在于他的模式，甚至不在于他的风格；他的意图无疑是伟大的，但把意图作为意义未免过于牵强。

本雅明的独特之处在于他专注地把体验（而非经验）作为思考的内容，从而，他使他的思想跨越了最广阔的领域。本雅明并不曾特别强调过表达的艰难，虽然他把自己的思想全部注入在行文之中；他总是面对“事物自身”，虽然他可能并没有受胡塞尔的影响。可以说，他以句子和段落为单位，也就是说，以某种现象为单位，通过他的隐喻构成了他的寓言世界——不是卡夫卡的寓言世界。这样，他做到了现代主义大师们殚精竭虑地想用某种材料——首先是语言——去做的事情，即在一个四散的物的世界里聚合起一个精神的整体，在一个缺乏意义和表达的方式的条件下说出话来，保持思想的活力。然而本雅明不是个形而上学家，甚至也不是个诗人。于是他不得不在第三种形式中容纳他的震颤和他的智慧，这种形式使他的作品带上了一层神话的色彩。事实上，本雅明的书更适于当作神话来读——世俗的神话，大城市的神话，现代人的神话，机械的神话，现代艺术的神话。

如果把本雅明的神话仅仅当作一种思维方式，那就无法解释它与体验的结合。但如果仅仅把本雅明归结为一个生存者，一个不成功的现代诗人和一个文化的自恋狂，那么我们便丢掉了本雅明呈献给我们的全景式的时代图景和极其精明的实证分析。

本雅明对这个时代爱极而恨极，但两者同样让他着迷。本雅明在这个时代没有任何自我保护的能力，像他的同类普鲁斯特一样，他死于一种“经验的无能”。但这个离时代最远的人却偏偏感到一种强烈的不可遏制的欲望，他要保留住这个时代，把它描绘出来，像古罗马的史学家描绘他的值得自豪的时代。因而，他以思想担负起诗的使命，又以诗担负起历史的使命，最终，他把历史变成了神话。而他的“文人”无疑是制作和流传这种神话的一类。

本雅明风格的魅力最终在于它承受着过重的负荷，本雅明的行文只能说是“草草记下了”他所看到的一切，因为他所看到的太惊人，太奇特了。本雅明戴的那副老式眼镜似乎始终使他透过一层古典的景仰的面纱来看待敌意的一切，这把他永远同现代经验隔绝开来，滞留在人生体验的层次上，这是他的思想的美学法则。

本雅明的一生只能说是书斋的一生，而他也是这样承认自己的，甚至他还充内行似的把这种“技能”当作他谋生的手段。

在他的思想自身里，一种沉思的、优雅的成分同一种不安分的、嘲讽的倾向始终纠缠不休。而在思想之外，他始终面对着诗的精神的巨大诱惑，它像一个阴影，在他体内对他发出内在的召唤。这种召唤不啻也是一种震惊，一种压迫。为了抵御这种刺激，本雅明在思想里闪过了无数个念头，它们在他的思想的行文中到处都留下了痕迹。

本雅明的悲观的生存意识在他的寓言中变成一种乐观的、积极的东西，正如卡夫卡的寓言也是一种乐观的寓言——不是指它的心理内容，而是指它的美学形式。本雅明的一句话点明了其中的原委："寓言在思想之中一如废墟在物体之中。"[①] 在他看来，寓言不仅要说出人类生活的普遍实质，而且要"在最自然、最堕落的官能性质上说出个人的自传式的历史性"。[②] 这样，通过寓言，本雅明把个体意识和潜意识的结构投射到普遍和历史中去，这无疑是他的美学的思想法则。

本雅明在自身结合着巨大的矛盾和痛苦，他聚合的方式像一个超越时代的深刻的观察者和伟大的局外人，但他的解决方式则无可避免地把他还原为一个具体环境中的个体，因而他的思想对于他自己如同对于他笔下的波德莱尔一样适用。本雅明的天才和他的悲剧也正在于此。

---

① 本雅明：《文集》，德文版，第一卷，第301页。

② 同上书，第289—290页。

再版序

《发达资本主义时代的抒情诗人》（第一版）中译始于1985年秋，成于1987年春。当时国内外文图书资料相对匮乏，译者生活和工作状态也不稳定，翻译工作时断时续；大部分译稿，是在六人一间的北大学生宿舍或新华社新闻发稿的间歇中完成的。这样“不专业”的翻译虽然浸透着业余者的激情甚至狂热，但在质量上却难免不均匀。时值80年代“文化热”，这本书早早被收入三联书店《现代西方学术文库》丛书，但到第一版问世，已是1989年仲夏，离我去国求学，只有一年多一点的时间了。

某种程度上，这本书的翻译完整地伴随我亲历了80年代后期中国社会文化思想生活，因此，在译文的肌理里，自然包含了种种80年代特有的气质、理想、感受方式和语言风格特点。用一种本雅明的方式来形容，或许可以说它不仅传达出一种思想的流动，也暴露出种种思想的梗阻，因此可以被视为一个捕获了某种历史和个人“震惊”的结构。

更重要的是，这本书的流传史或接受史，贯穿整个90年代以来的中国社会文化思想转型：从最早的西学同好小圈子（特别是“西马”和“现代派诗学”小圈子）里对它的激赏，到建筑理论界、电影理论界、艺术评论界对它的发现；从校园诗人和“地下文化”叛逆者的人手一册，到新兴半商业化媒体和“自由撰稿人”阶层对其文体的模仿；从80年代文化精英象牙塔里的一件秘籍，到21世纪初城市小资白领恶补“波希米亚”“都市游荡”和“颓废”的识字课本，《发达资本主义时代的抒情诗人》一步一步地完成了从“艺术”到“商品”的成长史。用一种本雅明的方式来形容，“如果它能开口说话”，其自身的异化或物化，当远比所有对它的学术讨论更能给我们提供思想的原料。

在过去的二十多年间，中文世界在本雅明研究方面似乎并没有长足的进步，许多基本著作和文本至今没有中译，倒是这本书的重译在坊间见到不止一种。但既然这个译本已经同某种集体记忆和集体经验缠绕在一起，它似乎也就应该在市场卖点和学院专业化之外，继续它的生命。当这个译本在80年代的尽头面世时，中国读者用以迎接它、理解它的是一种哲学和诗的激情，但对它所包含的历史内容、理论信息和方法论示范的把握，却仍是抽象而朦胧的——我们当年还在透过“文化”的面纱去领会“现代”的意义。在今天，当哲学和诗的激情业已退潮，“发达资本主义时代”对中国人来说已是一种具体而复杂的感性认识，我们或许第一次作为本雅明问题意识的“同代人”面对这个早早被打开的文本。不言而喻，都市人的异化、商品拜物教、忧郁和理想、寓言与自然史等等现代性的基本母题，也只有到今天，才变成中国人必须在自己日常经验里予以处理的“创伤”和“震惊”。在“现代”的尽头，文化本身变成了一个历史问题、变成了有关自身历史性的思考——这要求我们以一种前所未有的严格和严肃去重读那些构成我们自身意识史的文本。

* * *

第二版除改正了个别明显的误译和误排之外，对行文没有做大动干戈的修改，以求保持原来的面貌。这样做也是为了尊重另一位译者魏文生先生——这位当年的合作者，后来音讯杳然，未能参加这次的修订。为便于读者更好地把握本雅明波德莱尔研究和19世纪巴黎研究的旨趣和原始语境，我根据最近出版的英文和法文资料，编制了一份人名注释。有心的读者，自会发现它的用处。第一版的译者序按自己现在的标准看，未免有幼稚之处；但由于目前正在修订2006年暑期在国内所做的六次关于本雅明的演讲，计划近期出版，因此不另作长篇导读。

最后，借此机会，向所有帮助过这译本的问世和喜爱过它的人表示感谢。

张旭东

2006年9月24日于纽约

第一部

波德莱尔笔下的第二帝国的巴黎

人并不绝对需要一座都城

——塞南古尔

一　波希米亚人[①]

“波希米亚人”是在马克思文章中的一段揭露性文字里出现的。马克思在这里面把职业密谋家也包括进来，在1850年《新莱茵报》上刊登的对警方探子德·拉·渥德回忆录的详细评注中，马克思对这类人产生了兴趣。要回想起波德莱尔的面相学特质，就得说出他显露出的与这种政治类型的相似。马克思这样勾勒出这种类型：“随着无产阶级密谋家组织的建立就产生了分工的必要。密谋家分为两类：一类是临时密谋家（conspirateurs d'occasion），即参与密谋，但本来有其他工作的工人，他们

① 手稿前有两份说明：1. 缺约有九页的一节，它描述了日趋标准化的巴黎建筑与奥斯曼的作品，波拿巴军营主义之间的联系，着重指出并分析了专栏文章（feuilleton）以其变化多端的形式改变城市生活的企图。2. 缺约有八页的一节，它提供了一份各年代波希米亚人的简史，描述了戈蒂耶与奈瓦尔笔下的波希米亚小流氓，波德莱尔时代的波希米亚人以及最近的无产化了的波希米亚人，其代言人为于勒·瓦雷斯。——德文版编者注

仅仅参加集会和时刻准备听候领导人的命令到达集合地点；一类是职业密谋家，他们把全部精力都花在密谋活动上，并以此为生。……这一类人的生活状况已经预先决定了他们的性格。……他们的生活动荡不定，与其说取决于他们的活动，不如说时常取决于偶然事件；他们的生活毫无规律，只有小酒馆——密谋家的见面处——才是他们经常歇脚的地方；他们结识的人必然是各种可疑的人，因此，这就使他们跻身于巴黎人所说的那种 la bohême（波希米亚人）的生活圈子之中。”①

顺便提请大家注意，拿破仑三世本人也是从与此相关的背景中发迹的。他执政时期的政府爪牙之一便是“十二月十日会”，在马克思看来，它是由“随着时势浮沉流荡而被法国人称为 la bohême（浪荡游民）的那个五颜六色的不固定的人群”②组成的。拿破仑三世在位期间继续保持他的密谋习惯。惊人的布告、神秘的流言、突然包围和令人捉摸不透的反语是第二帝国“国家理性”的一部分。在波德莱尔的理论文章里也可以发现同样的特点。他表述自己的观点时往往不容置辩，讨论不是他的风格；即使论题有明显的矛盾以致讨论显得必不可少，他也尽量回避。他把他的“1846 年沙龙”题献给“布尔乔亚”；他以其倡导者的形象出现，但他的方式却不像一个 advocatus

① 卡尔·马克思与弗里德里希·恩格斯：《评谢努“密谋家”及德·拉·渥德“1848 年 2 月共和国的诞生”》，引自《新莱茵报》第四期（1886），第 555 页（译文见马恩全集中文版，第七卷，第 320 页）。普鲁东为把自己同职业密谋家分开，常自诩为一种“新人——其风格不是街垒战而是讨论，他天天晚上与政治领袖们共坐桌旁，能赢得世上一切德·拉·渥德的信任”（引自古斯塔夫·热弗鲁瓦《囚徒》，巴黎 1897，第 180 页）。

② 马克思：《路易·波拿巴的雾月十八日》，维也纳，1917，第 73 页（译文见马恩全集中文版，第八卷，第 174 页）。

diaboli（魔鬼的辩护士）。不久，作为他大骂道德学校的一个例子，他以最激烈的波希米亚方式[①]攻击“honête bourgeoise（体面的资产阶级）和公证人这类为妇人所尊敬的人”。1850 年左右，他宣布艺术不能同功利分开；几年后他又鼓吹 l'art pour l'art（为艺术而艺术），这一切并不比拿破仑三世背着法国议会一夜之间把保护关税变为自由贸易更让公众猝不及防。这些线索多少能让人理解为何法国官方批评，尤其是于勒·勒美特尔，对波德莱尔散文中的理论能量一无所知。

马克思接下来继续描绘职业密谋家：“在他们看来，革命的惟一条件就是让他们很好地组织密谋活动……他们醉心于发明能创造革命奇迹的东西：如燃烧弹、具有魔力的破坏性器械，以及越缺乏合理根据就越神奇惊人的骚乱等，他们搞这些计划，只有一个最近的目标，这就是推翻现政府。他们极端轻视对工人进行关于阶级利益的教育，进行理论性质更多的教育，这说明他们对 hahits noirs（黑色燕尾服）即代表运动这一方面的多少有些教养的人的憎恶并不是无产阶段的，而是纯粹平民的。但是，因为后者是党派的正式代表，所有密谋家们始终不能不完全依赖他们。”[②] 波德莱尔的政治洞察力并没有从根本上超出这些职业密谋家。无论他同情文官阶层的反动还是同情一八四八年革命，其表达都是突兀的，其基础都是脆弱的。他在二月革命的那些日子里所呈现出的形象——在巴黎的街角上挥舞着步枪高喊“打倒奥皮克将军”（他的继父）——便是一个很好的

---

① 夏尔·波德莱尔：《全集》二卷本，巴黎，1931—1932，第二卷，第 415 页（以下只注卷数及页码）。

② 马克思与恩格斯：《评谢努和德·拉·渥德》，同前，第 556 页（马恩全集中文版，第七卷，第 320 页）。

例子。不管怎样，他能奉行福楼拜的宣言："一切政治我只懂反抗。"在同他的比利时随笔一道保存下来的笔记的最后一页，我们可以领会他的意思："我说'革命万岁'一如我说'毁灭万岁、苦行万岁、惩罚万岁、死亡万岁'。我不仅乐于做个牺牲品，做个吊死鬼我也挺称心——要从两个方面来感受革命！我们所有人的血液里都有共和精神，就像我们所有人骨头里都有梅毒一样；我们都患有民主和梅毒的感染。"①

波德莱尔所表达的不如叫作煽动家的形而上学。他在比利时写下这段话，曾有一度他被比利时视为法国警方的间谍。事实上，这类待遇对波德莱尔来说没有什么好奇怪的。在 1854 年 12 月 20 日波德莱尔给他母亲的信中提到警方的文学津贴："我的名字永远也不会出现在他们那可耻的登记簿上。"② 在比利时为波德莱尔赢得这个声誉的恐怕并不是他对雨果显露出的敌意。雨果在法国被剥夺了公民权，但在比利时却受到热烈欢迎。波德莱尔毁灭性的冷嘲热讽助长了这种谣言的出笼；而他自己正乐于传播它们。de la blague（大话崇拜）的种子在乔治·索莱尔身上再现为法西斯主义宣传的不可少的组成部分，但它首次出现却是在波德莱尔这里。塞利纳写作《屠杀琐闻》的精神及书名本身可以直接从波德莱尔日记中找到："以灭绝犹太人为目的就可以组织一次很好的密谋。"③ 布朗基主义者里戈是在巴黎公社警察头头的位置上结束其密谋生涯的，他似乎也有那种人们在波德莱尔身上常提到的气质。在夏尔·普罗莱《1871 年的革命者》一书中我们可以读到这样的

---

① 波德莱尔：《全集》，第二卷，第 728 页。

② 波德莱尔：《致母亲的信》，巴黎，1932，第 83 页。

③ 《全集》，第二卷，第 666 页。

话："里戈尽管冷酷无情，但他是一个地地道道的疯狂的小丑。这是他盲目的狂热的组成部分。"① 甚至马克思在密谋者身上遇到过的恐怖主义的白日梦也能在波德莱尔身上找到相应的东西。在1865年12月23日给母亲的信里他写道："一旦我重获那种偶尔有过的朝气和力量，我将用令人恐怖的书发泄我的愤怒，我要使整个人类起来同我作对。其中的快乐能给我无限的安慰。"② 这种压抑着的暴怒——la rogue——是半个世纪的街垒战在巴黎职业密谋者身上培育出的激情。

马克思写道："正是他们筑起了第一批街垒并进行了指挥。"③ 街垒才是密谋者活动的中心。它有着革命的传统。七月革命期间有四千个街垒设置在城中。④ 当傅立叶寻找一种 travail non salarié mais passionné（出于热情而非出于报酬的工作）的样板时，他发现没什么比筑街垒更显而易见了。雨果在《悲惨世界》中对街垒的描绘给人留下深刻印象，虽然他没有注意掌管它们的人们。"暴动的无形的警察在四处巡逻，这时的秩序便是黑夜。……从上往下，向这一大堆黑影望去的眼睛也许能看到这儿那儿，在一些相距不远的地方，有由朦胧的火光映照着的一些特别的曲折线条，一些奇形怪样的建筑物的侧影，一些类似的那种来往移动于废墟中的荧光的东西，这便是街垒所在的地点了。"⑤ 在总结《恶之花》的那首残缺的"致巴黎"一诗中，

---

① 夏尔·普罗莱：《1871年的革命者，R.里戈》，巴黎，1898，第9页。

② 波德莱尔：《致母亲的信》，第278页。

③ 马克思与恩格斯：《评谢努与德·拉·渥德》，同前，第556页。

④ 参看德·格朗萨涅与M.普罗：《一八三〇年革命，巴黎斗士们的计划》"七月二十七、二十八、二十九"，巴黎。

⑤ 维克多·雨果：《全集》第八卷，《悲惨世界》，巴黎，1881，第522页。

波德莱尔在告别这座城市前并没有忘记参拜一下街垒，他记起了“筑起街垒的神奇的石头”，[①] 当然这些石头是“神奇的”，因为波德莱尔的诗只字未提那些搬动它们的手。但这种悲伤或许来自布朗基主义，因为布朗基主义者特里东也表达了一种相似的情绪：“噢，暴力，街垒的女王，你在火光和骚动上闪耀……囚犯们带着锁链的手向你伸去。”[②]

在公社的最后几天里，无产者们在街垒后面摸索探路，像受了致命伤的野兽缩回洞穴。受过街垒战训练的工人并不喜欢那些挡住梯也尔去路的露天战场，这也被认为是公社起义失败的部分原因。一位研究巴黎公社的史学家最近说，这些工人“更喜欢在自己的街区里打仗，而不是在野外同敌人打遭遇战……如果他们必须死的话，他们更愿意死在巴黎的用鹅卵石筑的街垒后面”。[③]

在那些日子里，巴黎公社最重要的街垒指挥布朗基正囚禁在他最后的牢狱多罗要塞之中。从他和他的伙伴身上，马克思看到了“无产阶级政党的真正领袖”。[④] 布朗基在世时及身后所享有的革命威望是怎么说也不为过的。列宁之前，再没有哪个人在无产阶级中有如此清晰的形象。他的形象铭刻在波德莱尔心中，他在一张纸上的随意涂抹中有一幅便是布朗基的头像。

马克思用以描绘巴黎密谋情形的概念清楚地表明布朗基在其中的矛盾地位。按传统观念，很有理由把他视为一个暴动者。

---

① 《全集》，第一卷，第229页。

② 夏尔·贝诺瓦：《工人阶级的神话》、《两世界杂志》，1914年3月1日，第105页。

③ 乔治·拉隆兹：《1871年公社的故事》，巴黎，1928，第532页。

④ 马克思：《路易·波拿巴的雾月十八日》，第28页。

在这种观点看来，他代表了一类政治家，正如马克思所指出的，他们认为自己的任务是“超越革命发展的进程，人为地制造革命，使革命成为毫不具备革命条件的即兴诗”。[①] 从另一方面说，如果有人反对这种观点的生动描绘，那么他似乎就有点类似于habits noirs（穿黑燕尾服的）了，这类人是职业密谋者不喜欢的竞争者。一位目击者这样描绘了布朗基的市场俱乐部：“谁如果想准确地了解布朗基的革命俱乐部同秩序党人的两个俱乐部相比给人的第一印象，他不妨想象一下法兰西喜剧院上演拉辛或高乃依时，拥挤的观众旁一群人围成圈观看杂技演员表演伤筋动骨的斗拳。它是举行密谋的正统仪式的小教堂。门向所有的人敞开着，可只有初来者才会折回去。在一阵让人不耐烦的等待之后，此方的牧师出现了。他表面上像是在说他的当事人如何抱怨，自己如何被半打左右从没听说过的自以为是、怒气冲冲的傻瓜缠住。实际上，他是在分析形势。他的外表引人注目，他的衣服无可挑剔。他的头形很好，面部表情平静，只是他那双闪烁着野性的眼睛有时可能会惹麻烦；他的眼睛窄小、犀利，但通常它们让人觉得和善而非生硬。他的言辞字斟句酌，慈祥而独特——与梯也尔的演说风格相近，是我听过的最少宣言气的演说。”[②] 这里的布朗基像个空谈家。这位穿黑燕尾服的人的描绘偏重于细节。人们都知道那个“老人”演说时习惯戴黑手套。[③] 但这种作为布朗基性格一部分的慎重的认真和不可捉摸，在马克思看来就完全是另一回事了。对于这些职业密谋家，马

① 马克思与恩格斯：《评谢努与德·拉·渥德》，同前，第556页。

② 居斯塔法·热弗鲁瓦：《囚徒》，巴黎，1897，第346页。

③ 波德莱尔对这类详细描绘颇为欣赏，他写道：“为什么乞丐要饭时不戴副手套呢？这样他们会有好运气的。”（《全集》，第二卷，第424页）

克思说道："他们是革命的炼金术士，完全继承了昔日炼金术士的邪说歪念和狭隘的固定观念。"① 这些话几乎可以原封不动地用在波德莱尔的形象上：一方面，是个高深莫测的寓言家，另一方面是个诡秘地专事密谋的人。

可想而知，马克思对那些令下层密谋家们感到像在家里一样自在的小酒馆评价不高。那儿弥漫的烟雾波德莱尔是很熟悉的。那首名为《拾垃圾者的酒》的著名诗篇就在这里写就；它的出现大约在上个世纪中期。那时期，这首诗中的主题正被广泛地议论。其中一个话题便是酒税。共和国国民议会曾许诺将它废除，1830年又作了同样的许诺。马克思在《法兰西阶级斗争》中表明了在撤销酒税这个问题上城市无产者的要求与农民的要求是多么吻合。这种税对日常消费的酒和最上好的酒同样课以重税。"它在每座超过四千居民的城镇门口设立税收所，把每个城镇都变成了以保护关税抵制法国酒的异邦，从而损害了消费。"② 马克思写道："通过酒税，农民们领教了政府的花言巧语。"但该税也同样损害了城镇居民的利益，并迫使他们跑到城市的限制之外去找便宜的酒。"那儿有种被称为 vin de la barrière（栅栏酒）的逃税酒。如果 H－A. 傅雷杰，一位警察总局的处长的话可信，那么一个工人是充满了骄傲和挑衅来炫耀这种酒给他的享受的，就好像这是他惟一能得到的享受。""有的妇女毫不犹豫地跟着丈夫带着已大得可以工作的孩子来到城门外……过了一阵，他们半醉地往家走去，摆出一副大醉的样子，以便让人人都看到他们颇喝了不少。有时孩子

① 马克思与恩格斯：《评谢努和德·拉·渥德》，同前，第 556 页（译文见马恩全集中文版，第七卷，第 320 页）。

② 马克思：《1848 到 1850 年的法兰西阶级斗争》，柏林，1895，第 87 页。

也学着父母的样子做。"① 当代一位观察家说："有一点可以肯定，城门口的酒挽救了统治结构，使之免遭许多打击。"② 这种酒剥夺了对将来的复仇和光荣的梦想。《拾垃圾者的酒》中写道：

常看到一个拾垃圾者，摇晃着脑袋，
碰撞着墙壁，像诗人似的踉跄走来，
他对于暗探们及其爪牙毫不在意，
把他心中的宏伟意图吐露无遗。

他发出一些誓言，宣读崇高的法律，
要把坏人们打倒，要把受害者救出，
在那像华盖一样高悬的苍穹之下，
他陶醉于自己美德的辉煌伟大。③

当新的工业进程排斥了某种既定的价值，拾垃圾的便在城市里大量出现。他们为中间人和承包商工作，并在街头构成了一种家庭手工业。拾垃圾的让他的时代对自己充满强烈的兴趣。最早关注贫穷阶层的一批社会调查家一直把目光集中在他们身上。这些调查者带着一个无声的问题，这就是：人类悲惨命运的界限究竟落在何处？傅雷杰在其《危险的阶级》一书中花了六页来讲拾垃圾的。勒普莱提供了巴黎的一个拾垃圾的及其家庭在 1849—1850 年间的预算。这大约就是波德莱尔写这首诗的

① H－A 傅雷杰：《大城市人口中的危险阶层及使之变好的方法》，巴黎，1840，第一卷，第 86 页。
② 爱德华 · 福考：《发明家巴黎，法国工业的生理学》，巴黎，1844，第 10 页。
③ 《全集》，第一卷，第 120 页（中译据钱春绮译本）。

时间。[①]

当然，一个拾垃圾的不会是波希米亚人的一部分。但每个属于波希米亚人的人，从文学家到职业密谋家，都可以在拾垃圾的身上看到自己的影子。他们都或多或少地处在一种反抗社会的隐秘地位上，并或多或少地过着一种朝不保夕的生活。在适当的时候，拾垃圾的会同情那些动摇着这个社会的根基的人们。他在他的梦中不是孤独的，他有许多同志相伴，他们同样浑身散发出火药桶和啤酒桶的气味，同样尸冷战场。他的胡子垂着像一面破旧的旗帜。在他四周随时会碰上 mouchards（密探），而在他的梦中，这些密探却得听他摆布。[②]

---

① 这个预算作为一份社会文献不仅研究了一个特殊家庭，而且也使得那种凄惨的生活显得不那么凄惨了，因为它把各种开支干干净净地列在标题之下。极权国家的法律绝口不提那些非人性的东西，人为制造某种美好的假象，这在早期资本主义社会便已出现。拾垃圾者的预算的第四栏——文化需要，娱乐，保健——是这样的：儿童教育：学费由雇主支付，四十八法郎；购书，一点四五法郎，慈善捐助（这一阶层的工人通常没有这项开支）；节假日——巴黎城边一家购买的食品（一年八次旅行）；酒、面包、炸土豆，八法郎。食品中包括备有黄油和奶酪的通心粉；圣诞节、忏悔日、复活节以及降灵节外加的酒，这些开销归第一栏。给丈夫准备的嚼烟（烟卷由工人自己去弄）五至三十法郎，妻子的鼻烟（买）十八点六六法郎。玩具及其他给孩子的东西，一法郎。与亲戚通信；给工人住在意大利的兄弟，平均每年……“附，家庭以备不测的款项的最重要的来源是私人救济……”“年度结余：这位工人从未有过结余，他每天都把挣的钱花得精光，以尽可能使老婆孩子过得舒适（弗·勒普莱，《欧洲工人》，1855，第 274 页）。”布雷的一段挖苦的评论有助于说明这种研究的真髓：“就是说人性，哪怕只出于最简单的体面，也不会允许一个人像牲畜一样地死去，人们不会拒绝施舍给他们一口棺材。”（欧仁·布雷：《英法劳动阶级的苦难》，巴黎，1940，卷一，第 266 页）

② 一个极有意思的现象是，在这首诗的各种版本中，最后一段里的反抗越来越明显了。由此人们可以清楚地看到，只有当内容变成一种咒骂，诗的这一段才找到了确定的形式。第一版最后一节是这样的：“酒以它带给人的益处为统治，用人的喉咙为它的坏处歌唱。那命名一切的他，其仁慈是何等伟大；他给了我们酣甜的睡眠，又给了我们酒，太阳的儿子，它使一切在沉默中死去的心中温暖，痛苦缓解。”（《全集》，第一卷，第 605 页）

从巴黎的日常生活而来的社会主题在圣伯夫那里就已经出现了。这些主题被抒情诗抓住，却没有被它充分领会。贫穷与酒精的结合方式在那些闲暇的文化人想来，与波德莱尔所想的是截然不同的。

“在这舒适的车厢里我审视着给我驾车的人，他完全是台机器，丑陋可怕、长着厚重的胡子，长长的头发黏在一起，恶习、酗酒和昏睡使他的醉眼浑浊而沉重。人怎么能堕落到这种地步？我这么想着，一面把身子缩到座位的另一角。”①

这是诗的开头；紧接着是一段让人恍然大悟的诠释。圣伯夫问自己，是否他的灵魂不至于像车夫的一样被人无视。

下面这首题为《阿贝尔与该隐》的诗则显示出波德莱尔对被剥夺继承权的人们所持的更随意、更合理的观点的基础。它把《圣经》里两兄弟的争夺归结为两个永远势不两立的种族间的斗争：

阿贝尔的后代，酣睡畅饮
上帝满意地望着你们微笑。
该隐的后代，污秽恶臭
匍匐苟缩，凄凄惨惨直到死掉。②

（接上页注②）

1852 年版的最后一节则为：“为缓解一切静静死去的无辜者的痛苦，熨平他们的心，上帝已经给了他们酣甜的睡眠；他又加上了酒，太阳的神圣的儿子。”

1857 年版在词意上出现重大改动如下：“为把受苦人的痛苦减缓，为把/静静地死去的人的仇恨淹没，仁慈的/上帝创造出睡眠的遗忘/人又加上了酒，太阳的神圣孩子。”（《全集》，第一卷，121 页）可以明显地看出，这首诗只有当其内容变得亵渎神圣的时候，它的形式才得以确定。

① 圣伯夫：《安慰》，巴黎，1863，第 193 页。

② 《全集》，第一卷，第 136 页。

全诗由十六个对句组成，每两句的开头都一样。该隐，这个被剥夺继承权的人的祖先，是作为一个种族的创立者出现的，而这个种族只能是无产阶级。1838 年，格拉尼埃·德·卡萨尼亚克出版了《无产阶级与资产阶级的历史》。这本著作的目的在于找到无产阶级的起源；他们构成了一个亚人类的（sub human）的阶层，是由盗贼与妓女交配而产生的。波德莱尔知道这些思想吗？很可能知道。马克思肯定见到过这类言论，他把格拉尼埃·德·卡萨尼亚克称作波拿巴主义反动派的“思想家”。《资本论》避开了这个种族理论，而发挥了“一种特殊的商品所有者”的概念。[①] 它指的就是无产者。波德莱尔笔下的源于该隐的人们也恰恰就是这个意思，尽管他还不能够说明这一点。这种人只拥有自己的劳动力，除此之外不拥有任何商品。

波德莱尔的这首诗是题为“反抗者”[②] 的组诗的一部分。另外的三段都带着一种亵渎神明的调子。但我们对波德莱尔的撒旦主义不必太认真。如果它有什么意义的话，那也只不过是惟一可以选择的态度，它表明波德莱尔在任何时候都能保持一种

---

① 马克思：《资本论》，卡尔·柯尔施编，柏林，1932，第 173 页。

② 这个题目本有一个序言性质的注释，在日后的版本里被删去了。它声明这组诗是“无知与愤怒的诡辩”的文学摹仿。但事实上它根本不是摹仿。第二帝国的检察官懂得这一点；他们的后继者也懂得这一点。塞耶尔在对“反抗者”组诗的第一首的解释中若无其事地指出了这一点。这首诗题为“圣彼得的否认”，其中有这样的句子：

你可曾想起那辉煌美丽的时光，……你的心中完全充满勇气和希望，

尽力鞭打可恨的商人，终于成为众民之主的日子？那时，可有反悔在枪扎之前预先刺进你的肋旁？

在这种反悔之中，讥讽的阐释者看到了一种自我谴责，这种自我谴责是因为“错过了这样一个建立无产阶级专政的大好时机”（E.塞耶尔：《波德莱尔》，巴黎，1931，第 193 页）。

忤逆的不恭不敬的立场。但组诗的最后一首“与撒旦的连祷文”却出自神学的内容，即蛇崇拜仪式的“上帝怜我”。撒旦带着它的路济弗尔（魔鬼）的光环出现了，作为深刻的智慧的看护人，普罗米修斯式的技能的指导者和冥顽不驯的人们的守护神。诗中的字里行间闪现着布朗基的影子。

你赋予罪恶从容的神采
诅咒断头台四周的人群。①

就连召唤魔鬼的锁链也知道这个撒旦是“密谋家的忏悔神父”，他与那个地狱里的阴谋家，被人称作 Sadan trismegistos（三倍伟大的撒旦）的恶魔不同，他在诗中以及在一些散文作品中是作为至高无上者出现的，他的阴府与 Le boulevard（宽阔的林荫道）毗邻坐落。勒美特尔就曾指出这魔鬼具有二重性：“一方面是万恶之源，另一方面却又是伟大的被压迫者，伟大的牺牲者。”② 如果人们要问是什么迫使波德莱尔把自己对当权者的激烈反抗置入一种激烈的神学形式中，那就得从另一个方面来看这个问题了。

当无产阶级在六月革命中遭受失败后，对资产阶级秩序和尊严观念的抗议得到了统治阶级而非被压迫阶级的更好保护。信奉自由和正义的人们在拿破仑三世那里看到的不是一个战士的国王——尽管他本人想继他叔父之后成为那样的人——而是一个为时运所宠的十足自信的人。这便是他在（雨果的）《惩罚

① 《全集》，第一卷，第 138 页。

② 于勒·勒梅特尔：《当代作家》，第四辑，巴黎，1895，第 30 页。

集》里留下的形象。波希米亚浪荡哥儿们也不甘寂寞，他们在豪华宴会和富丽堂皇的排场上看到自己“自由”生活的梦想成真。他们在回忆中描绘出 Viel—Castel（没落的城堡）王朝皇帝的声势和气派，从而使咪咪和舒纳德显得既体面又满是市侩气。在上层阶级中，玩世不恭（犬儒主义）是一种颇受赞赏的风度；在下层阶级中，反抗性的论辩是通行的一般准则。维尼在《埃洛瓦》中遵循拜伦的传统，在一种神秘学说的意义上向路济弗尔，这堕落的天使表示效忠。巴特罗缪则相反，在其《复仇女神》中把撒旦主义与统治阶级联系起来；他使大量的股票投机者欢欣鼓舞，使固定年薪的颂歌四处传唱。① 波德莱尔对撒旦的这种两重性了如指掌。在他看来，撒旦不仅为上层同时也为下层说话，大概没有人能比波德莱尔更能领会马克思“雾月十八日”中的这段话了：“当清教徒在康斯坦斯议会面前抱怨主教们的糜烂生活时，彼埃尔德·艾黎红衣大主教曾向他们大发雷霆地吼道：‘只有魔鬼的转世才能拯救天主教会，可你们却要天使。’而资产阶级在政变后也高声叫嚷道：现在只有十二月十日会的头目还能拯救资产阶级社会，只有盗贼还能拯救财产；只有违背誓言还能拯救宗教；只有私生子还能拯救家庭；只有混乱还能拯救秩序！”② 波德莱尔这个耶稣会的崇拜者也没打算彻底地永远地放弃这个救世主。但在诗中他冷淡了那种他在散文中未加拒绝的东西；因此，撒旦在诗中出现。在他看来，这些诗的微妙的力量并不归功于彻底拒绝效忠，也不归功于理解力和人性的反抗，即使它是一种绝望的嚎

---

① 参看 A－M．巴特罗缪：《复仇女神》，见《每周讽刺》，巴黎，1834，第一卷，第 225 页。

② 马克思：《路易·波拿巴的雾月十八日》，第 124 页（马恩全集中文版，第七卷，第 224 页）。

叫。几乎所有出自波德莱尔的虔诚的自白都像是战斗的呐喊。他不会放弃他的撒旦，在他与自己的拒斥信仰作斗争时，撒旦是他真正的精神支柱。然而这同宣誓或祈祷毫不相干，亵渎令人醉心的撒旦正是恶魔的特权。

波德莱尔想通过与皮埃尔·杜邦的友谊来说明自己是一个社会诗人。多尔维利的评论文章中有一段作者的素描："在这个天才的心灵中，该隐比优雅的阿贝尔占有更高的地位——那残暴的、饥饿的、嫉妒的、野蛮的该隐走进城市来消释他们心中深深埋藏着的积怨。他异想天开地加入到他们的行列中来体验他们的胜利。"① 这段描绘准确地道出了那种把波德莱尔与杜邦紧紧联系在一起的东西。杜邦同该隐一样离开了田园，"走进了城市"，"他同我们的父辈的诗歌观念没有丝毫关系，他的诗里面没有一点纯朴的罗曼蒂克。"② 杜邦从日益扩大的城乡裂隙中觉察到抒情诗的危机正在步步逼近。他在一首诗里尴尬地承认了这一点；杜邦说诗人"把耳朵交替借给森林和大众"，大众则对他的注目给予回报；1848 年左右杜邦是众人谈论的话题。革命失败后，杜邦一首接一首地写下了他的"选举之歌"。那时候，在政治文学方面没什么东西能与他的诗相匹敌。这是马克思赋予那些有着"可怕的浓眉毛"③ 的六月革命者的桂冠上的一片叶子。

---

① 于勒-阿美岱·巴尔贝·多尔维利：《19 世纪：作品与作家》，第一卷，第三部"诗人"，巴黎，1862，第 242 页。

② 彼埃尔·拉罗斯：《19 世纪大字斯》，第六卷，巴黎，1870，第 1413 页，论杜邦。

③ 马克思：《纪念六月战士》，见里亚扎诺夫编，《卡尔·马克思，一个思考者，一个革命家》，维也纳，1928，第 40 页。

让他们的阴谋成为泡影，噢，共和战士
让他们看看你们的面孔，那了不起的
美杜莎之面的四周满是红色的闪电①。

波德莱尔在1851年为杜邦诗集所写的序是一次文学上的战略行动，其中有这样的著名言论：“为艺术而艺术派的幼稚的乌托邦拒绝道德，甚至还常常拒绝热情，现在必须让它绝育了。”接着他说（这明显指的是奥古斯特·巴贝尔）：“当一个诗人出现时——除了偶尔显得不称职外——几乎总显得那么伟大，当他用火一般的语言昭示1830年起义的秘密，为悲惨的苏格兰和爱尔兰歌唱时，这个问题以及所有的问题就已经明了，艺术与道德和功利都是不可分的。”② 但这里并没有那种使波德莱尔自己的作品富于生命力的深刻的两重性。它支持被压迫者，尽管它由于同样的原因与他们一样相信他们的幻想。它倾听着革命的颂歌，也倾听着执行死刑的鼓声传出的“更高的声音”。当波拿巴通过coup d'état（政变）登台执政，波德莱尔立即被激怒了，“他站在一个深远的位置上注视着事态，变得像一个修道士。”③ “神权政治与共产主义”④ 对于他不是罪恶，相反却争相吸引着他的注意力；一方并非天使，而另一方也并非像他有时想的那样是恶魔。波德莱尔没多久就放弃了他的革命宣言，若干年后他写道：“杜邦的第一首诗应归功于他天生的优雅和一种女性的精致。幸运的是，在那些日子里几乎把人人都卷进去的

① 彼埃尔·杜邦：《选举之歌》。
② 《全集》，第二卷，第403页以下。
③ 保罗·德雅尔丹：《夏尔·波德莱尔》，载《蓝色杂志》，巴黎，1887。
④ 《全集》，第二卷，第659页。

革命活动并未使他完全偏离他固有的轨道。”① 杜邦对“为艺术而艺术”的反戈一击在波德莱尔看来其价值在于它不过是一种姿态，以此他可以宣告他作为一个自己支配自己的文人的自由。在这一点上波德莱尔走在了同时代作家，包括最伟大的作家的前头。这表明波德莱尔在这些方面远在他周围的文学活动之上。

在一个半世纪里，日常的文学生活是以期刊为中心开展的。本世纪 30 年代末这种情况有了改变。feuilleton（专栏）在每天出版的报纸上为 belles-lettres（美文）提供了一个市场。这一文化分支的导言为七月革命带给出版业的变化作了总结。在复辟时期，单张零售的报纸是禁止出售的，人们只能订阅。那些出不起八十法郎的高价订一年报纸的人只好去咖啡馆，那里经常有好几个人凑在一起读一份报纸。1824 年巴黎有四万七千个报纸订户，1836 年有七万，而到 1846 年则达二十万户。在这个过程中，吉拉尔丹的《快报》（*La Presse*）起了决定性的作用。它带来三次重要的革新：把订金降到四十法郎，登广告和连载小说。同时，简短、直截了当的新闻条目由详尽的报道加以完备，这些条目因为可以商业化地应用而很快流行起来。所谓的 réclame（启事、通告）为它们作好了铺垫，这种醒目的独立的通告立刻引起了出版商的注意，随即出现在报纸经过编排的栏目上，介绍一本前些天做过广告或正在印刷的书。早在 1839 年圣伯夫就指责广告使人道德败坏：“他们怎么能一边在一篇评论中谩骂作者，另一边却在下面两寸的地方把它说成是时代的奇迹呢？广告的字体越来越大，它的吸引力占了上风；它构成了

① 《全集》，第二卷，第 555 页。

一座磁山使罗盘的指针偏离了方向。”① 这种启事只不过是某种过程的开端，它最后发展为由谋利者付钱刊登在报刊上的股票交易通告。撇开报界的堕落史就不可能写出一部信息史。

这些信息条目只需很小的空间，但使得报纸的面貌每天各异的不是政治专栏而是这些条目。这种安排版面的办法很聪明，它使每一页都显得丰富多彩而又各不相同，这是报纸的魅力的一部分。这些条目必须不断地填满，市井闲话、桃色新闻以及“值得了解的事情”是它的最通常的来源。它们本身易得、精巧，非常符合专栏的特点，这从一开始就很明显。德·吉拉尔丹夫人在她的《巴黎书简》中对照片表示了热烈的欢迎：“目前，人们的注意力都转到达盖尔先生的发明上了［按：指照相术］。没什么东西比我们的那些沙龙学究对它进行的一本正经的解释更可笑了。达盖尔先生用不着担心；没人会偷走他的秘密……确实，他的发明太棒了；可人们不理它，对于它的说明已经太多了。”② 专栏的风格并不是在任何场合都会被立即接受的。在 1860 年和 1868 年，加斯东·德·福洛特男爵写的《巴黎的刊物》两卷相继在巴黎和马赛问世，其任务是努力改变人们对历史资料，尤其是巴黎出版的专栏类资料的漠不关心的状况。那些填消息的人产生于喝开胃酒时分的咖啡馆。“喝开胃酒的习惯唤醒了街头出版业。在只有一本正经的大报纸的时候，人们对鸡尾酒时间还一无所知。”③ 鸡尾酒时间是“巴黎时间表”以及市井闲话的合乎逻辑的结果。咖啡馆生活使编辑们在

---

① 圣伯夫：《论工业文学》，载《两世界杂志》，1839，第 682 页以下。

② 爱弥尔·德·吉拉尔丹夫人：《全集》，第四卷，巴黎，1860，第 289 页以下。

③ 加布里埃尔·吉耶莫：《波希米亚人》，巴黎，1868，第 72 页。

印刷机器尚未发达之时就已适应了新闻服务的节奏。直到电报在第二帝国末期广泛应用，街头小报的垄断才被打破。突出事件和灾难新闻如今可以从全世界得到。

一个社会就以这种方式在大马路上将生活在其中的文人吸收进来。在街头，他必须使自己准备好应付下一个突然事件，下一个机智的警语，或下一个谣言。在这里，他展开了他与同事及城市人之间全部的联系网，他依赖他们的成果就好像妓女依赖乔装打扮。① 在街头，他把时间用来在众人面前显示其闲暇懒散，就好像这是他工作的一部分。他的行为像是告诉人们，他已在马克思那儿懂得了商品价值是由生产它所需的社会必要劳动时间决定的。在众人面前延长闲暇时间对于认识他自己的劳动力是必需的，这使它的价值变得大得简直让人难以捉摸。这么高的价值是不受公众限制的。那时，专栏的高报酬就说明了他们的社会地位业已确立。事实上，这与报纸订金额的下降、广告的增加以及专栏重要性的上升之间有着某种联系。

“由于实行新的措施（降低订金），报纸必须靠广告的收入维持……为了赢得更多的广告，四分之一的版面必须尽可能地使与订户数一样多的人看见。因而，必须不择手段地引诱读者的私人观点，用好奇心来替换政治……一旦新的方针——把订金降到四十法郎——开始实行，从广告到连载小说的改进都是必不可少的。”② 这个事实解释了为这种贡献付出的高额报酬。

---

① “用不着多么敏锐的观察力就可以看出，八点钟时装束华丽精美的女子，就是九点钟的女店员，而到十点，她又成了一个农家女。”（F－F－A. 贝罗：《巴黎的妓女及管理她们的警察》，巴黎—莱比锡，1839，卷一，第51页以下）

② 阿尔弗莱德·内特芒：《七月政府统治下的法国文学史》，巴黎，1859，第一卷，第301页以下。

1845年，大仲马与《立宪党人》及《快报》签了合同，根据这份合同，如果他每年提供至少十八卷作品，便可获得至少六万三千法郎的报酬。[①] 欧仁·苏因《巴黎的秘密》收益十万法郎。1838至1851年间，拉马丁年薪的总数达五百万法郎。仅从最先刊登在专栏上的《纪龙德人的故事》上他就获得了六十万法郎的进项。日常文学交易的慷慨的报酬不可扼制地泛滥起来。当出版商得到手稿后，通常保留印上他们选中的作家的名字的权利。因为实际上，一些功成名就的作家并不太注意自己名字的使用。一篇题为《小说创作，大仲马书店》[②] 的讽刺小品文提供了某些详情。《两世界杂志》当时评论道："谁知道有多少书是由大仲马写的呢？他自己知道吗？除非他有一本借主与贷主的分类账，不然他肯定忘了不少他的合法的、不合法的或是收养的孩子们。"[③] 这就是说，大仲马在自己的基础上雇佣了一整支由穷作家组成的军队。直到1855年即这家了不起的杂志发表上述评论后的十年，"波希米亚人"的一家小报刊登了一段文字，它这样描绘了一位被作者称为德·桑克蒂斯的成功作家的生活："回到家里，德·桑克蒂斯先生小心翼翼地把门锁上……在他的那些书后面打开一扇暗门，他走进一间狭小、昏暗的小屋，发现里面坐着一个人，头发乱蓬蓬的，面目阴郁而又谄媚，手上拈着一支长长的鹅毛笔，即便在远处人们也可以一眼看出他是个天生的小说家，虽然他以前只不过是个政府的小职员，通过

---

① S. 夏绿蒂：《七月王朝》，见额奈斯特·拉维斯：《自大革命至1919年和平时期的法国文学史》，巴黎，1921—1923，卷四，第352页。

② 参看E. 德·米勒库尔特：《小说创作》，巴黎，1845。

③ 保兰·利美拉克：《现代小说与小说家》，见《两世界杂志》，1845，第953页以下。

在《立宪党人》上读巴尔扎克学习写作。他是《骷髅密室》的真正作者，一位小说家。”[①] 在第二共和国期间，国会试图制止专栏文章的扩散，对每一期连载小说都课以一生丁的税。过了不久，这一规定便被撤销，反动的出版法限制言论自由，从而使专栏的吸引力进一步提高。

专栏的巨大市场给撰稿人提供了巨额的报酬，并帮助这些作家赢得了名声。很自然，一个人会利用自己的名声开拓财源；而政治生活的大门便也朝他打开了。这导致了腐败的新形式，它比滥用作家姓名的后果要严重得多。一旦作家的政治野心被唤起，政府自然要告诉他们正确的道路。1846 年，殖民大臣萨尔旺蒂邀请大仲马由政府出钱到突尼斯旅行——花费总计一万法郎——为殖民地作宣传。不过考察并不成功，花了大笔的钱，国民议会只询问了一下便不了了之。欧仁·苏的运气好些，借助《巴黎的秘密》的成功，他不但使《立宪党人》的订户由三千六百增至两万，还在 1850 年以十三万张巴黎工人的选票当选为议员。不过无产阶级选民并没有得到什么；马克思把这次选举称为对于一个势在必得的席位的“感伤主义的注释”。[②] 如果文学能为一个为它所宠爱的作家打开政治生活的通路，那么作为回报，这种政治生活便会被用于对他作品的吹捧。拉马丁就是一个例子。

拉马丁的决定性的成功，即《沉思集》(*Méditations*) 和《谐和集》(*Harmonies*)，要追溯到法国农民还能够通过自己的

---

① 保罗·索尔尼耶：《小说总论及现代小说家的个别论述》，载《波希米亚人》，1855，第一卷，第 3 页。

② 马克思：《路易·波拿巴的雾月十八日》，著作已引，第 68 页。

劳动从自己的土地上收获果实的时代，在一首致阿尔封斯·卡尔的头脑简单的诗里，诗人把他的创造性同种葡萄酿酒的人等同起来：

每一个骄傲的人都能卖出他的甘甜！
我卖我的葡萄酒一如你卖你的鲜花，
多么幸福，当我践踏脚下的葡萄，看着仙液
琥珀一般的溪流灌入酒桶
为主人酿造，啜饮他的品质
大笔的黄金换来大笔的自由。①

在这些句子里，拉马丁赞美其乡村的丰饶和质朴，夸耀其产品在市场上给他带来的收入，如果人们不仅把它理解为道德观②，更把它视为一种阶级感的表述——小土地所有者的阶级感，那么这些句子是很能说明问题的。这是拉马丁诗歌史的一部分。在18世纪40年代，小土地所有者的境况变得糟糕起来。他们债台高筑；他们的那小片土地“已不是躺在所谓的祖国中，而是存放在抵押账簿上了”。③ 这意味着田园乐观主义的没落和那种以拉马丁的诗歌为代表的理想化的自然观的没落。“可是，

---

① 阿尔封斯·德·拉马丁：“致阿尔封斯·卡尔的信”，见《诗全集》，巴黎，1963，第1506页。

② 教皇极权主义者路易·弗约在致拉马丁的公开信中写道：“难道你真不知道‘获得自由’实际上意味着蔑视金钱？而你为了获得那种用金钱买来的自由而按照你生产蔬菜或酒那样的商业方式生产出你的书来。”（路易·弗约：《文选》，1906，第31页）

③ 马克思：《路易·波拿巴的雾月十八日》，第123页（《全集》，中文版，第七卷，第223页）。

如果说刚刚出现的小块土地由于它和社会相协调，由于它处在依赖自然力的地位并且对保护它的最高权力采取顺从态度，因而自然是相信宗教的，那么，因债台高筑而和社会及政权脱离并且被迫越出自己的有限范围的小块土地自然要变成反宗教了。苍天是刚才获得的小块土地的不坏的附加物，何况它还创造着天气；可是，一到有人硬要把苍天当作小块土地的代替品的时候，它就成了一种嘲弄。"[①] 拉马丁的诗在那片苍天上形成了乌云。正如圣伯夫在1830年写道："安德烈・舍耐尔的诗不妨说是拉马丁所铺展开的天空下的一幅风景画。"[②] 而当1848年法国农民选举波拿巴当总统时，这片天空便崩溃了，永远不复存在了。[③] 圣伯夫道出了拉马丁在革命中的角色："他或许从未想到他注定要成为奥尔弗斯神，用他金色的弓带领并缓解了那种对原始的侵略。"[④] 波德莱尔干脆说他"带点儿婊子气，带点儿娼妇气"。[⑤]

对于这个光辉形象的颇成问题的一面，波德莱尔看得比谁都清楚。这可能是由于事实上他常常感到那光辉触及他自身。博尔歇相信波德莱尔很少有机会让出版商接受他的稿子。[⑥] 欧内斯特・雷诺写道："波德莱尔必须对不道德的行为作好准备。他

---

① 马克思：《路易・波拿巴的雾月十八日》，第122页（《全集》，第七卷，第222页）。

② 圣伯夫：《德洛尔美的生活、诗与思想》，巴黎，1863，第170页。

③ 当时俄国驻巴黎大使的报告表明，事情就是像马克思在《法兰西阶级斗争》中所描述的那样发生的，1849年4月6日拉马丁曾向大使保证他将在首都集结军队——这便是资产阶级日后企图用来对付4月16日工人示威的办法（参阅M.N.波克雷斯基：《历史论文集》，维也纳，1928，第108页以下）。

④ 圣伯夫：《安慰集》，第118页。

⑤ 引自F.博尔歇：《夏尔・波德莱尔的痛苦生活》，巴黎，1926，第248页。

⑥ 同上书，第156页。

要对付的是一帮考虑到写作老手、业余作家和初出茅庐的新手的虚荣心的出版商。只有当一笔订金进账，他们才会接受稿子。”① 波德莱尔自己的全部活动与这种状况是协调一致的。他把一篇稿子同时投给好几家报纸，不加说明便允许重印。从一开始，他对文学市场就不抱任何幻想。在1848年他写道：“无论一幢房子多漂亮，在有人详细地说出它的美之前，首先不过是多少米高多少米长。同样，文学尽管由最高深莫测的东西构成，首先却是填格子；而一个名声不足以保证其利益的文学建筑师必须不论人家出什么价都卖。”② 在文学市场上，波德莱尔最终也只占了一个很糟的位置。他的全部作品不过为他挣了一万五千法郎。

圣伯夫的私人秘书儒尔·特鲁巴特这样写道：“巴尔扎克毁于咖啡，缪塞被艾酒灌得阴郁消沉……墨格尔同波德莱尔一样死在疗养院。这些作家没有一个成为社会主义者。”③ 对于最后一句话，波德莱尔当之无愧。但这并不意味着他对文人的真实处境缺乏洞见。他经常把某种人，首先是他自己，比作娼妓。“为钱而干的缪斯”（La Muse Vénale）说出了这一点。伟大的导言诗“致读者”描绘了诗人用自由换来冷酷的现金的令人难以恭维的地位。一首未收入《恶之花》的早期作品是写给街头行人的。下面是第二段。

为一双鞋她卖掉了灵魂

① 欧内斯特·雷诺：《夏尔·波德莱尔》，巴黎，1922，第319页。

② 《全集》，第二卷，第385页。

③ 欧仁·克雷佩：《夏尔·波德莱尔》，巴黎，1906，第196页以下。

但在卑鄙者身旁，我扮出
伪善的小丑般的高傲，老天爷耻笑
为当作家我贩卖我的思想。①

这第二段“cette bohème——Là，c'est mon tout”（放浪不羁，这便是我的一切）漠然地把这类人归到波希米亚弟兄中间。波德莱尔明白文人的真实处境：他们像游手好闲之徒一样逛进市场，似乎只为四处瞧瞧，实际上却是想找一个买主。

① 《全集》，第一卷，第209页。

二 游荡者

当一位作家走进市场，他就会四下环顾，好像走进了西洋景里。他的第一个企图是为自己确定方向，一种特殊的文学类型把这种企图保留了下来。这是一种全景文学。《一百零一人》、《法国人自画像》、《巴黎的魔王》、《大城市》等几部作品像西洋景一样同时受到都市人的喜爱，这种观象不是偶然的。这些书由独立成篇的小品文构成，这些短小的文章以趣闻轶事的形式描绘出西洋景的塑料制成的前景，又以大量的事实展现出它们广阔的后景。不少作家为这些书撰稿，因此，这些集子都是由纯文学的作品汇集成的。而吉拉尔丹则在通俗专栏里为这些作品找到了出路。它们大都准备在街头出售，是一种文学沙龙的外衣。在这些文学中，一些纸面平装、样子普普通通、名曰“生理学”的袖珍本占据头等重要的位置。它们探讨了逛市场可能遇到的各类人。从在林荫大道上转来转去的街道小贩，到剧院休息厅里的花花公子，巴黎生活中的人没有不被“生理学家”所描绘的。这类文学的繁荣时期是40年代初。它是通俗文学的上流（heute ècole）；波德莱尔这代人经历了这一时期。而它对波德莱尔本人意义甚小。这一事实说明他在早年就已开始走自己的道路。

1841 年，有七十六部新的“生理学”问世[①]。在此之后，这类作品开始衰落，最终与公民帝王路易·菲力浦的统治一同消亡。它在根本上是一个资产阶级流派。其大师穆尼埃（Monnier）是位具有不寻常的自我观察能力的市侩。这些“生理学”没能在任何地方突破最有限的视野。在各类人都被写完之后，就轮到城市生理学出现了。当时出现了《夜的巴黎》、《桌上的巴黎》、《水中的巴黎》、《马背上的巴黎》、《风景如画的巴黎》、《结婚的巴黎》。在城市被弄得枝穷叶尽后，作家们又开始做国家“生理学”的文章了。就连动物的“生理学”也没放过，因为动物总是无关痛痒的题目。无关痛痒是根本。在对漫画史的研究中，爱德华·福克斯指出，“生理学”的起源与所谓的九月法，即 1836 年严格化了的审查制度是相应的。这些法规概括地说，就是将一批有讽刺前科、有才华的艺术家赶出政治领域。如果这一点能实施于绘画艺术，那么政府的手段在文学上就更容易奏效了。因为一个多米埃的政治能量是无与伦比的。这样，反动成了一种原则。它“对始于法国资产阶级生活的大规模的游行作出了解释。……一切都经过了检查……庆典日、哀悼日、工作与娱乐、夫妻生活习惯、单身的行为、家属、家庭、儿童、学校、社会、剧院、身份、职业等等”。[②]

这些作品轻松自如的描写风格，投合在柏油马路上拾捡花

---

① 夏尔·鲁昂德尔：《十五年来法国精神产物的文字统计》，载《两世界杂志》，1847 年 11 月 15 日，第 686 页以下。

② 爱德华·福克斯：《欧洲工人的漫画像》，慕尼黑，1921，卷一，第 362 页。

草的游手好闲者的风格。但即便在那时，也不可能在城市里四处游荡。在奥斯曼之前，宽阔的街面很少。而狭窄的街道安全没有保障。假如没有拱门街，游荡就不可能显得那么重要了。1852年的一张巴黎导游图这样写道：“这些拱门街是豪华工业的新发明。它们顶端用玻璃镶嵌，地面铺着大理石，是连接一群群建筑的通道。它们是店主们联合经营的产物。通道的两侧是高雅豪华的商店。灯光从上面照射下来。”所以，这样的拱门街可以说是小型城市，甚至是“小型世界”。游手之徒就在这个世界里得其所哉，他们为闲荡的人、抽烟的人喜欢逗留的地方，为各行各业的小人物可以发泄气愤的地方①提供了编年史家和哲学家。至于他本人，他那种在一个酒足饭饱的反动政权的邪恶的眼皮底下容易产生的厌倦，在那里可以万无一失地得到补偿。用波德莱尔所引用的吉斯（Guys）的话来说，“谁要是在人群中感到厌烦，谁就是蠢蛋。我再重复一遍：谁就是蠢蛋，一个不值一顾的蠢蛋。”② 拱门街是室内与街道的交接处。如果有人想谈“生理学”的表现手法，把大街变成室内就是得以证明了的通俗文学的手法。街道③成了游荡者的居所。他靠在房屋外的墙壁上，就像一般的市民在家中的四壁里一样安然自得。对他来说，闪闪发光的珐琅商业招牌至少是墙壁上的点缀装饰，不亚于一个有资产者的客厅里的一幅油画。墙壁就是他垫笔记本的书桌；书报亭是他的图书馆；咖啡店的阶梯是他工作之余向家里俯视的阳台。这种多姿多样、变化无穷的生活只能在灰色的

① 费尔迪南·高尔：《巴黎与塞纳河》，奥尔登堡，1845，卷二，第22页以下。

② 《全集》，第二卷，第333页。

③ 在前面的句子里，“街道”（street）被换成了“大街”或“林荫大道”（boulevard）。

碎石块中兴旺繁荣，而君主政治的灰色的背景正是“生理学”立于其上的政治秘密。

从社会的角度来看，这些作品也都是值得怀疑的。“生理学”在人物描写中呈现给大众的是长长一串或古怪、或单纯、或可爱、或严肃的人物。他们有一个共同点：都彬彬有礼、于众无害。这种对同类的看法与实际体验相距甚远，定有其不同寻常分量的动机。原因是一类特殊人物的不安。人不得不使自己适应一个新的、陌生的环境。在大城市尤其如此。西美尔巧妙地道出了其中的内含。他说：“看得到而听不到的人比听得到而看不到的人更不安，这里包含着大城市社会学特有的东西。大城市的人际关系明显地表现在眼的活动大大超越耳的活动。公共交通手段是主要原因。在汽车、火车、电车得到发展的19世纪以前，人们是不能相视数十分钟，甚至数小时而不攀谈的。”① 西美尔认为，这种新的环境令人不愉快。在他的《欧仁·阿拉姆》（*Eugene Aram*）中，布尔威尔-利东（Bulwer-Lytton）在描写大城市时，引用了歌德这样的话：每个人，无论是最高贵的还是最卑贱的，心里都揣着一个秘密，假如这个秘密被公众所知，他就成了大家痛恨的人。② 生理学则把这些令人不安的思想视为皮毛拂置一边。可以说，这些思想构成了马克思所说的“思想狭窄的城市动物”③ 的眼罩。福考的《法国工业生理学》中一段有关无产阶级的描写向我们表明，在需要的情况下，这些生理学提供的视野是多么的有限：“安宁的享受对

① 格奥尔格·西美尔：《社会学》，柏林，1958年，第四版，第486页。

② 参看布尔威尔-利东：《欧仁·阿拉姆：一个故事》，巴黎，1832，第486页。

③ 马克思与恩格斯论费尔巴哈，见里亚扎诺夫编《马克思恩格斯文献》，法兰克福，1921，第一卷，第362页。

一个工人来说简直是一种折磨。他居住的房子可能是在晴空之下，绿荫环抱，鸟语花香；可是如果他无所事事，他仍然不能消受这幽居的妙处。然而，如果他偶然听到远处某家工厂传来刺耳的噪音，哪怕是听到工厂传来的机器单调的‘哐啷’声，他的表情就会放出光彩。他就不会再感到高贵的花香。从工厂高高的烟囱里冒出的浓烟和打在铁砧上轰响的铁锤声会使他快乐得颤栗。他怀念那些按着发明家指定的方式进行工作的日子。”① 读了这段描写的企业家可能比习惯还要轻松地睡大觉去了。

的确，在这种作品里最明显的，就是要呈现给读者一幅人们互相友好的画面。因此，生理学用自身的方式，帮助创造了巴黎生活的幻觉。但它们的办法也就仅此而已。人们明白彼此之间是债主与欠债人的关系，顾客与售货员的关系，雇主与雇员的关系，尤其明白是竞争对手的关系。从长远来看，人们也可能相信他们的下属是无害的怪物。所以，这些作品不久对事物形成了一种较接近事实的观点。它们祈灵于18世纪的相面学家，尽管他们与后者的努力无甚联系。在拉瓦泰尔和高尔身上，除了玄想和幽幻之外，还有真正的经验主义。生理学完全依附于经验主义，没有加进任何自己的东西。它们向人们保证，每个人都无需任何实际的了解就可以辨认出一个过路人的职业、性格、背景和生活方式等方面。在这些作品中，能力仿佛是某位可爱的仙女在大城市人降生时赐给他的礼物。在这方面，巴尔扎克比其他人都更有天赋。他对不加修饰语言的偏爱获得了极好的报答。他写道：“一个人具有的天才是极明显的，以致一

① 爱德华·福考：《法国工业的生理学》，巴黎，1844，第222页。

个受教育极少的人在巴黎市街游逛时碰到一位艺术家，也能立刻辨认出来。"[①] 德尔沃是波德莱尔的朋友，也是小有名气的通俗小说家中最有趣的一位。他声称他可以像地质学家分辨岩层一样，轻而易举地将巴黎人按阶层划分出来。如果能做出这种事来，那么大城市的生活肯定就不会像人们或许感到的那样令人不安了。这样，波德莱尔下面的这类问题就没有意义，如："与文明的日常的震惊相比，森林和草原的危险还算得了什么？人或在大街上捉住他的牺牲品，或在神秘的树林中刺死他的猎物，他不是四处都保持着食肉兽中最完美的形象吗？"[②]

对于这个牺牲品，波德莱尔用了"dupe"这个词，意思是被欺骗的、被愚弄的人。这样的人是人类本性鉴赏家的参照物。一个城市变得越离奇古怪，对人的本性的认识就要越加深刻，才能在其中生存下去。事实上，为生存而进行的激烈斗争导致个人急不可待地宣告他的自身利益。在评价某个人的行为时，对他这些利益的熟悉比对他个性的了解更有裨益。游荡者喜好吹嘘的那种能力，很可能是培根早已在市场找到的浪荡儿的能力。波德莱尔对这种浪荡儿几乎没有什么敬意。他对原罪的信仰使他再不能相信对人的本性的认识。他与把研究教条和研究培根融为一体的德·梅斯特尔立场一致。

生理学作家们所兜售的安慰人心的小小补偿很快就没有效果了。另一方面，关注城市生活中那些动荡和危险方面的文学则前程远大。文学也以大众为对象，但其方法与生理学不同。文学不热衷于给各类人物定义概念化。相反，它探究的是大城

① 巴尔扎克：《蓬斯表弟》，巴黎，1914，第130页。

② 《全集》，卷二，第637页。

市民众所特有的功能。其中的一种功能引起人们特别的注意，并且早在18世纪末就被一份警察报告进一步确定。1798年，一位秘密警察写道："要想在人口稠密的地方保持完美的行为几乎是不可能的，因为人与人互不相识，一个人在他人面前无需惭颜。"① 在这里，大众仿佛是避难所，使得这类脱离社会的人免遭惩罚。在大众的各种危害方面，这一点最为明显。这也是侦探小说的开端。

在人人都像密谋者的恐怖时期，人人都处于扮演侦探角色的情形中。游荡给人提供了这样做的最好机会。波德莱尔写道，"一个旁观者在任何地方都是化名微服的王子。"② 如果游荡者就这样变成了不情愿的侦探，在社会方面这对他是很有好处的，因为这使他的游荡得到人的肯定和赞扬。他只是看起来无所事事，但在这无所事事的背后，却隐藏着不放过坏人的警觉。这样，侦探家看到了自我价值得以实现的广阔领域。他具有与大城市节奏相合拍的各种反应。他能抓住稍纵即逝的东西。这使他把自己梦想为一名艺术家。人人都赞叹速写画家的神笔。巴尔扎克就说，这样的艺术就在于快速的捕捉。③

破案的精明与宜人的游荡者的冷漠相伴，这构成大仲马《巴黎的莫希干人》一书的主干。主人公决定跟随他抛在风中的一片纸去寻求冒险。无论游荡者循何路而行，结果总是被引导着走向犯罪。这表明侦探小说也在参与制造巴黎生活的幻觉，尽管它们有精明的计算。虽然侦探小说美化那些罪犯的对手，

① 引自A.施密特：《法国革命》，第三卷，莱比锡，1870，第337页。

② 《全集》，第二卷，第333页。

③ 巴尔扎克在他的《赛拉菲塔》（*Seraphita*）中说："一连串急速的一瞥所获得的感觉可以把地球上最对立的景物安置在想象之中。"

尤其是美化追捕罪犯的场所，但毕竟没有美化罪犯本人。梅萨克向我们表明这些作家的尝试与库柏多么相似。[①] 在库柏给人的影响中，最有意思的便是：永远展示，从不掩盖。上面提到的《巴黎的莫希干人》一书连题目都体现了这一点。作者向读者许诺，他将在巴黎为我们展开一幅热带森林和大草原的背景。该书的第三卷的封面是一幅人迹罕至、野草丛生的街道的木刻画。画的底端有一行字："昂费尔大街的热带森林。"出版社在这卷书的发行中随附了一张单页，上面用了一句很精彩的话概括了画面与文字的关联，从中我们可以看到作者热情的表达。"巴黎——莫希干人……这两个名字如同两个巨大的神秘物轰然撞到一起。一道深渊将二者隔开。从这道深渊下面闪出一道电光，它来自大仲马。"甚至更早些，费瓦尔还提到了一名在大都市中历险的北美印第安人。这个印第安人名叫托瓦。他在一次乘小马车的旅行中，用巧妙的办法将与他同路的四个白人的头皮剥了下来，并且没让赶车的发觉。《巴黎的秘密》最初在提及库柏时肯定地说，该书中的巴黎下层人物"离文明之遥远不亚于库柏笔下的刻画精湛的野蛮人"。而巴尔扎克更视库柏为楷模，对他津津乐道，百谈不厌。"在美洲的森林中，敌对的部落在途中遭遇。库柏的诗充满了这类恐怖的情形。这类使库柏享有很高地位的诗，同样被用于表现巴黎生活最细微的方面。行人、商店、出租车、倚在门窗上的汉子，所有这一切对佩拉德的随身保镖都有强烈的魅力，就像库柏小说中的树根、貂穴、岩石、水牛皮、静止不动的木舟和婆娑的树叶牵动读者一样。"巴尔扎克的小说题材丰富，从写印第安人的到侦探小说，无所不有。

① 罗杰·梅萨克：《侦探小说与科学思想的影响》，巴黎，1929。

早期有人反对他所描写的“穿短夹克的莫希干人”和“穿燕尾服的于隆们”。[①] 另一方面，与波德莱尔相似，伊波利特·巴博1857年回忆道：“当巴尔扎克冲破禁闭、直抒胸臆的时候，人们在门外听着……简而言之，他们的举止一如我们的邻居、谨小慎微的英国人所说的那样：好像警察密探。”[②]

首次出现在法国的侦探小说是美国作家爱伦·坡作品的译本，如《玛丽·罗吉特的秘密》、《摩尔古街的凶手》和《被窃取的信》等。侦探小说的趣味在于它的逻辑结构，这一点犯罪小说就不一定需要。有了上面这些翻译模本，波德莱尔便采纳了爱伦·坡的风格。他的作品也无疑吸收了坡的作品。波德莱尔本人阐明了他与这种方法相一致这一事实，而且两人的个人风格也吻合。坡是现代文学中最伟大的技巧创新家之一。诚如瓦雷里指出的，[③] 他是第一位尝试科幻小说、现代宇宙起源学、病理学等方面写作的作家。坡把这种文体视为普遍有效的方法的直接产物。波德莱尔恰恰在这一点与他一致，他以坡的精神写道，“拒绝与科学和哲学结伴的文学只能走向谋杀和自杀，人们理解这一道理的日子已为期不远了。”[④] 侦探小说是爱伦·坡的技术成就中最重要的部分，也是满足波德莱尔的设想的那种文学的一部分。侦探小说的分析构成了波德莱尔自己作品里的分析的一部分，尽管他本人不写这类小说。《恶之花》有作为disjecta membra（其一分子）的三个决定性的因素：受害者及作案场面（如“被谋杀的女人”）、谋杀者（如“凶手的酒”）和

① 参较安德烈·勒·布勒东：《巴尔扎克》，巴黎，1905，第83页。

② 伊波利特·巴博：《尚弗勒里先生生活现状的真谛》，巴黎，1857，第36页。

③ 参较波德莱尔：《恶之花》，1928，保罗·瓦雷里作序。

④ 《全集》，第二卷，第424页。

人群（如“黄昏”）。波德莱尔缺少的是能允许理智突破浓厚感情气氛的第四要素。波德莱尔没有写侦探小说是因为他的秉性使他无法与侦探打交道。在他那里，筹划与结构的因素见诸离群索居的一类人，并成为他们残酷的有机部分。波德莱尔对马尔基·德·萨德太偏爱了，以至于使他无法与坡竞争。①

侦探小说最初的社会内容是消灭大城市人群中的个人痕迹。在其侦探小说中卷数最多的《玛丽·罗杰特的秘密》中，坡极详细地表现了这个创作动机。同时，这部小说也是最早把新闻体裁运用于破案的。坡小说中的侦探谢瓦利埃·杜邦不是靠自己的观察，而是靠每天的新闻报道的内容来工作的。对这些报道作批判性的分析构成了小说中的传闻。犯罪的时间必须由另外的事情来加以确定。一家叫《商报》的报纸表示了这样的观点，被谋杀的女子玛丽·罗杰特是刚离开她母亲的住所便被人干掉的。坡写道：“像这样一位有名望的女子，路经三片住宅区而无一人看见，这是不可能的。这是一个长期居住巴黎的人——一名公务员的看法——他的行动范围基本局限于某些办公室附近……他时常在有限的地带走来走去，这里众生芸芸，但这些人只是由于他在职业上与他们的关系才注意他。然而玛丽的行踪一般来说是被认为漫无边际的。在这一特殊的情形下，她很可能走一条比平时更为多变的路线。我们所想象的那种《商报》所认为的并行，只能出现在两个横穿全城的毫不相干的人身上。在这种情形下，两人不但要有同样数量的熟人，而且遇到熟人的机会也要相等。我自己认为，玛丽从她自己的住所去她姑妈的住所的一路上，可能而且很可能遇到任何认识她的

① “人们不得不返回去求诸萨德来释解恶。”（《全集》，第二卷，第694页）

人。如果从完整、恰当的角度来审视这个问题，我们就必须牢牢记住，即便是巴黎最著名的人物，其私交与巴黎人口相比也是微不足道的。”如果不考虑引起爱伦·坡这些沉思的背景，侦探就不能胜任其工作。但问题却不会失去效力。问题的变化形成了《恶之花》中一首最著名的诗篇的基础，这是首题为“给一位交臂而过的妇女”的十四行诗：

大街在我们的周围震耳欲聋地喧嚷。
走过一位穿重孝、显出严峻的哀愁，
瘦长而苗条的妇女，用一只美手
摇摇地撩起她那饰着花边的裙裳；

轻捷而高贵，露出宛如雕像的小腿。
从她那像孕育着风暴的铅色天空
一样的眼中，我像狂妄者浑身颤动，
畅饮销魂的欢乐和那迷人的优美。

电光一闪……随后是黑夜！——用你的一瞥
突然使我如获重生的消逝的丽人，
难道除了在来世，就不能再见到你？

去了！远了！太迟了！也许永远不可能！
因为今后的我们彼此都行踪不明，
尽管你已经知道我曾经对你钟情！①

① 《全集》，卷一，第106页（中译据钱氏译本）。

这首诗不是把人群当成罪犯的避难所来看，而是作为诗人捕捉不到的爱来表现的。可以说，这首诗探讨的不是市民生活中人群的作用，而是人群在充满情欲的人的生活中的作用。初看这个作用仿佛是消极的，其实不然。诗人不但没有躲避人群中的幽灵，相反，这个令他着迷的幽灵正是这个人群带给他的。城市居民的欢乐尽管开始不然，但最终是一种爱。"永不"标志着遭遇的高峰，这时，诗人的热情仿佛遭到挫折，但事实上却如火焰般从他的身上迸发出来。他仿佛在熊熊的烈火中燃烧，但却没有凤凰从中飞出。第三段中描写的再生场面揭示了事物的真谛，因此也解释了前一段中的问题，使人痉挛地抽动的东西并不是每一根神经都充满意象的人的激动；不如说它是一种震惊，在承受这种震惊的时候，一种急切的欲望便突然间征服了一个孤独的人。Comme un extraugant（像一个精神失常的）这句话几乎道出了这一点。诗人强调了对女性灵魂的哀悼，这表明他并不想隐藏这一事实。实际上，在表现发生的事情的四行诗和美化它的三行诗之间存在着一条鸿沟。当蒂博代①说这些诗只能写于大城市时，他没能探入到事物的深处。在这些诗中，人们认识到爱被大城市所玷污，这一事实揭示了诗的内在形态。②

从路易·菲力浦时代以来，资产阶级就力图弥补自己的大城市私生活的没有意义的本质。他们在四壁之内寻求这种补偿。尽

---

① 阿尔贝·蒂博代：《内在》，巴黎，1924，第22页。

② 对一个交臂而过的妇人的爱这一主题也见于斯蒂芬·盖奥尔格的一首早期诗。诗人忽略了重要的东西：即那妇人穿过并在其中由人群推挤向前的人流。结局不免是一首富于自我意识的挽歌。诗人的一瞥——因此他必须向他的妇人们坦白——"转向别处，在他们还未敢将你吞没的时候/已被期待的泪水沾湿。"（盖奥尔格：《赞歌、朝圣、阿尔加巴》，柏林，1922，第23页）波德莱尔则无疑看到了过路人眼睛的深处。

管资产阶级不能令其世俗生命永垂千古，但他们却将保存日用品的遗迹视为一种荣耀的事。他们愉快地将各类物品登记，诸如拖鞋、怀表、温度计、蛋杯、餐刀、雨伞之类，他们都竭力盖起、罩起来。他们尤其喜欢那些能把所有接触的痕迹都保存下来的天鹅绒和长毛罩子。至于第二帝国末期的马卡尔特风气，一所住房就是一个箱子。这种风气把住房看成是罩人的匣子，把人和他的一切所属物点缀其中，就像大自然关照嵌在岩石里的死兽一样关照人的遗迹。我们必须辨别出这个过程中的两面，这样保存下来的物品是其物质价值的被强调，还是感情价值的被强调。它们已脱离了非所有者的世俗的眼光，尤其是它们的轮廓被一种特殊的方式弄得模糊不清。抗拒控制几乎是离群索居者的第二天性，这一点返归于占有财富的资产者身上是毫不奇怪的。

在这样的风气下，去看看在《官方杂志》上连载的一篇文章的辩证说明还是可能的。早在 1836 年，巴尔扎克就在《米农老爹》（*Modeste Mignon*）中写道："可怜的巴黎女人！为了你小小的浪漫，你可能喜欢默默无闻。可是公共场所的马车往来都要注册登记，寄信要清查邮戳，信寄到了又要重新清查盖戳，住房相应要有牌号。这样，整个国家的每一小块土地都被注册登记了，在这种文明下，法国女人怎么能随心所欲呢！"① 法国大革命以来，一个广泛的控制网络将资产阶级的生活更牢固地纳入网中。大城市的住房编号记载了标准化的进步。拿破仑政府在 1805 年使这一做法在法国强制化。在无产阶级的区域内，这种简单的强制措施无疑受到抵抗。直到 1864 年，才出现了有关木匠们居住的圣·安东尼区的报道："如果谁向这个区的居民

---

① 巴尔扎克：《米农老爹》，巴黎，1850，第 99 页。

询问他的住址，他得到的回答总是住房者的名字，而不是冰冷的官方编号。”[①] 当然，从长远看来，这种抗拒是没有意义的。人们在大城市的人群中不留痕迹地消失了，当局极力通过各种注册办法挽救这种局面。波德莱尔认为，这种努力的侵害性简直同犯罪一样。他从债主那里逃出来，便到酒吧或文学朋友那里。有时，他同时有两个住处，一旦租期到了他就和朋友到另一处过夜。这样，他就在久已不是游荡者之家的大城市中游荡。他睡的每张床都成了一张碰运气的床（lithasardeux）[②]。克雷佩特查明在 1842 年到 1858 年之间，波德莱尔共有十四个住址。

技术手段在行政控制过程中帮了大忙。现代确定身份过程的标准源于贝蒂荣的办法，但在早期，对一个人的辨认是通过手迹来确定的。摄影的发明是这一过程的历史转折点。它对犯罪学的意义不亚于印刷术的发明对文学的意义。摄影第一次使长期无误地保持人的痕迹成为可能。当这征服化名者的关键一步完成后，侦探小说应运而生了。从那时起，对那些凡是有语言和行为的罪犯的捕捉就没有停止过。

爱伦·坡的著名小说《人群中的人》仿佛是侦探小说的 X 光照片。在他的小说中，罪犯身上的披风不见了，剩下的只是铠甲：追捕者、人群和一个总是步行在伦敦人群中的不知身份的人。这个身份不明的人便是游荡者。波德莱尔就是这样解释他的。他在一篇关于吉斯的文章中把游荡者称为l'homme des foules（人群中的人）。但爱伦·坡对这个人物的描写却没有波德莱尔给予他的默许。在坡看来，游荡者独自一人的时候就感到不自在。所以他要到

① 西格蒙德·恩格伦德尔:《法国失业者协会史》,汉堡,1863,卷四,第 126 页。

② 《全集》，第一卷，第 115 页。

人群中去。他隐藏在人群中的原因可能是不言而喻的。坡有意混淆离群索居的人与游荡者之间的区别。一个人越是难找，他就越可疑。叙述者不再往下跟踪追捕，而是静静地总结他的洞察："这个老家伙……就是那类罪恶深重的天才。他拒绝孤独。他是人群中的人。"

作者并不要求读者单单对这个人物感兴趣，他对人群的描写从真实性和艺术性来看都至少同样吸引人。人群在这两方面都很突出，引人注意的第一点是叙述者对人群如痴如醉的注目。在这以后，E．T．A．霍夫曼在他的著名小说《街角窗里的兄弟》里有同样的情景描写。但这位被限制在室内的人带着极大的局限性观看人群，而那位透过咖啡店窗户向外凝视的人却有双犀利的眼睛。这两处观察点的不同正是伦敦和柏林的不同。一方面是悠闲的人。他坐在自己的角落里就像坐在戏院的包厢里；当他想更仔细地看看市场，他手边有看戏的镜子。另一方面是隐姓埋名的消费者。他步入酒吧，但由于外面的人群像磁铁一样吸引着他，他很快就离开了酒吧，并加入到人群之中。一方面是许许多多的风景画面，整体构成了一本彩色雕刻画集。另一方面是能唤起伟大雕刻家灵感的景象——一个巨大的人群，其中每个人在他人眼中既不是明澈可见，也不是暗不可察。德国小资产阶级局限十分狭窄，但霍夫曼在本质上却同坡和波德莱尔属于一类。在他最后一部原版作品的小传里我们读到："霍夫曼从未特别喜欢过自然，他重视的是人——与他们交谈、观察他们、仅仅瞧着他们——这比一切都重要。如果他夏天出去散步——好天气的傍晚他总要散散步的——碰到酒棚、糖果店，他总要停下来看看里面是否有人，是什么人在那里。"① 后来，狄更斯在外出旅游时，常常抱怨没有热闹的街

① E．T．A．霍夫曼：《文集》，十五卷，斯图加特，1829，第32页以下。

道，因为这对他的创作是必不可少的。“我无法表达我是多么需要它们（街道）。”1846年他在洛桑这样写道，当时他正在写《董贝父子》，“它们好像为我的大脑提供了紧张工作时不可缺少的东西，这样，我可以一两周内在一个僻静的地方大量地写作……然后在伦敦待上一天，又可以重新如此工作。但如果没有那盏神灯，日复一日地写作将是莫大的劳苦。……我笔下的人物若是没有人群在他们周围，往往会显得缺乏生机。”① 在波德莱尔所指责的令他憎恶的布鲁塞尔的许多事物中，有一件使他气愤：“没有橱窗！散步是富于想象的民族所喜爱的东西，这在布鲁塞尔是不可能的。这里的街道空空荡荡，毫无用处。”② 波德莱尔喜欢孤独，但他喜欢的是稠人广众中的孤独。

在小说中，爱伦·坡让孤独变得模糊隐晦。他在汽灯的光照下流连于城市。游荡者的幻觉集中在以室内形象出现的街道。在露天使用汽灯始于波德莱尔的童年时期，分枝形汽灯被安装在旺多姆广场。到拿破仑三世的时候，巴黎的汽灯迅速增加，③ 这使城市增加了安全感，人们即便夜间在空阔的大街上行走也感到轻松自在。而且汽灯比高楼大厦更有效地掩蔽了星空。“我给太阳拉上了帷幕，使他合情合理地下榻安寝，这里除了汽灯，我就再见不到光亮了。”④ 至于月亮、星星就不值得再提了。

在第二帝国鼎盛时期，主干大街的商店直到夜里十点钟才关门。那是夜游症泛滥的伟大时代。在德尔沃的《巴黎人的时间》

① 弗朗兹·梅林：《查尔斯·狄更斯》，载《新时代》三十卷（1911—1912）。

② 《全集》，第二卷，第710页。

③ M. 波埃特等编：《第二帝国统治下巴黎的改变》，巴黎，1910，第65页。

④ 于连·勒梅尔：《装煤汽的巴黎》，巴黎，1861，第10页。在波德莱尔诗中也有相同的意象：“天空慢慢合上，像巨大的卧房。”（“黄昏”）

一书中，他用了一章来写凌晨两点钟的情形。他写道：“人们可以随时休息。他们有专供他们停留和休息的场所。但在那里睡觉是不允许的。”① 在日内瓦湖畔，狄更斯怀恋地回想起热那亚，那儿有两英里长的街道路灯的光亮，让他能在夜里四处漫步。后来，拱门街的消失使游荡不再时兴，汽灯也被认为过时。对于在科尔贝尔拱门街游荡的最后一个游荡者来说，汽灯忽明忽暗的闪烁只表明了它的恐惧，因为到月底就不再有人负担它的费用了。② 史蒂文森在控诉汽灯的消失时就是这样写的。司灯人在大街从头到尾，一盏接一盏点燃汽灯的节奏令人沉思。最初这种节奏与单调的黄昏形成对照，然而现在则是与整个城市突然被霓虹灯照亮这一情景的可怕的震惊相对照。“这种光亮只应照见谋杀和在公共场所的犯罪，或者是在疯人院的走廊里，它只增加恐怖的恐怖。”③ 有些迹象表明，史蒂文森对煤汽灯所持有的如此田园诗意般的观点，只是后来的事，正是史蒂文森为汽灯写了讣告。前面提到的爱伦·坡的小说是个很贴切的例子，他对光的怪诞描写的恐怖是独一无二的：“汽灯的光线在于同奄奄一息的白昼的搏斗之中，最初是苍白柔弱的，但最后终于强壮起来，把周围的一切都投上了恰到好处、光彩耀人的光芒。一切都是昏暗的，但却辉煌璀璨——好像是被用来比喻泰图里昂风格的乌檀木。”④ 爱伦·坡还在其他地方写道：“在房屋内点汽灯是绝对不能允许的，因为跳

---

① 阿尔弗莱·德尔沃：《巴黎的年轻时代》，巴黎，1866，第206页。

② 路易·弗约：《巴黎的气味》，巴黎，1914，第182页。

③ K.L.史蒂文森：《作品集》，二十五卷，伦敦，1924，第132页。

④ 在《一个两天》一诗中有一段与之相应。虽然该诗署另一个名字，但被公认是波德莱尔的作品。它最后一段与坡的泰图里昂的议论之间的类似非常重要，因为这首诗写于1843年，那时波德莱尔还不知道坡（作品全集，第一卷，第211页）。

动的、强烈的光线会刺激眼睛。”

伦敦的人群就像它攒动在其中的灯光一样幽暗和混乱。不仅夜里从“他们的窝里”爬出来的底层市民如此，层次较高的雇员是这样被坡描绘的：“他们的脑袋都微秃，长期夹钢笔的右耳有种古怪的直立习惯，我发现他们总是用双手脱帽放帽。他们揣着怀表，金质的表链很短，但样式庄重古老。”在这段描写中，坡意不在直接观察。小资产阶级作为大众的一部分所避免不了的千篇一律的状态在这里被夸张了；他们的外表差不多是一个模子拓下来的。更令人惊奇的是对人群行动的描写。“绝大多数行人有满足的、公务在身的表情，而且好像只想着走出拥挤的人群。他们皱着眉头，眼睛飞快地转动着；在被其他行人冲撞时，他们从不表现任何不耐烦，而是整理一下衣服，继续匆匆向前。还有另一类为数不多的人，他们的行动烦躁不安，脸色红涨，口中念念有词，并向自己做各种手势，好像就是因为周围的人太拥挤而感到孤独。当他们受阻不能前进，这些人便突然停顿口中之语，手势倒增多了一倍，嘴上挂着莫名其妙、不合时宜的微笑，等着阻碍他们向前走的人。如果遭推挤，他们便向推挤的人拼命鞠躬致意，给人一种慌乱得不知所措的印象。”人们也许认为坡在说半醒半醉的浪荡儿，可实际上，他们是“贵族、商人、律师、经纪人和金融界人士”。这里所包含的除了这个阶层的心理之外，还有其他的东西。①

---

① 马克思眼里的美国形象同坡的描写非常接近。他强调了一种“物质生产的狂热和充满青春活力的节奏”。他批评这种节奏，因为事实上，在那里“既没有时间也没有机会废除旧的精神世界”（马克思：《路易·波拿巴的雾月十八日》，作品已注，第30页）。在坡那里，甚至生意人的相貌上都带着一种恶魔般的东西。波德莱尔曾描绘在黑暗中“邪恶的魔鬼们在大气中/像实业家一样睁开睡眼”。“黄昏”中的这几句或许是由坡的作品激发灵感的。

塞纳费尔德有部表现赌场的石版画，其中所描写的人物无一按通常的方式来赌博。每个人都受各自感情的支配：第一种是纵情快乐；第二种是对赌伴的戒备；第三种是麻木的绝望；第四种表现好战；最后一种是准备和人世告别的人。这部作品的铺张使人想起爱伦·坡。当然，坡的主题更大，他的表现手法也与此相适应。他在这类描写上堪称大手笔，这体现在他不像塞纳费尔德那样通过各种行为来表现人们在个人利益中无望的孤独，而是从人们衣着和行为的荒唐的雷同中加以表现的。那些被人推挤还要不断向人道歉的奴相，表明了坡所运用的表现手法的来源。这些手法来源于滑稽剧。坡对这种手法的运用方式与滑稽剧的丑角相同。在丑角演员的表现中，明显地存在着对经济形势的暗示。他运用生硬突兀的动作模仿推动物质生产的机器，也模仿推动商品生产的经济繁荣。坡描写的那部分人对“狂热的物质生产节奏”和与之相应的经济形式有着同样的嘲弄作用。娱乐场把小人物变成了小丑。它后来用电动小车和其他相关的娱乐所得的效果是坡的小说描写所预期的。他小说中的人物仿佛只能通过反射动作表达自己，除此再没有别的方式。对人群行进的描写看起来更无人性，因为坡只讲人。如果人群阻塞，那不是因为车辆的阻碍，而是被另一群堵住。在这样性质的群体中，漫步的艺术是绝对不能兴旺的。

在波德莱尔的巴黎，情况还没有到这种地步。在后来架桥的塞纳河的某些地方，当时有摆渡的往来。波德莱尔去世那年，仍有一个商人用五百辆环城运行的花轿马车来为有钱人提供舒适的服务。在拱门街内，游荡者不会暴露给过往的马车。车内的人也不会把过路行人当成对手。因此，人们对拱门街的喜爱依旧不衰，其中有挤进人群中的行人，也有要求活动空间、不愿放弃雅士们悠闲之乐的游荡者。他那逍遥放浪的个性是他对把人分成各种专业的劳动分工的抗议。这也是他对勤劳苦干的抗议。1840 年前后，带着乌龟散步是颇时髦的。游荡者喜欢让乌龟给自己定步子。如果真能如其所愿，那么步子的行进速度就要调整到这个速度。但这种态度没有风行。倒是散布“打倒懒汉”口号的泰勒在当时走红。[①] 有些人在时间还充裕的时候宁愿等待进步的到来。1887 年拉蒂埃在他的理想国《巴黎不复存在》（*Paris n'existe plus*）中写道：“游荡者，这些我们以往常常在路边和商店橱窗前遇到的人，这类似在非在、飘荡闲游、毫无意义的分子，这类总是寻求低廉的冲动而除碎石、马车、汽灯外一无所知的人……现在变成了农夫、酒商、纺织工、制糖工、钢铁大王。”[②]

人群的游荡者在他漫游到很晚的时候，便停步在某个仍有很多顾客的百货商店前。他像熟门熟路的人那样转来转去。在坡的时代有多层百货大楼吗？这无关宏旨；坡让这位心神不安的人在市场消磨一个半钟头左右。他走进一个又一个商店，不问货价，也不说话，只是用茫然、野性的凝视看着一切东西。如果拱门街是室内的古典形式——游荡者眼中的街道就是这样的——那么百货商店便是室内的衰败。市场是游荡者的最后一个场所。如果街道一开始就是他的室内，那么现在室内就变成了街道。现在他在商品的迷宫里漫游穿行，就像他从前在城市这个迷宫里一样。坡的小说既有对游荡者最早的描写，更有对他结局的概括，这是极精彩的一笔。

---

① 参看乔治·弗里德曼：《进步的危机》，巴黎，1936，第 76 页。

② P.E.德·拉蒂埃：《巴黎不复存在》，1936，第 76 页。

拉福格在谈到波德莱尔时说，他第一个把巴黎说成是“人们像受惩罚一样在这个城市里一天天受罪”。[①] 然而，他还应该说，波德莱尔还是第一位讲到麻醉药给受到如此惩罚的人，而且只给这些人以解脱。人群不仅是这些逍遥法外者的最新避难所，也是那些被遗弃者的最新的麻醉药。游荡者便是一些被波德莱尔遗弃在人群里的人，在这一方面，他与商品的处境有相同之处，他没有意识到他的特殊处境，但这并不能减轻这种处境在他身上的效用。这种处境如同能补偿很多侮辱的麻醉药，极乐地渗透了他的全身。游荡者所屈就的这种陶醉，如顾客潮水般涌向商品的陶醉。

假如马克思偶然在玩笑中提到的商品的灵魂存在的话，[②] 那它就成了灵魂世界中能碰到的最大的移情例证，因为它在每个人身上都能看到它想依偎在其手中和室内的买主。移情就是游荡者跻身于人群之中所寻求的陶醉的本质。“诗人享受着既保持个性又充当他认为最合适的另外一个人的特权。他像借尸还魂般随时进入另一个角色。对他个人来说，一切都是敞开的；如果某些地方对他关闭，那是因为在他看来，那些地方是不值得审视的。”[③] 在这里，商品本身就是说话的人。是的，最后的话使人明确地知道，商品对一个经过陈列着精美昂贵物品的橱窗的穷汉子低语了些什么。这些物品并不对这个人感兴趣，也不向他移植感情。含意深刻的散文诗“*Les Foules*”（人群）的字里行间，委婉地提到了恋物症。波德莱尔敏感的天性与此产生

① 于勒·拉福格：《遗著汇编》，巴黎，1903，第111页。

② 参看马克思：《资本论》，1932，德文版，第95页。

③ 《全集》，第二卷，第420页以下。

了强烈的共鸣；对无生命物体的移情是他灵感的源泉之一。[①]

波德莱尔是个麻醉品的行家，但这种药物最重要的一种社会效用他可能没有抓住。这个社会效用就是嗜药成性的人在麻醉品的影响下所表现出的魅力。商品在潮水般拥在它们周围并使它们陶醉的人群那里获得了同样的效果。顾客的集中形成市场，市场又使具体的商品变成一般的商品，这就使商品对一般顾客的魅力大增。当波德莱尔谈到"大城市的宗教般的陶醉"[②]状态时，商品可能就是这种状态的莫可名状的主体。"灵魂的神圣卖淫"与那种人们称之为爱的"渺小、狭窄、软弱的爱"[③]相比，的确只能是商品灵魂的卖淫——如果与爱这种参照还有意义可言的话。波德莱尔指的是"彻底奉献的灵魂卖淫，向不期而遇的人，素不相识的过往者投注的诗与博爱"。[④] 而妓女为自己争取到的爱正是这种博爱。她们弄清了露天市场的秘密；在这一方面，商品对她们没有什么优势。一些商品的魅力是以市场为基础的，这些魅力也变成了同样的强权手段。波德莱尔在他的《黄昏的微光》一诗中是这样将它们注明的：

---

① "忧郁"的第二首是对这一点的最好补充。在波德莱尔之前几乎没有一个诗人写出像"我是间旧日的闺房，充满凋谢的玫瑰"这样的诗句来。这首诗完全建立在双重意义上死亡了的物质的移情作用上。它是没有生命的物质，是从循环过程中被排斥出去的物质。"活的物质啊，今后，你不过是一块/在多雾的撒哈拉沙漠深处沉睡，/被茫茫的恐怖所包围的花岗石！/不过是个不见知于冷淡的人世、/古老的人面狮，在地图上被遗忘、/野性难驯，只会对夕阳之光歌唱。"（钱春绮译）这首诗以斯芬克斯的意象来结尾，而它不正具有拱门街上滞留的、卖不出去的商品的那种朦胧暗淡的美？

② 《全集》，第二卷，第627页。

③ 《全集》，第一卷，第421页。

④ 同上。

透过被风摇动的路灯微光，
卖淫的各条街巷里大显身手；
像蚁冢一样向四面打开出口，
它像企图偷袭的敌人的队伍，
到处都要辟出一条隐匿的道路。①

只有大众才允许卖淫在城市的大部分区域里流行。而且只有大众才可能使他们性欲的对象由于自己产生出的种种刺激而陶醉。并非所有的人都认为大城市街道中的人群景象令人陶醉。远在波德莱尔写出散文诗"*Les Foules*"（人群）之前，弗·恩格斯就已着手描写伦敦大街人群的拥挤情形："像伦敦这样的城市，就是逛上几个钟头也看不到它的尽头，而且也遇不到表明接近开阔田野的些许征象——这样的城市是一个非常特别的东西。这种大规模的集中，二百五十万人口这样聚集在一个地方，使这二百五十万人的力量增加了一百倍……但是，为这一切付出了多大的代价，这只有在以后才看得清楚。只有在大街上挤上几天，费力地穿过人群，穿过没有尽头的络绎不绝的车辆，只有到过这个世界的贫民窟，才会开始察觉到，伦敦人为了创造充满他们城市的一切文明奇迹，不得不牺牲他们的人类本性的优良特点……这种街道的拥挤中已经包含着某种丑恶的、违反人性的东西。难道这些群集在街头的代表着各阶级和各个等级的成千上万的人，不都具有同样的特质和能力，同样是渴求幸福的人吗？……可是他们彼此从身旁匆匆走过，好像他们之间没有任何共同的地方。好像他们彼此毫不相干，只在一点上建

① 《全集》，第一卷，第108页（中译据钱春绮译本）。

立了一种默契，就是行人必须在人行道上靠右边行走，以免阻碍迎面走来的人；谁对谁连看一眼也没想到，所有这些人越是聚集在一个小小的空间里，每个人在追逐私人利益时的这种可怕的冷漠，这种不近人情的孤僻就愈使人难堪、愈是可怕。”①

似乎只有游荡者才想用借来的、虚构的、陌生人的孤独来填满那种“每个人在自己的私利中无动于衷的孤独”给他造成的空虚。与恩格斯清楚的描写相比，波德莱尔所写的听起来就朦胧含糊了：“在人群中的快感是数量倍增的愉悦的奇妙的表现。”② 但是如果我们想象这句话不仅是从一个人的角度，而且还是从商品的角度说出来的话，它就清清楚楚了。可以肯定，只要一个人作为劳动力还是商品，他就没有必要确定自己的这种状况。他越意识到自己的生活方式，那种生产制度强加给他的生活方式，他就越使自己无产化，他就越紧地被冰冷的商品经济所攫住，他就越不会与商品移情。但对于波德莱尔所属的小资产阶级，情况还没有到这一地步。在我们现在所探讨的规模上，这个阶级只是刚刚开始走下坡路。他们中的许多人有朝一日不可避免地要意识到他们劳动的商品性质；但这一天还没有到；可以这么说，只有到了那一天他们才真正算经历了他们的时代。他们分沾的顶多是享乐，永远也不会是权力，这一事实使历史赋予他们的这个时期只是一段过场。任何出去消磨时光的人都寻求快乐。然而事实却证明了，这个阶级在这个社会里对享乐的要求越高，这种享乐就越有限。如果这个阶级觉得

① 恩格斯：《英国工人阶级现状》，莱比锡，1848 年版，第 36 页以下（中文见《马恩全集》中文版，第七卷，第 561 页）。

② 《全集》，第二卷，第 626 页。

这个社会的享乐是可能的，那么，他们的享受就不会那样受到局限。如果它想获得这种享乐的高超技艺，它就不能促进同商品的移情。它必须消受这种被认可的一切快乐和别扭，它源自作为一个阶级的它对自己命运的预感。最后，它还要以即便是在破损和腐烂的物质中也能感到魅力的敏感进入这个命运。波德莱尔在一首献给一位名妓的诗中，把她的心称为“像破了皮的桃子，成熟得像她的躯体，为了爱的学问”，诗人在这里便具有这种敏感。对于像她这样从社会退出一半的人来说，能够享受社会的乐趣，是与这种敏感分子分不开的。

他以享有这种乐趣的人的态度使得人群的景象在他身上发挥作用，这种景象最深刻的魅力在于，他在其中陶醉的同时并没有对可怕的社会现象视而不见。他们保持清醒，尽管这种清醒是那种醉眼矇眬的，还“仍然”保持对现实的意识。这就是为什么在波德莱尔那里，大城市几乎永远不能在将它直接呈现出来的居民那里得到表达。雪莱通过描写伦敦人来捕捉伦敦时的直率和严厉对波德莱尔的巴黎无甚裨益：

> 地狱是个很像伦敦的城市
> 人口众多、烟雾弥漫的城市
> 这里有各种各样被毁掉的人
> 却极少或者没有快活的事情
> 公正不多，而怜悯更是少见。①

对于游荡者，这个画面罩着一层薄纱，这层薄纱就是人群

① 雪莱：“彼得钟，第三部”，《诗全集》，伦敦，1932，第346页。

在古老都市的起伏中随波逐流。[①] 因此，恐惧在这里具有魔力般的效果，[②] 只有当这层薄纱被撕破，游荡者面前出现“一个众生芸芸的广场，在街战时变得空空荡荡”[③] 的时候，他们才能看到整个城市的不被遮掩的图景。

如果要证明在人群中的经验对波德莱尔的触动的力量，不妨举出这样一个例子，即他在这种经验上曾与雨果展开过竞争。如果说雨果有力量，其力量就在于这种经验。这对波德莱尔来说是不言而喻的。他赞赏雨果身上的一种“caractère poetique... interogatif”（质疑的诗意性格）[④]，并说雨果不仅知道如何尖锐、清晰地再现明确的事物，而且还能以必要的含糊再现朦胧暗淡的事物。在献给雨果的《巴黎风光》（*tableux parisane*）三首诗中的一首就以呼唤拥挤的城市为开篇：“拥挤的城市，充满梦幻的城市。”[⑤] 在城市“拥挤的场面”[⑥] 中的老妇人的身后，又跟过一位，挤进了人群。[⑦] 人群是抒情诗的一个新主题。作为一名创新者，圣伯夫很有眼力，他以诗人的口吻很恰当地说，在他，“人群是无法忍受的。”[⑧] 在泽西流放期间，雨果为诗开辟了这个主题。他在海边散步时，这个主题在他心中成形了。他的灵感来自事物巨大的反差。在雨果那里，人群是作为沉思的对象进

---

① 《全集》，第一卷，第 102 页。

② 同上书。

③ 《全集》，第二卷，第 193 页。

④ 同上书，第 522 页。

⑤ 《全集》，第一卷，第 100 页。

⑥ 同上书，第 103 页。

⑦ 组诗《小老头》（*Les petites vieilles*）逐字逐句追逐雨果的组诗《幽灵》（*fantömes*），这强调竞争。因而波德莱尔最完美的一首诗与雨果最差劲的一首诗有一种一致。

⑧ 圣伯夫：《安慰》，巴黎，1863，第 125 页。

入文学的。汹涌的大海是人群的模本。沉思于这种永恒的景象的思想家是人群真正的探索者。他像坠入大海的怒涛中一样失落在人群中。“在孤零零的悬崖上，流放者眺望远方那些伟大而充满命运感的国度。他居高临下地望着那里人民的过去……他将自己和自己的命运融合在深广的往事之中。那些历史事件在他心中死灰复燃，并与自然力的生命——大海、礁石、浮云和其他崇高的事物融为一体，它们是与大自然息息相通的孤独、宁静的生活的一部分。”[①] “连大海也厌倦了他”（L'océan même s'estennuyé de Lui），波德莱尔在提到伫立在悬崖上沉思的雨果时挖苦地说。波德莱尔不喜欢随着自然景观亦步亦趋。他对人群的体验带有“痛心和无数的自然震惊”的痕迹。这些是行路人在大城市的拥挤和喧嚣中所经受的，这也使他的自我意识更加警觉（他对于游荡的“商品”本质上就保持这种自我意识）。对于波德莱尔来说，人群从来不是能使他的思想坠入世界深处的刺激物。而雨果却写道：“深处是人群”，[②] 因此它给他的思想提供了活动余地。自然—超自然的东西表现为森林、动物王国和汹涌澎湃的大海，它们以群的形式对雨果产生了影响。在这里的任何地方，大城市的面貌都可以在一瞬间闪现出来。《沉思的爱好》（*La pent de la rêverie*）一诗给我们提供了一个精彩的关于人群与有生命的东西混杂交合的想法。

在那丑陋骇人的梦中，双双到来的夜晚与人群都

① H.冯·霍夫曼施塔尔：《维克多·雨果的尝试》，慕尼黑，1925，第49页。

② 引自加布里埃·布努尔：《维克多·雨果的深渊》，见《尺度》，1936，7月15日，第39页。

愈见浓密；

没有目光能测出它的疆域，黑暗正随着人群的增多而越来越深。①

又如：

莫名的人流！嘈杂！那些声音、眼睛、脚步，
谁也看不见谁，谁也不认识谁；
一切都在躁动！城市在我们耳畔嗡鸣，
喧闹盖过美洲的森林和嗡嗡蜂房。②

大自然借人群对城市行使了它的基本权利。但如此使用权利的不仅仅是自然。在《悲惨世界》中有令人吃惊的场面，森林中的情形以人的群体生存的基本方式出现。“在这条街上发生的事情，不会令森林吃惊。树干、灌木、花草，紧紧盘曲缠绕的枝条藤荆及高高的野草过着一种无法名状的生活，不露形骸的东西在繁杂的整体中飘然穿过。在人类以下的东西透过雾霭感知到它们以上的东西。”③ 这段描写包含了雨果对人群特有的体验。在人群中，在人之下的东西与漂游在人之上的东西发生接触。这种杂交把其他一切都包容在其中了。在雨果那里，人群以一个由没有形状的、超人的力量以低于人类的生物中创造出来的杂种的形象出现。在雨果的人群概念所包含的视觉情调

① 雨果：《全集》，诗卷二，巴黎，1880，第365页以下。
② 同上书，第363页。
③ 雨果：《悲惨世界》，第八卷，巴黎，1881。

中，社会现实的分量要比它在政治上冲人群发的“现实主义”议论重得多。因为人群实在是种自然景观——如果可以把这个术语应用到社会状况中的话。一条街道，一场大火，一起车祸把没有按阶级路线划分的人们聚集到一起。他们以具体的实体的形象出现，但在社会的意义上，也就是说，在他们孤立的自我利益上，他们依然是抽象的。商店的顾客便是他们的模式。这些人各怀着自己的利益云集市场，环绕起他们的“共同目标”。在很多情况下，这样的人群只是一种数字的存在。这种存在隐藏着人们身边的一个巨大的怪物：由于私利的巧合而集中起来的个体。如果这种集中变得显而易见——集权国家对此负有责任，它为自己的目的而把它的依附者永久性地、强制性地集中起来——这种集中的混杂特性就清楚地表现出来了，对那些卷入其中的人来说尤其如此。人们用这种方式便把他们聚集到一起的商品经济合理化。就像把“各类”人聚集到一起的“命运”一样。这样做，人们便让整体的本能和反射行为任其自然了。在西欧社会舞台前排就座的人们认识了雨果在人群中所面临的那种超自然的东西。当然，雨果是不能估价这种力量的历史意义的。然而，人群毕竟以超自然的和怪异的扭曲在他的作品中留下了印迹。

我们知道，精神世界对雨果的生活和在泽西的创作有同样深刻的意义。他与精神世界的接触，尽管看起来有些奇怪，首先却是与人群的接触。而诗人在流放期间自然是接触不到的。人群就是精神世界的存在方式。因而雨果在基本上自视为天才辈出的先人中的一员。在他的《威廉·莎士比亚》一书中，他一页又一页狂热地数点着众多的大文豪，从摩西开始到雨果本人结束。但这些人只是大批作古的文人中的一小部分。对雨果地狱之神（Chthonian）式的头脑来说，罗马人的死不是个空洞的词句。

逝者的亡灵在最后一次降神会中姗姗来迟，就像夜的信使。雨果的泽西笔记保存了它们的思想："每个伟人都从事两项工程，一项是作为有生命的人的创造，另一项是他的精神工程。一个有生命的人致力于第一项工程，但是在夜的深沉静谧中，灵魂的创造者——噢可怕！——在他身上醒来。什么?! ——那个人叫喊道——这不全完了吗？不，不。灵魂答道：起来。风暴在怒吼，犬狐在吠嚎，四周一片漆黑，本性在上帝的鞭子下颤栗、畏缩……灵魂创造者看到了幻觉的意念。词句毛发般竖立起来，句子在颤瑟……玻璃窗上浓霜重染，昏暗沉闷。灯光被恐怖攫住……小心，活着的人，一个世纪中的人，你这来自人的世界的奴仆，这就是坟墓，这就是永恒，这就是意念幻觉。"①

雨果在这里保留的体验那种无形力量时的宇宙般的颤栗，与波德莱尔在"忧郁"一类诗中征服他那种毫不掩饰的恐怖，两者没有任何相同之处。波德莱尔对雨果很少努力理解。他说，"真正的文明并不表现在集会的转变上。"但雨果对文明毫不关心。他在精神世界感到自由自在。可以说，那是对以恐怖作为其内在部分之一的家族的永恒的补足。雨果对灵魂的谙熟大大地削弱了它的恐怖感。这未免有些小题大做，道出了灵魂的俗性。就像黑夜灵魂的佩戴一样，毫无意义的抽象物，或多或少可以在时代的纪念碑上得以灵魂的体现。在雨果的泽西笔记中，除了混乱的声音外，还可以随意听到有关"戏剧"、"诗歌"、"文学"、"思想"之类的言论。

① 居斯塔法·西蒙：《在雨果家，泽西岛的日子》，巴黎，1923，第306页以下。

对雨果来说，精神世界的芸芸众生基本是——这可能更接近谜底了——大众。他的作品吸收了不少闲谈的话题，这与他习惯在他人面前闲谈同样令人不可思议。他在流放期间所得到的来自远方的慷慨热情的赞美，使他预先尝到了晚年在家中等待他的无尽的荣耀。在他七十大寿之日，首都的人群拥向他在戴罗大街的住所。这不仅意味着精神世界的音信的实现，还意味着汹涌撞击悬崖的浪潮这个意象的实现。

总之，大众那种无法渗透的模糊的生存是雨果革命玄想的源泉。在《惩罚集》中，解放的日子被概括为：

> 这一天我们无数的掠夺者，无数的暴君
> 将会懂得人在黑暗深处的翻腾。①

能否有一个以人群为基础，与有关被压迫的大众这一观点相一致的可靠的革命判断？无论其来源如何，这个观点不正是这个判断的局限性的相当分明的证明吗？在 1848 年的内阁辩论中，雨果猛烈抨击了卡韦尼亚克对六月起义的野蛮镇压。可是在 6 月 20 日讨论“国家工场”②（atelier nationaux）中，他却说：“统治阶级有无所事事的，民众阶层也有悠闲自得的。”③ 雨果反思了当时人们对未来的盲目信仰以及当时的轻浮的观点。他也深刻地洞察到孕育在自然和人的母体中的新生命。雨果从未能成功地在二者之间架设一座桥梁。他以为这种桥梁没有必要。这

---

① 雨果，《全集》，《诗集》卷五，《惩罚集》，巴黎，1882。

② 法国资产阶级临时政府于 1848 年设立的工场，收容工人就业。

③ 佩兰，下层波希米亚人的典型代表。

解释了他的作品的浮华的铺张和庞大的场面，也说明了他的力作对他同时代人的巨大影响的原因。在《悲惨世界》题为“行话”（L'argot）的一章中，他的个性相冲突的两个方面极其残酷地相遇了。诗人在大胆地审视了底层阶级的语言作坊后终于写道：“从1789年以后，一切都在纯化了的个体中舒展开来。每个穷人都有自己的权利，因此也就有了洒在他身上的光明。一个可怜无用的人在他的内心深处揣着法兰西的荣耀。公民的尊严是他内在的支柱。任何自由的人都是勤勉的。每个知道选举规则的人也都是勤勉的。”① 雨果以文学和政治生活的成功经验所赋予他的眼光来看待事物。他是第一位以复数名词做题目的伟大作家：《悲惨世界》（直译为《悲惨的人们》）、《海上劳工》。对于他来说，大众几乎是旧时代意义上的顾客——这便是他们的大批读者和支持者。总之，雨果不是游荡者。

在跟随雨果的大众和雨果所跟随的大众中都没有波德莱尔。但这个大众对波德莱尔的确是存在的。是大众的景象使他每天都要测量他的失败的深度。也许这是他寻求这种景象的重要原因。雨果的声誉可以说强烈地刺激了他那不可救药的傲气。雨果的政治教条，作为公民（citizen）的教条，可能更强烈地触动了波德莱尔。大城市并不使他困窘。他在它们中辨出了人群；他愿同他们血肉同躯。他在他们头顶摇动的旗帜上写着“还政于民”、“民主”和进步的口号。这些口号旗帜美化了大众生存。它们遮掩了一条隔离个体与群体的门槛。波德莱尔却保护着这条门槛。这一点使雨果同波德莱尔区别开来。然而，他们二人还是相像，这是因为波德莱尔同样没有看破凝聚在人群周围的

① 雨果：《悲惨世界》，第306页。

社会之光。因此，他从反面给人们塑造了一个同雨果人群观念同样没有批判性的形象。这个形象的典型便是英雄，波德莱尔为他的主人公在都市的人群中找到了避难所。雨果把自己作为英雄放在人群中，波德莱尔却把自己作为一名英雄从人群中分离出来。

三　现代主义

波德莱尔是按着英雄的形象来塑造艺术家形象的。二者从一开始就成为彼此的鼓吹者。在《1845 年沙龙》一文中，波德莱尔写道："意志力需要很好地培养，以使它永远富于成果，即便是二流的作品也会打上独特风格的烙印。读者欣赏的是这种努力，他们的眼睛会吸啜力量的汗水。"[①] 在翌年召开的"青年文学会"上，有人提出了一个很好的方案，其中"为未来的工作而不倦地思考"[②] 是作为灵感的保证出现的。波德莱尔懂得"灵感的天然惰性"。[③] 他说缪塞从来不知道需用多大的力气才能"使一件艺术品从白日梦中浮现出来"。[④] 另一方面，他从一开始就带着自己的信条、观念和禁忌出现在众人面前。巴雷斯声称，他能从波德莱尔的"每一个微小的字眼里辨认出那种使

① 《全集》，第二卷，第 26 页。
② 同上书，第 388 页。
③ 同上书，第 531 页。
④ 阿尔贝·蒂博代：《内在》，巴黎，1924，第 15 页。

他获得巨大成功的辛劳的痕迹”。[①] 古尔芒写道，“即便在神经质的高叫中，波德莱尔仍然保留着健康的东西。”[②] 最有表现力的说法是象征主义者居斯塔法·卡恩的话。他说，“在波德莱尔看来，写诗几乎是一种体力活儿。”[③] 这一点可以从他作品里的值得我们仔细玩味的隐喻中得到证实。

这个隐喻便是斗剑士的隐喻。波德莱尔喜欢通过这种隐喻把搏斗的因素作为艺术因素来表观。当他描绘对他很有吸引力的康斯坦丁·吉斯的时候，他在人们都昏然沉睡的时刻捕捉住他。波德莱尔写他如何站在那儿“俯身于桌前，仔细审视一张白纸，就像白天处理身旁的事物一样专心致志；他如何用铅笔、钢笔和刷子向前刺去，把玻璃杯里的水泼向天花板，在衫衣上试钢笔；他如何急速而紧张地忙于工作，好像害怕他的那些形象会丢下他逃之夭夭；因此，即使在他独自一人的时候他也是好斗的，他得闪开来自自己的攻击”。[④] 波德莱尔在他的诗《太阳》的开头一段把处在那种“古怪的练习”的剧痛中的自己描绘出来，这或许是《恶之花》里惟一的一处他在自己的诗的劳作中露面。决斗是每个艺术家都幸免不了的，“他在被击倒之前吓得尖叫起来”[⑤]，然而这种决斗却被赋予了一种田园诗的结构；它的暴力隐退到背景之中，而它的魅力也就能够被人认识到了。

---

① 引自安德烈·纪德：“波德莱尔与M. 法盖”，载《新法兰西评论》，1910年11月第一期，第513页。

② R. 德·古尔芒：《文学漫步》，第二辑，巴黎，1906，第85页以下。

③ G. 卡恩序：《我的赤裸的心》（波德莱尔），巴黎，1909，第6页。

④ 《全集》，第二卷，第334页。

⑤ 引自E. 雷诺：《夏尔·波德莱尔》，巴黎，1922，第317页以下。

沿着古老的市郊，那儿的破房
都拉下了暗藏春色的百叶窗，
当毒辣的太阳用一支支火箭
射向城市和郊野，屋顶和麦田，
我独自去练习我奇异的剑术，
向四面八方嗅寻偶然的韵律，
绊在字眼上，像绊在石子路上，
有时碰上了长久梦想的诗行。①

在散文中同样也给予这些诗的体验以其应有的地位，这是波德莱尔在散文诗《巴黎的忧郁》里的一个首创。在给《新闻报》（*La Presse*）主编阿尔塞纳·乌萨耶的题辞中，波德莱尔在这个首创之外又告诉了我们这些体验的真正的底蕴。“我们中谁不曾在某个雄心勃勃的时刻梦想一种诗意散文的奇迹，没有节奏和韵律，像音乐一样轻快流畅，时断时续，正适于灵魂奔放不羁的骚动，梦的起伏和思想的突然跳跃？这种令人着魔的理想首先是大城市体验的结果，是它的千千万万种关系相交叉的结果。”②

如果有谁把这种韵律描绘下来并研究一下作品的这种模式，他就会发现，波德莱尔笔下的“游荡者”并非在人们所设想的程度上是诗人的自画像。真实生活中的波德莱尔并不像一些人描绘的那样“心不在焉”。在“游荡者”身上，看的快乐是令人陶醉的。它可以集中于观察，其结果便是业余侦探。或它只停

① 《全集》，第一卷，第96页（中译据钱氏译本）。
② 同上书，第405页以下。

滞为目瞪口呆，这时一个游荡者就成了一个 badaud，[①] 一个在马路上东游西荡看热闹的人。然而，对于大城市的揭示性的呈现并不来自这两种人。它是那些心不在焉地穿过城市，迷失在思绪和忧虑中的人们的作品。fantasque escrime（异想天开的怪癖的剑术）这一意象用在他们身上再恰当不过了。在波德莱尔心目中，他们是什么都可以，惟独不是一个观察者。切斯特顿在他论狄更斯的书里高明地捕捉到了那种在城市中飘泊、沉溺于思想之中的人。查尔斯·狄更斯的始终如一的游荡从童年就开始了。“当他做完苦工，他没有别的去处，只有流浪，他走过了大半个伦敦。他是个湎于幻想的孩子，总想着自己那沉闷的前程。……他在黑夜里从霍尔登的街灯下走过，在十字路口被钉上了十字架……他去那儿不是要去‘观察’什么，——一种自命不凡的习惯；他并没有注视着十字路口以完善自己的心灵或数霍尔登的街灯来练习算术……狄更斯没有把这些地方印在他的心上；然而他把心印在了这些地方。”[②]

在晚年，波德莱尔已经不能经常像个漫步者那样在巴黎的街头走动了。他的债主追着他，他的疾病常常发作，他同女房东之间也有争吵。他的忧虑老使他受惊，这种震惊连同他用来躲避它的千百个意念都被他重新制作成他的诗体的虚张声势的攻击。如果我们能认识到在斗剑的意象下面波德莱尔在他的诗

① “绝不能把游荡者同看热闹的人混淆起来，必须注意到个中的细微差别。……一个游荡者身上还保留着充分的个性，而这在看热闹的人身上便荡然无存了。它完全沉浸在外部世界中，从而忘记了自己。在面前的景象前，看热闹的人成了一种非人化的生物；他已不再是人，而是公众和人群的一部分了”。（维克多·富尔内尔，《巴黎街头见闻》，巴黎，1858，263 页）

② G. K. 切斯特顿：《狄更斯》，巴黎，1927，第 30 页（纽约，1906，第 45—46 页）。

里所付出的努力，就意味着我们学会了把它们当作一系列连续的小小的即兴表演来理解。他的诗作丰富多彩，这表明了他的创作是多么勤奋不辍，他同它们的关系是多么密切。他并不总是很情愿在巴黎的街角上撞见他的诗的问题。在他文人生涯的早期，当他住在皮莫当旅馆时，他的朋友们总是羡慕他能够随心所欲地从书桌上和房间里抹掉工作的痕迹。① 在那些日子里，用个象征的说法，他想的是占领街头。此后，当他一点一点抛弃了他的布尔乔亚生活，街头便日益成为他的庇护所了。但在漫步之中，一开始就包含了对这种生活的脆弱性的意识。它把一种必须做的事情装扮得像是出于一种优雅的习性，而它所展示出的机制从各方面说都是波德莱尔的英雄概念的典型特征。

这种掩饰起来的必需并不仅仅是物质上的；它还关系到诗的生产。波德莱尔的经验中的二重性，他思想之间缺乏媒介以及凝固在他形象之中的心神不安表明，他没有那种可供自己使用的蕴含，这种蕴含只有通过大量的知识和透悟的历史观才能获得。“波德莱尔身上有一种东西，这对作家来讲是一种巨大的缺欠：他天真无知。凡他知道的，他都了如指掌；但他知道得很少。他对历史学、词源学、考古学和哲学都未曾涉猎，……他对外部世界没什么兴趣；他或许也意识到这个世界的存在，

① 普拉龙，一位波德莱尔年轻时的友人回忆1845年前后那一阶段时写道：“我们思考和写作时几乎不用书桌。”提到波德莱尔时他接着说道：“就我所看到的，他往往是在街道上急速地走来走去，匆匆构思他的诗句，很少见到他坐在一张白纸前写东西。”（引自阿尔封斯·塞歇，《恶之花的生命》，巴黎，1928，第84页。）邦维尔对皮莫当旅馆的描述与此不谋而合：“我第一次去那里的时候既见不到百科全书，又没有书房，甚至连一张写字台也没有。那儿也没有壁橱，没有餐厅，没有布置起一个中产阶级公寓的一切东西。”（泰奥多尔·德·邦维尔：《我的回忆》，巴黎，1882，第82页。）

但他却从来不去研究它。”① 面对这种说法以及其他类似的批评，我们或许会自然而然、合乎情理地强调两点，一是某些东西对于一个写作的诗人来说虽然必需而且有益，但却可望不可及，二是对于一切创造性而言，最具本质意义的是独特的个人风格。但在另一方面，在一条原则的名义下，创作者的负担会变得过于沉重，这条原则便是“创造性”原则。② 这种过重的负担是最危险的东西，因为它以阿谀奉承抬高了创作者的自我估价，有效地扼制着他对敌意的社会秩序的关注。波希米亚人的生活方式有助于制造出一种对创造性的迷信，马克思曾对此作过观察和思考。他的话无论对体力劳动还是脑力劳动都同样适用：《哥达纲领批判》的草稿的头一句写道：“劳动是一切财富和文化的源泉”，接着他又加了一段评论性的注释：“资产阶级很有理由把超自然的创造力赋予劳动，因为随之而来的正是这样一个事实，即劳动依赖于自然；而一个除自己的劳动力外一无所有的人在任何社会和文明中都必然成为那些拥有物质劳动条件的人的奴隶。”③ 波德莱尔没有什么精神劳动的物质条件。从图书馆到寓所，他什么都没有，无论是在巴黎还是在外地，他整个不安定的一生都是在这种情况下应付。在 1853 年他写信给他母亲说：“某种程度上我已习惯于肉体的折磨。用两件内衣来对付破裤子和漏风的上衣，这种事情我很拿手。我还能很老练地用稻草甚至用纸塞住鞋子上的洞眼。精神上的痛苦几乎是我惟一视为痛苦的痛苦。不过不管怎么说，我已确实到了这种地步，以

① 马克希姆·迪康：《文学回忆》，卷二，巴黎，1906，第 65 页。

② 参看乔治·朗希《文学相面术》，布鲁塞尔，1907，第 288 页。

③ 马克思：《哥达纲领批判》，卡尔·柯尔施编，柏林，1922，第 22 页。

致必须避免任何突然的动作或走太远的路，因为害怕把衣服的破口弄得更大。"[①] 波德莱尔在英雄形象身上加以美化的种种经验里，这类经验是最不含糊的。

那时在另一个地方，以一种反讽的方式，一无所有的人出现在英雄形象中。这是在马克思的文章里。谈到拿破仑一世的思想，马克思说道："'拿破仑主义'的顶峰是军队至上。军队是耕种小块土地的农民转化为英雄的 point d'honneur（荣誉的门槛）。"而现在，在拿破仑三世的统治下，军队"不再是农村青年的精华，而是农村流氓无产者的乌合之众。它大部分由（remplaçants）（替补者）组成，一如第二个波拿巴本人也是个 remplaçant（替补），一个拿破仑的代用品"。[②] 如果我们从这幅画面回到搏斗的诗人的形象上来，我们就会发现有另一个形象时刻附着在它上面，这个形象便是掳掠者，一个漫游过乡村的偷盗农作物的士兵。[③] 不管怎么说，波德莱尔的两行著名的诗句，包括其中不易被人察觉的切分音，却驰名于马克思所说的社会性空虚的地域。这两句在第三首《小老太婆》的第二段的

---

① 波德莱尔：《给母亲的信》，克雷佩编，巴黎，1926，44 页以下。

② 马克思：《路易·波拿巴的雾月十八日》，作品已注，第 122 页以下。

③ 参看："对于你，年老的掳掠者，/爱情已没有滋味，也不想跟人争辩。"（《全集》，第一卷，第 89 页）在大量的、绝大部分毫无光彩的关于波德莱尔的文学作品中，一个叫彼得·克拉森的写的一本书是少数令人反感的作品之一。这本书的特点是它用乔治圈子里的歪曲的术语，让波德莱尔穿着一副铁甲出现在人们的面前，它把教权的复辟置于波德莱尔生活的中心，它描绘道："在无数闪亮的手臂的簇拥下，神圣的神明在保存着神圣权利的王权精神中被带过了巴黎的街道。这或许是他整个生存的决定性的体验，因为这关系到他的本质。"（彼得·克拉森：《波德莱尔》，魏玛，1931，第 9 页）然而那时波德莱尔才九岁。

末尾。普鲁斯特给予它们的评价是："这似乎是不可逾越的。"[①]

啊，我曾几次跟在小老太婆身后！
其中的一位，有一次，当西下的夕阳
用它流血的创伤把天空染红的时候，
它沉思地，独自离开，坐在长凳上，

听那有时涌进公园里来的军乐队
为我们举行丰富的铜管乐器演奏，
在振奋人的金色傍晚，这种音乐会
把某些英雄精神注入市民的心头。[②]

由陷入贫困的农家子编成的铜管乐队为穷苦的城市居民演奏悦耳的音乐，他们体现了那种以含糊闪烁的言词羞羞答答地遮掩着其衣衫褴褛的质地的英雄主义，这种英雄主义只有在这种姿态下才是真实的，并且它还是惟一的仍在由这个社会制造出来的品种。它的英雄们心中没有热情，而那些围在军乐队四周的小人物心中也没有容纳这种热情的地方。

公园——诗中提到它们时称之为"我们的花园"——向城市居民开放，他们徒然地向往着巨大的、四周封闭的公园。到这些公园去的人们并不全是在游荡者身边乱转的庸众。"不管属于哪个党"，波德莱尔在1851年写道，"他都不可能不被这种奇

---

① 马塞尔·普鲁斯特：《谈谈波德莱尔》，载《新法兰西杂志》，1921年6月1日，第646页。

② 《全集》，第一卷，第104页（中译据钱氏译本）。

观攫住：病态的大众吞噬着工厂的烟尘，在棉花絮中呼吸，机体组织里渗透了白色的铅、汞和种种制造杰作所需的有毒物质”……这些衰弱憔悴的大众，“大地为之惊愕”；他们感到“一股绛色的暴烈的血液在周身的脉管中流淌，他们对着阳光和巨大的公园的阴影长久而充满忧愁地注视”。[①] 这个大众是英雄轮廓借以出现的背景。波德莱尔以他自己的方式为这幅画配上了解说词。他在它下面写上了：“现代人”。

英雄是现代主义的真正主题。换句话说，它具有一种在现代主义中生存的素质。巴尔扎克也这样认为。出自他们的信条，巴尔扎克和波德莱尔都站在浪漫主义的对立面。他们高扬热情和决心，浪漫主义则美化放弃和妥协。然而观察事物的新方式在一个诗人身上远比在一个讲故事的人身上体现得丰富而充分。两种不同的说话人形象就可以表明这一点。两人都在各自的现代主义宣言里向读者引荐了那个英雄。巴尔扎克的辩论者以commis voyageur（旅行推销商）的面目出现，这位了不起的旅行推销商高老头正整装待发，要去土伦大干一番。巴尔扎克描写了他的准备过程，随即自己插进来惊呼：“好一个运动家！好一个竞技场！瞧这些武器：他，这世界，和他的三寸不烂之舌！”[②] 而在另一个方面，波德莱尔却在被剥夺继承权的人身上认出了古代的斗剑奴隶。他的诗《酒魂》（*L'Ame du vin*）的第五段写出了酒给予那些被剥削者的承诺：

你狂喜的妻子，双眼将被我点燃

① 《全集》，第二卷，第408页。

② 巴尔扎克：《高老头》，卡尔芒-列维，巴黎，1892，第5页。

你儿子从我获得力量，苍白的两颊透出红润
对于同生活搏斗的脆弱的人们
我是油，能使斗士的肌体变得坚韧①

为工资而工作的人们在日常劳动中获得的东西不折不扣正是那种帮助古代的角斗士赢得喝彩和名声的东西。这个意象是波德莱尔最精彩的洞见之一；这出自他对自身处境的思索。在《1859年沙龙》中有一段话表明了他多么想仔细地考察这个问题："当我听到人们暗藏着贬低后来者的意图给予一个拉斐尔或一个韦隆尼斯荣誉的时候，我便要问自己，是否当今一项至少同他们相当的成就应得到多得多的褒奖，因为这是在一个充满敌意的环境和氛围里取得的胜利。"② 波德莱尔喜欢在一种巴洛克式的光辉照耀下把他的主题置于行文里。在这里，我们可以看出波德莱尔理论上的敏锐。他把本来存在的主题之间的联系弄得朦胧晦涩。但这些晦涩的段落几乎每每能由他的书信澄清。不必求助于某种顺序就可以清楚地看到上述写于1859年的段落与十年前所写的一段奇特的文字之间的联系。下面这条思索链便可以重建这种联系。

现代主义施于人的自然创作冲动的抵制较之个人的力量是大得不成比例的。如果谁倦于此道或干脆在死亡中逃避，那是非常可以理解的事情。现代主义应整个地置于一个标题之下，这个标题便是——自杀。自杀这种举动带有英雄意志的印记，这种意志面对与之为敌的理智寸步不让。这种自杀不是一种厌

① 《全集》，第一卷，第119页。
② 《全集》，第二卷，239页。

弃而是一种英雄的激情。它是现代主义在激情的王国所取得的成就。[①] 按这种“passion particulière de la vie moderne”（现代生活特有的激情）的形式，自杀出现在现代主义理论的经典篇章之中。古代英雄的自杀不在此列。“除了赫拉克勒斯在奥伊塔山，尤底卡的卡托以及克丽奥佩特拉，在古代的记载里哪儿还能找到自杀?”[②] 并不是波德莱尔在现代的记载中找到了它，卢梭和巴尔扎克都是很勉强的例子。但现代主义的确已为它的出现备好了生胚，它在等待主宰它的人。这种生胚自己移植到了恰好成为现代主义的基础的社会阶层中。现代主义理论的第一个标志出现于 1845 年，那时，劳动大众对自杀的念头已经非常熟悉了。“人们争先恐后地想弄到一张描绘一个英国工人因对谋生绝望而自杀的版画。一个工人竟然跑到欧仁·苏的公寓里去上吊。他手里有一张纸条上面写着：‘我想，如果我能死在一个爱我们、为我们站出来说话的人的屋檐下，死对我是件轻松的事儿。’”[③] 1841 年一位叫阿道夫·博耶的出版商出版了一本题为《工会组织对工人利益的改善》的书。它温和地表示，想从一些老牌公司里招募一些能坚持为工会组织工作的熟练雇佣工人。可是他的著作不怎么成功。作者自己了结了自己的生命，并在一封公开信中号召他那些不走运的伙伴步他后尘。像波德莱尔这样的人自然会把自杀视为复辟时期存留在城市 multitudes

---

① 尼采后来从同样的角度发现了自杀。“人们怎样谴责基督教都不为过，因为它贬低了伟大的令人净化的虚无主义运动的价值，这种运动往往以反对虚无主义行为作为其活动方式，它所反对的那种虚无主义行为便是自杀”。弗雷德里希·尼采，《全集》，施莱赫塔编，慕尼黑，1956，卷三，第 792 页以下。

② 《全集》，第二卷，第 133 页以下。

③ 夏尔·贝诺瓦：《1848 年的人们》。载《两世界杂志》，1914 年 2 月 1 日，第 667 页。

maladines（病态的大众）中的仅有的英雄行为。他非常欣赏阿尔弗雷德·雷泰尔的死，或许他把一位技艺高超的艺术家在蒙着画布的画架前工作看成是自杀者蹈死的方式。从画的颜色可以看出，是时髦为它提供了调色板。

在七月君王的统治下，黑色和灰色成为人们衣饰的主导色调。波德莱尔在《1845 年沙龙》中把这种变化同自己联系起来。在他的第一部作品的末尾他总结道："画家，真正的画家将比任何人都更能够从现时生活中把握住史诗性的场面，并用线条和色彩教会我们理解我们自己——这些穿着漆皮鞋、打着领结的人——是多么了不起，多么富于诗意。或许真正的先锋会在明年让我们极度愉快地欢庆真正的'新'东西的出现。"① 一年之后他写道："看看衣着，看看现代英雄的外表，难道没有一种自身的美和魅力吗？……这难道不是我们的时代和痛苦所需要的装扮吗？它那淡黑色的窄窄的肩不正是无休止的送葬的象征吗？那些黑套装、军上衣不仅有一种反映普遍平等的政治的美，还有一种反映共和精神的诗的美——穿这种服装的是一支巨大的队伍——政客、色情狂、资产阶级，应有尽有。我们都亲眼目睹过某种葬礼。那一成不变的绝望的号衣便是平等的证明。……那衣料的皱褶做着鬼脸，我们裹着它像一条条禁欲的蛇，这里难道没有一种神圣的魅力吗？"② 这些内心的意象是他诗里早晨的 femme passante（女过客）对诗人的巨大吸引力的一部分。《1845 年沙龙》最后这样写道："因此，伊利亚特的英雄们不能和你们同日而语，伏脱冷，拉斯蒂涅，比洛

① 《全集》，第二卷，第 54 页以下。

② 同上书，第 134 页。

多，或是你，冯塔纳雷，你穿着像被夹子绷紧的死气阴森的衣服，这种我们人人都穿的衣服，你没有胆量向公众坦白在这外表之下你正在干什么勾当；还有你，奥诺雷·德·巴尔扎克，在所有由你想象创造的人物中，你是最超凡、最浪漫、最富于诗意的。”①

十五年后，德国南方的民主主义者弗雷德里希·泰奥多尔·费歇尔写了一篇批判男性时装的文章，也有同波德莱尔相似的看法。但两人的着重点不同，正是费歇尔在政治斗争中的一场惹人注目的争论给波德莱尔对现代主义所作的暗淡无光的说明涂上了某种色彩。费歇尔抨击1850年以来政治上的反动：“如果谁露出自己真正的颜色就会被视为荒诞不经，而穿着整齐则会被看成孩子气。这样，人们的衣着怎么会不变得色调单一、邋邋遢遢而又紧紧绷绷?”② 然而两极相通，费歇尔的政治批评所隐喻的东西与波德莱尔的早先的形象重叠起来。在他的十四行诗《信天翁》中——这是在一次渡海航行中写的作品，人们曾希望年轻的诗人能因这次航行改邪归正——波德莱尔在那些被船员们放在甲板上逗弄的笨拙的鸟儿们身上看到了自己，他是这样描绘的：

海员刚把它们放在甲板上面，
这些笨拙而羞怯的碧空之王，
就把又大又白的翅膀，多么可怜，

① 《全集》，第二卷，第136页。

② F.T.费歇尔：《对当今服饰的理性思考：批判的步骤》，新丛书，第三卷，斯图加特1861，第117页。

像双桨一样垂在它们的身旁。
这插翅的旅客，多么怯弱发呆！①

费歇尔这样描写那种盖住手腕的上衣的宽袖子：“这已不再是手臂了，而是退化了的翅膀，是企鹅的翅膀的残余，是鱼鳍；当人们走路时，那附肢便没形没状地摆动，看着像又蠢又笨的手势，像在推着、划着。”② 相同的观察，相同的形象。

波德莱尔不否认现代主义额头上盖着该隐的标志，他更为清晰地描绘了这张面孔：“大多数关心真正的现代主题的作家都满足于那种有保证的冠冕堂皇的主题，满足于我们的胜利和我们政治上的英雄主义。他们勉勉强强地这么做，完全是因为政府这样吩咐并付给报酬。然而在私人生活中却有一种全然不同的英雄主义。对微妙的生活和千姿百态的人物的观察把我们带入了由罪犯和过寄生生活的女人组成的大城市的底层。Gazetteo des Tribunaux（法庭公报）和 Monoteur（判决词）告诉我们只需睁开眼睛去发现我们自己的英雄。”③ 在这里，英雄形象把 apache（小流氓，巴黎的无赖）也包括进来了，他所具有的特点正是布努尔从波德莱尔的孤独中看到的，这种孤独是一种“noli me tangere”（顽固的皮肤溃疡），一种个人的不同。④ 一个阿帕彻人是公开唾弃道德和法律的；他永远解除了社会契约。因此他们相信这个世界把他们同资产阶级分开了，

① 《全集》，第一卷，第 22 页（中译据钱氏译本）。
② 费歇尔，作品已注，第 111 页。
③ 《全集》，第二卷，第 134 页以下。
④ 加布里埃尔·布努尔：“维克多·雨果的深渊”，载《向度》，1936 年 7 月 15 日，第 40 页。

但他却没有从雨果在其《惩罚集》里精心描绘的形象中认出自己的那副同谋的嘴脸。毫无疑问，波德莱尔的幻想注定有更大的持续力。它们找到了一种流氓无赖主义的诗，并把自己奉献给一种八十多年来长盛不衰的文体。波德莱尔是第一个揭开这层帷幕的人。爱伦·坡的英雄不是罪犯而是侦探。至于巴尔扎克，他只知道那种社会的伟大的局外人。伏脱冷经历了腾达和没落，有同所有巴尔扎克的英雄相似的履历。一个罪犯的经历几乎就是所有罪犯的经历。费拉古也有大念头和一系列的筹划；他是卡博纳利类型的人。在波德莱尔之前，阿帕彻人的全部生活局限在社会和大城市的狭小区域内，在文学里更是全无一席之地。《恶之花》中有关这一主人公的最震撼人心的描绘，Le Vin de l'assassin（凶手的酒），成了巴黎式文体的起点。歌舞酒吧“Chat noir”（黑猫酒吧）是它的“艺术总部”，“Passant，soi moderne”（路人，现代点儿）是它早期的英雄时代的碑铭。

诗人们在他们的街道上找到了社会渣滓，并从这种渣滓中繁衍出他们的英雄主人公。这意味着一种普遍的类型业已从他们辉煌的文学类型上矗立起来。这种新的类型充满了拾垃圾者的形象，而波德莱尔更是反复地把自己同这一形象联系起来。在他写 *Le Vin des chiffonniers*（《拾垃圾者的酒》）的前一年，他出版了一本散文集，推出了这一形象：“此地有这么个人，他在首都聚敛每日的垃圾，任何被这个大城市扔掉、丢失，被它鄙弃，被它踩在脚下碾碎的东西，他都分门别类地收集起来。他仔细地编纂纵欲的年鉴，描绘垃圾的日积月累。他把东西分类挑拣出来，加以精明的取舍；他聚敛着，像个守财奴看护他的财宝，这些垃圾将在工业女神的上下颚间成形为有用之物或令人欣喜的东西。”①

在波德莱尔脑子里，这幅图景是诗人活动程序的夸张的隐喻。拾垃圾者和诗人都与垃圾有关联；两者都是在城市居民酣沉睡乡的时候孤寂地操着自己的行当，甚至两者的姿势都是一样的。纳达尔曾提到波德莱尔的僵直的步态，② 这是诗人为寻觅诗韵的战利品而漫游城市的步子；这也必然是拾垃圾者在他的小路上不时停下、捡起碰到的破烂的步子。有许多例子可以说明波德莱尔有把这层关系揭露出来的隐秘的愿望。不管怎么说，这包含了某种先知的成分。六十年后，在阿波利奈尔的诗里出现了一个堕落为拾垃圾者的诗人兄弟。他是克罗尼亚曼塔尔，一个 poète assassiné（被扼杀的诗人），是那种要在全世界灭绝抒情诗的进程的第一个牺牲品。

流氓无赖主义的诗就是在这种飘忽不定的光亮中出现的。难道社会渣滓能提供大城市的英雄么？抑或英雄便是以这种材料制造作品的诗人么？③ 现代主义理论对这两者都予以肯定。但在后期的《伊卡洛斯的呻吟》（*Les Plaintes d'un Icare*）中，上了年纪的波德莱尔表明了他已不再同这一类人休戚与共了，虽然他年轻时正是从这类人中发现英雄的。

去做妓女们的情人
都很幸福、舒适、满意；

① 《全集》，第一卷。第 249 页以下。

② 引自费尔曼・马伊亚尔：《智慧之城》，巴黎，1905，第 362 页。

③ 波德莱尔很久以来一直想以这个背景写小说。他死后出版的文章里就有这类计划的迹象，一些文章的标题就叫做“畸形的教育”，“养情妇的人”，“淫荡的女人”等等。

而我，却折断了手臂，
为了曾去拥抱白云。①

诗的题目表明诗人是古代英雄的替身，但他却不得不让位于现代英雄。他们的事迹早由 Gazzaete des Tribunaux②（法庭公告）报道过了。事实上，这个辞职退场已为现代英雄的概念所固有。他注定难逃厄运，而且根本不用哪个悲剧作家来说明这一没落的必然性。一旦现代主义获得了它应得的东西，它的气数也就行将殆尽。随之而来的便是它必须经受检验。在它终结之后，它是否能成为一种古典便可一目了然。

波德莱尔对这个问题一直念念不忘。他体验过人们某天把他的不朽的宣言当作一位古典作家的宣言的滋味。"一切现代主义又都值得在某一天变成一种古典。"③ 对于他来说，这阐明了普遍的艺术使命。居斯塔法·卡恩曾非常贴切地指出，在波德莱尔身上有一种"refus de l'occasion，tendu par la nature du prétexte lyrique"④（凭恃一种诗意的天性而拒绝机运的倾向），正是这种使命意识使得波德莱尔对机遇不怎么在意。在他所属的时代里，古代英雄最迫切的"任务"，赫拉克勒斯的"劳动"的最迫切的任务莫过于那种他自己加于自身的任务：使现代主义成形。

在现代主义卷入的所有的关系中，它与古典时代的关系最

① 《全集》，第一卷，第 193 页（中译据钱氏译本）。

② 七十五年以后，干坏事的人与文人之间的冲突重新活跃起来。当作家被赶出德国时，一段关于霍尔斯特·魏塞尔的传说进入了德国文学。

③ 《全集》，第二卷，第 336 页。

④ 卡恩，作品已注，第 15 页。

为突出。在波德莱尔看来，这一点可以在雨果的作品里得到印证。“命运引导他……把古典的颂歌和悲剧……重塑为诗歌和戏剧，我们是通过他才得知这种东西。”① 现代主义标明了一个时代，同时它也指示出在这个时代起作用、带它接近古典的那种能量。波德莱尔只是偶尔几次不那么情愿地把这种能量许给了雨果。而在另一方面，他却把瓦格纳视为这种能量的狂放不羁、纯粹地道的呈现。“如果他在选择主题和戏剧处理上更靠拢古典，那么他的表现的激情的力量足以使他成为当前现代主义的最重要的代表。”② 这个句子在一个外壳里包含了波德莱尔的现代艺术理论。按他的观点，古典的要旨局限在结构方面，而作品的实质与灵感的激情则是现代主义的事儿。“唉，那些还研究纯艺术、逻辑和一般方法之外的古典主义的其他方面的人，他们过度沉溺于古典时代，自己剥夺了时运给予他们的特权。”③ 在他论吉斯的文章的最后一段里他写道：“他可以在任何地方发现我们时代生活的稍纵即逝的美，那种读者允许我们称之为‘现代主义’的特征。”④ 他的信条可以归结为：“一种持续不变的因素和一种相对、有限的因素共同创造了美。……后一种因素是由时代、时尚、道德和热情提供的。没有后一种因素，……前者也难以被吸收。”⑤ 谁也不能说这是个深刻的分析。

在波德莱尔的现代主义观点中，现代艺术理论是最薄弱的一环。他的一般观点阐明了现代主题；他的艺术理论或许同古

---

① 《全集》，第二卷，第580页。

② 同上书，第508页。

③ 同上书，第337页。

④ 同上书，第363页。

⑤ 同上书，第326页

典艺术有关，但波德莱尔从未尝试过这类东西。他的理论并没有对付那种放弃，这种放弃在他的作品里表现为失去自然和纯朴。在他的阐述中表现出的独立于坡的东西正是一种束缚的表白。他的好争辩的倾向是另一方面；它明确地反对历史主义、学院气的亚历山大主义的灰暗背景，而这些玩意儿正是维耶曼和库赞等人的时髦。波德莱尔的艺术理论的美学思考从未反映出现代主义与古代经典的互相渗透，而《恶之花》的某些诗章却做到了这一点。

在那些诗里，《天鹅》（*Le Cygne*）是最突出的。它无疑是一个寓言。骚动不安的城市变得严峻刻板起来，变得像玻璃一样易碎而透明，也就是说，“城市的面貌变化得比一个凡人的心还要快”（“La forme d'une ville/Change plus vite, hélas! que le coeur d'un mortel”）。[①] 巴黎的质地是脆弱的，它被脆弱的象征包围着——有生命的东西（女黑人和天鹅）和历史形象（安德洛马克，“赫克托的寡妇和赫勒努斯的妻子”）。他们共同的特征是对逝者的悲哀和对来者的无望。在最后的分析中，是这种衰老构成了现代主义与古典时代的最紧密的联系。无论巴黎在《恶之花》的何处出现，都带着这种衰老的印记。“黄昏的微光”是一个由城市材料再造出来的人苏醒时的悲泣。“太阳”展现出城市破败的纹缕，像阳光下的一块旧织物。那个老人日复一日逆来顺受地拿着他的工具，因为即便在晚年他也没能从匮乏中摆脱出来，而这正是城市的寓言。在城市居民中，老妇人——“小老太婆”——是惟一被精神化了的一类人。这些诗历经几十年而未遇到挑战，这应归功于守护着它们的保留地。这是拒斥

① 《全集》，第一卷，第99页。

大城市的保留地，它使这些诗篇同几乎一切后来的大城市诗歌区别开来。维尔哈伦有一段诗足以让我们明白那里所发生的事情：

罪恶疯狂的时刻，
滋生罪孽的城市大缸，
如果一个新的基督于某天诞生
在雾和街灯的光亮中，对人们
高举起人性、用新星的火焰
将它洗炼，结果将是什么？①

波德莱尔对这种透视事物的方式一无所知。城市衰老的意识是他写巴黎的那些诗篇具有永久魅力的基础。

《天鹅》一诗也是献给雨果的，在波德莱尔看来，他的作品制造出一种新的古典，而能够做到这一点的人寥寥无几。但就人所说的灵感的源泉，雨果的情况与波德莱尔的情况便在根本上不同了。雨果不懂那种变得严峻起来的能力，而这种严峻——如果用词源学的方式的话——在波德莱尔的作品里却作为一种对死的模仿，千姿百态地把自身展示出来。在另一方面，可以谈谈雨果对地狱之神（Chthonien）的癖好。这一点虽未曾被人特别指出过，但夏尔·佩吉的评论却表明，雨果与波德莱尔两人的古典概念的不同之处正在这里。“有一样东西可以肯定：当雨果在路边看到一个乞丐，他是按照那乞丐本来的样子去看他的，真实地按着他真实的样子看到了，他看到的是古代

① 爱弥尔·维尔哈伦：《触角般的城市》，巴黎，1904，第119页。

的路旁的一个古代的乞丐，一个古代的哀求者。当他看见一个大理石镶嵌的壁炉或一个水泥砖头砌的现代壁炉时，他按它们本来的样子看它们——就是说，把它视为炉边的石头，古代炉边的石头。当他瞧见一幢房子的门或门槛——通常是一块四方石头，他会在这块方石头上辨认出古代的线条，那块神圣的方石头的本来的线条。”① 下面这段《悲惨世界》里的文字作为注解是再好不过了：“圣安东区的小酒馆同建在西比尔山洞上面的那些算命者的小酒馆很相似，它们都同一种神圣的激情联系在一起；那儿的桌子几乎都是三条腿的，埃涅乌斯说起人们从前在这里痛饮西比尔的酒。”② 同样的观察事物的方式产生出雨果的组诗《凯旋门》，所谓“巴黎的古迹”的第一个形象便是由此出现的。这一纪念建筑的荣耀出自一场巴黎战役，一场“巨大的战役”，在这场战役中只有三处建筑在一片瓦砾中幸存下来：先贤祠（Sainte Chapelle）、旺多姆柱（Vendôme column）和凯旋门（Are de Triomphe）。这一组诗在雨果作品中的巨大的重要性在于它据有这样一个位置，使人们得以从头一览按古典样式建筑的巴黎风光。这首组诗写于1837年，波德莱尔不可能没有读过。

距此七年前，即1830年，历史学家弗雷德里希·冯·劳默尔在他的巴黎及法国书简中写道：“昨天，我从巴黎圣母院的塔尖上鸟瞰了这座庞大的城市。是谁第一个在这里建筑了房屋呢？什么时候巴黎的最后一座房屋倒塌，从此它变得与台伯和巴比伦一样呢？”③ 雨果描绘了有朝一日这座城市化为一片泥土的情

---

① 夏尔·佩吉：《散文作品》，巴黎，1916，第388页以下。

② 维克多·雨果：《悲惨世界》，巴黎，1881，第55页。

③ F.冯·劳默尔：《巴黎书简》，莱比锡，1831，卷二，第127页。

景：那时“河堤边浪花拍击着充满回响的桥拱，将被喃喃低语的弯曲的急流收藏”。①

> 但一切都会死去，这块土地上将惟有
> 它仍在孕育的消失了的人。②

在劳默尔之后一百多年，雷翁·都德在圣心广场（Sacré-Coeur）从另一个制高点上看见了巴黎。在他视野里，自那时以来的“现代主义”历史在一种惊人的对比中被反映出来。“从高处望着这些鳞次栉比的宫殿、纪念碑、房屋、工棚，人们不免会感到它们注定要经历一次或数次劫难，气候的劫难或是社会的劫难。我几个小时几个小时地站在富尔维埃看里昂的景色，在德·拉·加尔德圣母院看马赛的景色，在圣心广场上看巴黎的景色。在这些高处感受最深切的是一种恐惧。那蜂拥一团的人类太可怕了。人需要工作，这当然是对的，但他同样还有另外的需要，其中之一就是自杀，这既是他本人的内在需要，又是塑造他的社会的内在需要，这比他的自我保护的内在引导还要强大。因而，当人们站在富尔维埃、圣心广场和德·拉·加尔德圣母院上往下看时，禁不住要为巴黎、里昂和马赛还仍然存在而感到惊讶。”③ 这便是波德莱尔在自杀中认识到的“现代主义激情”在这个世纪收获的面貌。

巴黎城是以豪斯曼赋予它的形式进入这个世纪的。他用可

---

① 雨果：《诗集》，三，巴黎，1880。
② 同上。
③ 莱昂·多岱：《真实的巴黎》，巴黎，1929，卷一，第220页。

以想象的最谦卑的手段——铁锹、锄头、撬棍等等诸如此类的东西——革命性地改变了城市的相貌。这些简陋的工具造成的破坏程度是巨大的。在大城市不断增长的同时，一种把它夷为平地的手段也在不断进步。它将召唤出什么样的未来景观啊！然而在马克西姆·迪康于1862年的某个下午在新桥（Pont Neuf）上发现自己的时候，豪斯曼的全部活动便从它的顶点上被扯落了。迪康那时是在一家眼镜店旁等他的眼镜。“作者置身在旧时代的门槛上，体验到在某些瞬间，当人们回首往事时，一切都涂上了他自身的忧伤。他去眼镜店表明他的视力已经衰退，而这又使他想到了一切人类事物的铁律……他曾遍游东方，很熟悉那些沙漠，那儿的沙子是死者的尘土。他忽然想到这座用喧嚣包围着的大城市，有朝一日也会像许多都城那样地消亡。他想到人们会对伯里克利时期的雅典，巴尔卡时期的迦太基，托勒密时期的亚历山大，恺撒时期的罗马的细致描绘多么关注。随着一阵灵感的闪耀，——这往往会产生出非凡的主题——他决心写一本关于巴黎的书，而许多古典历史学家却没有能够写下他们的城市。他内心的眼睛已经看到了他成熟的晚年时的著作。”① 在雨果的“凯旋门”以及迪康从行政角度对他的城市所作的伟大呈现中，已能让我们觉察到一种相同的灵感，它决定了波德莱尔的现代主义思想。

豪斯曼在1859年开始工作。他的作品一直被认为是必不可少的，他的方式被立为规范。迪康在上面提到的那本书中说道：“1848年以后，巴黎几乎不适于人居住了。铁路网的不断扩

① 保罗·博尔杰，“1895年6月13日学术演讲。论马克西姆·迪康”，见《法兰西学院文选》，巴黎，1921，卷二，第191页以下。

张……促进了交通，加快了城市人口的增长。人们局促在狭窄、肮脏、弯来绕去的街道上，只能挤作一团，因为别无选择。”① 50 年代初，巴黎居民开始认识到给城市来一次大扫除是无可避免的了。在酝酿阶段，人们或许认为这次扫除作为一种美好想象的努力至少同城市的自我更新一样伟大。儒贝尔说：“激励诗人的并不是实在的东西，而是想象。”② 这用在艺术家身上也同样合适。任何事物，只要为人所知而又不能即刻置于身旁，都会变成一种想象。或许当时巴黎的街道就是这种情况。不管怎么说，一本与巴黎规模庞大的改造工程潜在相连的书完成于进行这种改造的数年之前，是颇让人怀疑的。这便是梅里翁铭刻在心的巴黎图景。没有谁比波德莱尔对它的印象更深了。对于他来说，那种大劫难的考古式的景象并不是真正触动人的东西，但这却是雨果的梦想的根基。按雨果的想法，古典时代会像雅典娜从毫无损伤的宙斯的脑袋里突然跳出来一样，从一种完完整整的现代主义中出现。梅里翁连一块卵石都没有抛弃就带来了城市的古代面貌，而波德莱尔也正是不懈地以这种方式追寻现代主义观念。他是梅里翁的狂热崇拜者。

这两人彼此间有一种鬼使神差的契合。他们生于同一年，两人的死只相距几个月。两人都在孤独和无穷的烦扰不宁中死去——梅里翁死于夏朗德，被人当作疯子，波德莱尔无声无息地死于一家私人诊所。两人声名鹊起都已是身后之事。③ 波德莱

① 马克西姆·迪康：《19 世纪下半叶的巴黎：其器官、功能和生命》，第六卷，巴黎，1886，第 253 页。

② 约瑟夫·儒贝尔：《通感之后的思想》，巴黎，1883．卷二，第 267 页。

③ 梅里翁在 20 世纪找到了他的传记作者——热弗鲁瓦。而这位作者的另一大作是《布朗基传》，这绝非巧合。

尔几乎是惟一在活着的时候盛赞梅里翁的人。他有几篇散文是与论梅里翁的短文相呼应的。论述梅里翁是一种对现代主义的尊敬，但同时也是对梅里翁的古典的一面表示尊敬。而在梅里翁身上，古典主义与现代主义也同样是相互渗透的，这种叠加、这种寓意在他身上显得明白无误。他的蚀刻画下面的题目很重要。如果作品带有疯狂的痕迹，那么它们的晦涩正突出了意义。据某种解释，虽然它有狡辩的成分，梅里翁描写新桥的诗与波德莱尔的“刻骨农夫”有密切的联系：

这里坐落着旧新桥的
一模一样的仿制品
根据当前的法令
它已被装修一新。
噢，博学多才的医生
技艺高超的大夫
为什么不把我们也治一治
像对待那座桥一样呢？①

热弗鲁瓦看到了这些画的奇特之处，“尽管它们以生活为材

① 引自居斯塔法·热弗鲁瓦：《夏尔·梅里翁》，巴黎，1926，第2页。梅里翁起先是一个海军官员，他的最后一幅蚀刻画表现了协和广场上的海军部，在涌向海军部的一大群中可以看到马拉火车，轻便马车和海豚，还有船只和水蛇，其中还可以看到一些形状像人的动物。热弗鲁瓦没有借助寓言形式便轻而易举地发现了它的“含义”：“他的梦朝这幢像城堡要塞一样坚固的房子冲来。这个地方记录了他年轻时候的生活经历，那时他仍在进行他的伟大的旅行。而现在，他要向这导致他那么多痛苦的城市和房子道别了。”（居·热弗鲁瓦，作品已注，第161页）

料，但它们表现出来的却是一种断了气的生活，一种死的或垂死的东西。”① 他理解了梅里翁的作品的本质，一如他理解它们同波德莱尔的关系，他尤其意识到一种忠诚，巴黎这座城市，这座密密麻麻的砖瓦场，便是在这种忠诚中被再现出来的。波德莱尔论梅里翁的文章微妙地提到了古典巴黎的重要意义。“我们很少看到一座伟大城市的自然的庄严被更加诗意的力量描绘出来：雄伟的石头堆，直指天穹的塔尖，冲着天空喷云吐雾的工业丰碑；② 修缮纪念建筑的巨大脚手架，对着纪念碑坚固的身躯展开其蛛网般的结构和那种似是而非的美；雾霾沉沉的天空孕育着狂怒，积蓄已久的仇恨使它变得沉重了。人们在戏剧里把自己的想象力赋予那宽阔的远景之诗，凡能构成文明的痛苦而又光荣的舞台布景的一切复杂因素都没有被遗忘。”③ 出版商德拉特尔曾计划出版附有波德莱尔的文章的梅里翁丛书，但没能成功，这不能不说是一种损失。这些文章从未写出却是艺术家的错误；他只能把波德莱尔的任务理解为创造出他所描绘的街道和房屋，除此之外，他便无能为力。如果波德莱尔照合同做了，那么普鲁斯特关于“古代城市在波德莱尔作品中的作用以及它们时常赋予它的淫荡的色彩”④ 的论述就会比现在读来更意味深长了。在这些城市中，罗马对于他是至高无上的。在给

---

① 《夏尔·梅里翁》。在这种艺术里，把“痕迹”保留下来的欲望是最有决定意义的东西。梅里翁的一组蚀刻画的题头表现了一串稀稀落落的石头，它们是一座老工场的痕迹。

② 参看彼埃尔·昂颇有见地的评论：“艺术家倾慕巴比伦寺院的廊柱而鄙视工厂的烟囱。”（彼埃尔·昂：《文学，社会的意象》，载《法兰西百科全书》，第十六卷，“当代社会的文学和艺术”一，巴黎，1935）

③ 《全集》，第二卷，第293页。

④ 普鲁斯特，作品已注，第656页。

勒孔特·德·利尔的一封信里，他承认他对这座城市有一种“天生的偏爱”。这或许植根于皮拉奈西的蚀刻画，在那上面，不复存在的废墟与新城市是融为一体的。

《恶之花》的第三十九首诗是这样开头的：

赠你这些诗篇，为了在某个晚上，
如果我的名字，有幸像一只帆船，
被朔风吹到遥远的后代的港湾，
使世人的脑海掀起梦幻的巨浪，
像无稽的传奇似的，对你的怀想，
虽像扬琴一样使读者听得厌烦。①

波德莱尔希望人们把他当作一个古典诗人来读。这个要求在短得惊人的时间里便得到落实，遥远的将来，那诗中提到的“遥远的时代”按他的想象是在几个世纪之后，但却在他去世数十年后到来了。当然，巴黎仍还存在，社会发展的伟大趋势也依然如旧。但这些趋势越是经久不变，它们的过程所涉及的一切标着“全新”的东西便越发显得陈腐过时。现代主义改变了大多数事物，而那种被认为是历久不衰的古典主义正显露出陈腐的景观。“海神像（Herculaneum）在灰烬之下被重新发现；但几年的时光却能比所有的火山灰更有效地埋没一个社会。”②

波德莱尔的古代是罗马的古代，古希腊只有一次进入了他的

① 《全集》，第一卷，第53页（中译据钱氏译本）。

② 巴尔贝·多尔维利：《纨绔子弟与G.布鲁麦尔》，载《备忘录》，巴黎，1887，第30页。

世界。古希腊给他提供了女英雄的形象，他觉得很值得把它们带到现代来，而且他也认为自己有这个能力。在《恶之花》最伟大、最出名的一首诗中，他给女人起了希腊名字，德尔菲娜与伊波利特。这首诗写的是女同性恋。女同性恋，这是现代主义的女英雄。在她身上，波德莱尔的爱欲理想——显示出强壮与男子气的女人——与他的历史理想，即古代世界的伟大结合起来。它说明了为什么“累斯博斯”这个题目长期埋藏在波德莱尔的心中。顺便说一下，波德莱尔绝没有为艺术发现了女同性恋。巴尔扎克在《金瞳女》里就已经知道她了，戈蒂叶在《莫班小姐》里、德拉图什在《弗拉戈莱塔》里都写到过她；波德莱尔在德拉克洛瓦的作品里也遇见过她；在评论他的画时波德莱尔间接地说到了这种“现代女性的魔鬼般的或神性的体现”。①

我们也可以在圣西门主义里找到这个主题，它的狂放的空想经常借助于阴阳合体的念头。其中一个例子便是用来展示迪韦格里耶的“新城市”的寺院。这一学派的一个门徒就此写道：“寺庙必须表现一个阴阳合体人，一个男人加女人，整个城市、整个王国甚至整个地球都必须按这种想法来勾画。不久将会出现一个半男和一个半女。”② 就其人类学内容而言，圣西门的乌托邦在克莱尔·戴马尔的思想里远比在这个从未落成的建筑里更容易让人理解。在童话故事夸大的幻想中，克莱尔·戴马尔早已被人遗忘。然而她留下的宣言却比童话里的母亲神话更接近圣西门理论——即工业的人格化是改变世界的力量——的本质。同样，她的文章

---

① 《全集》，第二卷，第162页。

② 亨利-雷乃·德·阿莱马涅：《圣西门主义者，1827—1837》，巴黎，1930，第310页。

也关系到母亲，但她的意思与走出法国去东方寻找那位母亲是有实质性区别的。在当代探讨女性未来的支脉繁多的文学中，戴马尔的宣言以其力量和热情而卓然独树。这篇宣言的名字是“我的未来法律”，在最后的结论里她写道：“再也没有什么母性了！同样，也没有血的法律了。我说再没有什么母性了，因为女人一旦从花钱买她身子的男人手中解放出来，她的存在就将取决于她自己的创造性。为了这个归宿她必须使自己投身于某种工作，完成某种功能。从而你不得不这样决定：把新生儿从他的自然母亲的乳下拿开，放到一位社会母亲的手中，她是一名国家雇用的护士。只有以这样的方式，孩子才能更好地成长。只有在现在，而不是过去，女人和孩子才能从血的法律下解放出来，才能从人类自我剥削的法律下解放出来。”①

在此，我们得以一睹波德莱尔所倾心的英雄女性形象的原始面貌。它的女同性恋的变种不是作家的创造，而是圣西门主义者的产品。不管怎样，这里所引的材料肯定不是这一派的编年史家手头必备的最好的记载。但无论如何，我们确能够读到一个作为圣西门教导的继承者的女人的奇特的自白：“我开始爱我的女伴，就像爱我的男伴一样，我承认，男人具有某种为其独有的身体的力量和智慧，但女人也同样具有身体的美和独特的智慧的天赋。”② 波德莱尔的一段出人意料的评论听起来就像是这段自白的回声。这段评论针对的是福楼拜的第一个女英雄。“在她旺盛的精力之中，在她暧昧的目标和最深的梦里，包法利夫人具有一个男人的素质，像从宙斯脑袋里蹦出来的雅典娜一

① 克莱尔·戴马尔：《我的未来法律》，巴黎，1834，第 58 页以下。

② 引自梅拉尔：《放荡女人的传说》，巴黎，第 65 页。

样，这种奇特的阴阳合体在一个迷人的女人的身体里灌注了富于男子气的诱惑力。”① 关于作者本人他写道：“所有受过教育的女人都应该感谢他把一个‘小女人’抬升到这样的高度……他让她置身于一种双重性中，从而塑造了一种完美的人性：既会做梦又会算计。”② 波德莱尔以其得心应手的“突袭”手段，把福楼拜的小资产阶级主妇抬高到一个女英雄的位置上。

在波德莱尔的作品中有许多重要的甚至是不容忽视的事实仍未引起人们的注意。其中之一便是在《佚诗集》（*Epares*）中挨在一起的两首女同性恋诗的对立倾向。《累斯博斯》是同性爱的颂歌，《被诅咒的女人》（即《德尔菲娜与伊波利特》）却相反，是对这种冲动的诅咒，尽管本质上的同情使这种冲动表现得生机勃勃。

公正和不公正的法律有什么用场？
心地高尚的处女们，多岛海的荣耀，
你们的宗教也庄严，像其他宗教一样，
爱情对天堂和地狱会同样加以嘲笑！③

这是第一首里的句子。在第二首诗里波德莱尔写道：

堕落下去吧，下去吧，可怜的牺牲者，
堕入到永劫的地狱的道路上去吧。④

---

① 《全集》，第二卷，第445页。
② 同上书，第448页。
③ 《全集》，第一卷，第157页（中译从钱氏译本）。
④ 同上书，第161页。

这种惊人的分歧或许可以这样解释。正如波德莱尔没有把同性恋看作一种社会问题或肉体问题，他在真正的生活中对它本没什么一定的态度。他在现代主义构架中为它留出了位置，但却没有在现实中认识它。难怪他无动于衷地写道："我们知道一些写作的女慈善家……共和主义的女诗人、未来的女诗人，她们必定是傅立叶主义者或圣西门主义者。[①] 但我们永远也不能使眼睛习惯于这些一本正经、令人厌恶的行为，这些地道男子气的亵渎的模仿。"[②] 如果我们认为波德莱尔在作品里公开拥护女同性恋就错了。波德莱尔曾要求他的代理人在《恶之花》受审时提出诉讼便证明了这一点。在他看来，社会的排斥和这种热情的英雄本性是不可分割的。"堕落下去吧，下去吧，可怜的牺牲者"是波德莱尔写给女同性恋者的最后的词句。他把她们遗弃给她们自己的厄运，她们不可能被拯救，因为波德莱尔对她们的概念已经混乱得不可收拾了。

19 世纪开始在家庭之外的生产过程中毫无节制地使用妇女。它按一种极为原始的习惯把她们彻底赶进了工厂。它的结果是，随着时间进程，男子气的特征必须借助于这些妇女来表现了。工厂劳动对人的形象的损害尤其导致了这些后果。生产力的较高形式与政治斗争一样能够助长一种较文弱的天性中的男性特征。对 Vésuviennes（维苏威火山）运动或许可以这样来理解。它为二月革命提供了一支由妇女组成的大军。"我们把自己称为 Vésuviennes"，它的公告上说："这就是说，革命的火山在每一

① 这可能暗指克莱尔·戴马尔的《我的未来法律》。

② 《全集》，第二卷，第 534 页。

位属于我们这个组织的妇女身上喷发着。”① 这种女性天性的改变所表明的趋势占据了波德莱尔的想象，如果这里还掺杂着他对怀孕的极端厌恶是不足为奇的。② 女性的男性化与这种趋势是一致的，因而他赞赏这种变化。同时，他看到无论如何应把它从经济的枷锁下解放出来。因而他甚至一味地强调性在这种进步里的重要性。他不能原谅乔治·桑，因为她同缪塞的关系败坏了女同性恋的形象。

波德莱尔对待女同性恋的态度明显有种“现实主义”的成分，他对待其他事情也有这个特点。这触动并吸引了一些专注的观察者，令他们感到好奇。儒尔·勒美特尔在1895年写道，“我们读到了一部充满技巧和内心意向的矛盾的作品。……即便在他最粗糙地描绘最黯然无光的细节真实的时候，他也沉浸在一种精神氛围之中，这强烈地吸引着我们，使我们脱离了事物加于我们的直接印象。……波德莱尔把女人看作奴隶或动物，但他却以对待圣母的同样尊敬提起她们。……他诅咒进步，厌恶这个世纪的工业，但他欣赏这种工业给当代生活带来的特殊的风味。……我们相信这种独特的波德莱尔主义是两种对立的反应方式不断结合的产物……这两种方式我们不妨称为过去的方式或现在的方式。这是意志的不朽杰作，是激情生活领域里的创造。”③ 把这种态度表现为一种意志的伟大成就是波德莱尔

---

① 《1848年共和国时期的巴黎。城市历史建设与图书展览》，巴黎，1909，第28页。

② 1844年的一个片断（《全集》，第一卷，第213页）用在这里很恰当。在波德莱尔的一幅著名的画里，他的女房东的步态极像一个孕妇的样子。这可以证明他的反感。

③ 儒尔·勒美特尔：《当代作家》，巴黎，1895，29页以下。

的心愿。但它的另一面却是缺乏说服力，缺乏洞见，缺乏稳定性的。波德莱尔在他所有的激动人心之处都易于突然地、受了惊似的改变，因此，在他生活方式的另一个极端，其景象一定是极富诱惑力的。这种方式像咒语一样从他许多完美的诗行中散发出来；它在有些地方还念叨着自己的名字：

瞧那运河边
沉睡的航船
心里都想去漂流海外；
为了满足你
区区的心意，
它们从天涯海角驶来。①

这段著名的诗句里有种摇摆的韵律；它的运动应和的是在运河里急速行驶的船只。波德莱尔渴望像船一样享有在两个极端之间摇摆的特权。船只出现在被他幽深、隐秘而自相矛盾的梦的形象所笼罩的地方。“这些漂亮的大船躺在静静的水中，令人难以察觉地摇晃着，这些结实的船看上去那么懒散，那么思乡，它们难道不是在用低沉的语言问我们：我们什么时候出发去寻找幸福呢?”② 在这些船只身上，储备就绪的极大的能量同一种漠然的神情结合在一起。这给它们蒙上了一层神秘的色彩。同样，在一个特殊的星宿上，伟大与消极也会聚在人类身上。这个星宿支配了波德莱尔的一生。他把它译解出来，称之为

① 《全集》，第一卷，67 页（中译从钱氏译本）。

② 《全集》，第二卷，第 630 页。

“现代主义”。当他在船只停泊在港湾的景象里迷失自己的时候，他就是这样做的。他这样做是为了从中引申出一种寓意。英雄像这些船只一样造得很好，结实、精致而又谐调。但是，辽阔的公海只能徒然地向他召唤，因为他的生活被一颗灾星支配着。现代主义最终证明是他的厄运。现代主义并没有提供英雄，这种类型没有用处。它把他永远拴在了安全港里，把他抛给了持久的懒惰。这样，英雄，他最后的精神体现，显得像一个花花公子。如果谁碰上这些人物中的某位，看到他们每一个姿态都是那样地极尽优雅（多亏他们的力量和沉着），他一定会自言自语道：“这可能是个有钱人；肯定地说，是个从来不干活儿的赫拉克勒斯。”① 他似乎由他的巨大支撑着。因而可以理解，有些时候波德莱尔觉得他的漫步和他诗的力量的发挥具有某种相同的尊严。

在波德莱尔看来，那种纨绔子弟像是某个伟大祖先的后裔。对他来说，纨绔主义是“堕落时代的英雄主义的最后闪光”。② 他在夏多布里昂的作品里发现了一些关于印度的纨绔子弟的情况，这使他大为高兴。但事实上，我们必须看到，这些在花花公子身上结合起来的特征带着非常确定的历史的烙印。他们是那些领导世界贸易的英国人一手制造出来的。遍布全球的贸易网操纵在伦敦股票交易者手里；这个罗网的末梢感知着最最变化多端、最频繁、最难以预料的颤动。一个商人必须对此作出反应，但他绝不能当众暴露他的反应。他们通过巧妙的训练克服了这一矛盾。他们把一种极度紧张而迅速的反应同一种松弛

① 《全集》，第二卷，第 352 页。

② 同上书，第 351 页。

甚至是懒散的举止和面部表情结合在一起。一度被视为时髦的抽筋便是其笨拙的低水平的表现。下面这段话很启发人："一个优雅的人的面部必须总带点痉挛和扭曲。如果你愿意，这种怪相就能被人归于某种天生的撒旦主义。"① 这正是巴黎常逛林荫道的人眼里的伦敦纨绔子弟的形象，同时也是波德莱尔头脑里纨绔子弟的相面式的肖像。他对纨绔主义的爱是不成功的。他没有取悦人的天赋，而这在纨绔子弟的不取悦人的艺术里是一种非常重要的东西。他反反复复地想着他的事情，他生来不得不装扮成一个乖僻的怪人，这使他陷进了深深的孤独。他最终越来越难于接近，也变得越来越落落寡合。

与戈蒂叶不同的是，波德莱尔在这个时代里找不到任何他喜欢的事物，他又同勒孔特·德·利尔不一样，他不会欺骗自己。他不像雨果或拉马丁那样具有那种人道主义理想，可他又没能像魏尔仑那样转而投身于宗教信仰。由于他对任何事情都不确信不疑，他便自己想出一种又一种新的形式。游荡者，流氓阿飞，纨绔子弟以及拾垃圾的，所有这些都是他的众多的角色。由于现代英雄根本不是英雄，他又扮演起英雄来。英雄式的现代主义最终落得一个悲剧的下场，这里面也包括英雄②的一份。波德莱尔在《七个老头》一诗中的一个引人注目的地方藏头露尾地表明了这一点。

某日早晨，当那些浸在雾中的住房

---

① T．德洛尔德：《小巴黎》，巴黎，第十卷，"巴黎，朔望潮"，25页以下。

② 作者在行文中灵活地变换同一个词的两种含义，hero一词时而作"英雄"讲，时而作"主角"讲，如同subjekt一词在不同的语境分别有"主题"与"主人公"的意思。

在阴郁的街道上仿佛大大地长高，
就像水位增长的河川两岸一样，
当那黄色的浊雾把空间全部笼罩，

变成一幅像演员的灵魂似的布景，
我像演主角一样，让自己神经紧张，
跟我的已经疲惫的灵魂进行争论，
在被载重车震得摇动的郊区彷徨。①

布景，演员以及主角在这一段里不容误解地相会了。波德莱尔的同时代人对此不需要介绍和交代。当库尔贝画波德莱尔的时候，他抱怨他的对象每天看上去都不一样。尚弗勒里说波德莱尔简直能像戴着枷锁的逃犯一样变换面部表情。② 瓦莱在他的那篇恶意的悼文里更是极尽尖刻挖苦之能事，把波德莱尔比作一个 cabotin（蹩脚的戏子）。③

然而在他的面具后面，波德莱尔心中的诗人一直隐姓埋名。他在私人交往中每每摆出一副挑衅的样子，但在工作中他却谨慎小心。隐姓埋名是他的诗的法则。我们可以把他的作诗法比作一幅大城市的地图，人们能够在房屋、门径和院落的掩护下不引人注意地四处走动。在这张地图上，词句的位置被清清楚楚地指明，就像一场暴动开始前密谋者们的位置被指明了一样。波德莱尔和语言本身一同密谋策划。他一点一点地算计它们的

① 《全集》，第一卷，第 101 页。
② 参看尚弗勒里：《青年的回忆和画像》，巴黎，1872，第 135 页。
③ 见安德烈·比耶：《战斗的作家》，见《状况》，巴黎，1931，第 189 页。

功效。他总是避免在读者面前暴露自己，这早已引起一些有能力的观察者的特别注意了。纪德就注意到波德莱尔诗里面意象与客观对象之间的精确计算过的不和谐。[①] 里维埃曾强调波德莱尔往往从生僻边远的词着眼，小心翼翼地处理它们，好似他正一心一意地带它们朝客观对象接近。[②] 勒美特尔谈到他构筑了一种形式以便控制感情的爆发，[③] 而拉福格则强调波德莱尔的那种冷笑，它像一个不速之客在字里行间闯荡，戳穿了抒情者的虚伪。拉福格引了一句："La nuit s'épaississait ainsi qu'une cloison"[④]（夜像一道隔阂越来越厚），并加上一句："我们还可以找到大量这类例子。"[⑤]

把词汇划分成适用于振奋人心的演说的一类和被这类所排斥的另一类，这种做法普遍影响了诗的创作，并且它一开始对悲剧产生的影响并不比对抒情诗产生的影响小。在19世纪的第一个十年，这种风气具有难以扼制的力量。当勒布伦的《熙德》上演时，Chambre（卧室）一词招来一片非难的议论。阿尔弗雷德·德·维尼翻译的《奥赛罗》演出失败，因为mouchoir（手绢）这个词所指的东西似乎不能为一出悲剧所容忍。维克多·

① 参看纪德，作品同上，第512页。

② 参看J．里维埃《研讨》（巴黎，1948，第15页）。

③ 参看勒美特尔，作品同上，第29页。

④ J．拉福格．《遗著汇编》，巴黎，1903，第113页。

⑤ 从这大量的例子里不妨再引几句："我们一路上把秘密的欢乐偷尝，/拼命压榨，像压榨干瘪的香橙"（《全集》，第一卷，第17页）；"自豪的乳房像一个美丽的大橱"（第一卷，第65页）；"远处的鸡啼划破长空的迷雾/仿佛吐血的血泡将啜泣噎住"（《全集》，第一卷，第118页）；"她那披着一团浓密乌黑长发的/戴着珍贵的首饰的头，/就像毛茛似的搁在床头柜上面"（《全集》，第一卷，第126页）。

雨果第一个动手铲除文学中口语词汇与高尚的演说词汇之间的差别。圣伯夫紧跟着也这样做。约瑟夫·德洛尔姆生前曾做过这样的表白："我曾试图走出自己的路子，写得朴素、不拘泥，写出独创性。我用它们本身的名字来称呼那些生活里固有的事物；但这样做离小棚屋近了而离闺房远了。"① 波德莱尔把维克多·雨果语言上的雅各宾主义和圣伯夫的田园式的自由都继承下来。他的意象由于其低劣的比喻对象而显得非常独特。他站在瞭望塔上寻找陈腐平庸的琐屑枝节以便使它们接近诗的东西。他说："vagues terreurs de ces affreuses nuits/oui compriment le coeur comme un papier qu'on froisse"②（骇人的夜晚，模糊的恐惧压迫着/我的心，像揉皱一片纸）。这种语言的姿态是艺术家波德莱尔的典型特征，它只有在寓言家看来才真正重要。这使他的寓言带有某种混乱的特质，从而使他的寓言同一般的类型区别开来。勒梅西埃是伴着这种寓言居住在巴拿斯王国的最后一人，新古典主义文学便这样跌落到它的最低点。波德莱尔与此毫不相干。他大量地运用寓言，把它们置于某种语境之中，从而在根本上改变了它们的性质。《恶之花》是第一本不但在诗里使用日常生活词汇而且还使用城市词汇的书。波德莱尔从不回避惯用语，它们不受诗的氛围的约束，以其独创的光彩震慑了人们。他常常使用 quinquet（油灯）、wagon（马车）或是 omnibus（公共车），遇见 bilan（借债单）、réverbère（反光镜）和 voirie（道路网）这类词也不退缩。让某种寓意在没有预先准备

① 圣伯夫：《约瑟夫·德洛尔姆的生活、诗和思想》，巴黎，1863，第一卷，第170页。

② 《全集》，第一卷，第57页。

的情况下突然出现是抒情词汇的特性。如果我们说我们随处都能领会波德莱尔的语言精神，那么我们往往是在这种唐突的巧合中将它捕获的。克洛代尔对此有一个确切无疑的说明，他说波德莱尔把拉辛的风格同一个第二帝国的新闻记者的风格融为一体了。[①] 他的语汇里没有一个词是预先为寓意而准备的。一个词是在一种特殊的情形里，视其包括的内容，视其将要侦察、围攻和占领的主题的顺序而被赋予这种委任的。波德莱尔称写诗为一种“奇袭”（coup de main），在这种奇袭里，寓言是波德莱尔可靠的心腹。它们是极少数准许参与机密的人。在 La Mort（死神）或 Le Souvenir（回忆），Le Repentir（悔恨）或 Le Mal（邪恶）出场的地方往往是他的诗的战略中心。这些形象在文中闪电般地出现可由大写字母加以识别；他的诗文对最最平庸、最被视为禁忌的词毫不鄙弃，这一切暴露了波德莱尔幕后的那只手。他的技巧是 putsch（暴动）的技巧。

波德莱尔殁世几年后，布朗基以一桩可资纪念的业绩为自己密谋者的一生举行了加冕式。那是在行刺维克多·诺亚之后。布朗基想清点一下他的部队的编制。他只认得他的那些中队长，而其余的人里有多少认得也难以确定。他与格朗杰联系，这位副手便组织了一次布朗基主义者的检阅。热弗鲁瓦这样描写这场检阅：“布朗基全副武装地离开家，走时同他的姐妹们道别，随后来到他香榭丽舍大街上的阅兵点。根据他与格朗杰的议定，这支以布朗基为其神秘总司令的队伍将要通过检阅。他认得那些首领，现在，他渴望看到在那些首领身后迈着正步从他面前走过的人们。布朗基不露任何蛛丝马迹地举行了他的这次检阅。

① 引自里维埃尔，作品已注，第 15 页。

这位老人倚着一棵树，站在与他同样地在观看这一奇特场面的人群中，密切注意着他的那些朋友，他们排成行列向前进，静静地走着，夹杂着一些低语，不断被喊话声打断。"[①] 波德莱尔的诗里便包含了使这类事情得以发生的力量。

有几次波德莱尔也试图从密谋者身上找出现代英雄的形象。他在二月革命期间写信给公安委员会说道："别再来悲剧了！别再来什么古罗马历史了！今天的我们难道不比布鲁图斯更伟大吗?"[②] 比布鲁图斯更伟大无疑就是说不如他伟大。因为当拿破仑三世上台时，波德莱尔并没有在他身上认出恺撒。在这一点上布朗基比他高明。但他们两人的共同之处要比两人之间的差别来得更为深刻：那种顽固不化和烦躁不安，他们义愤的力量和他们的仇恨，还有他们两人与生俱来的虚弱无力。在一行著名的诗句里波德莱尔轻松愉快地向这个世界诀别，因为在这个世界里"行动并不是梦想的姐妹"[③]，然而他的梦并没有像他觉得的那样将他抛弃。布朗基的行动是波德莱尔的梦想的姐妹。他们两人互相缠绕在一起。他们是巨石上一双互相缠绕的手，在这块巨石下面，拿破仑三世埋葬了六月战士们的希望。

---

① 热弗鲁瓦：《囚徒》，巴黎，1897，第276页以下。

② 引自欧仁·克雷佩：《夏尔·波德莱尔》，巴黎，1906，第81页。

③ 《全集》，第一卷，第136页。

附录

论唯物主义方法*

去伪存真是唯物主义方法的目标，而不是它的出发点。换句话说，唯物主义方法的出发点是充满谬误和臆测的对象。唯物主义方法必须从一开始就具有辨识力，它必须从对象的特征入手，而这种特征就是对象的高度的混杂性。唯物主义方法所要把握的对象的混杂和缺乏批判性的程度是无以复加的。它必须照这个样子把它的对象呈现出来。如果唯物主义方法声称是按照事物"在真理里面"的样子来研究它们，就会极大地减弱把握真理的机会。不过，如果唯物主义方法放弃那样的断言，做好准备去面对"事物自身"而非"在真理里面"的事物，那么把握真理的机会就会大大增加。

当然，追求"事物自身"本身就是一件诱人的事情。以读波德莱尔为例，这里面就有大量的"事物自身"。种种原始资料的涓

---

* 本文为本雅明"波德莱尔与第二帝国时代的巴黎"研究计划未完成的方法论导言，可能是为《论波德莱尔》全书而作；也可能只是为其中核心章节而作。英文本译自波茨坦档案馆藏的一份较长的手写稿。法兰克福档案馆收藏的较短的打字稿发表于 *Kursbuch* 杂志，法兰克福，1970 年第二十期。

涓细流汇入心灵的内容，在那里凝聚成传统的河流；它一直延伸到远方漂亮的山坡之间我们目光所能及的地方。历史唯物主义不会因这个美景而转移注意力。它要找的不是白云在这条河流里面的倒影，但它也不会掉转头去，以便直接“从原始资料里”畅饮，在不为人知的地方搜寻“事物自身”。这条河流推动了谁家的磨坊？谁在利用它的力量？谁在上面修筑了水坝？这才是历史唯物主义要问的问题。在任何地貌里都有种种的力运行其中，一旦我们给这些力命名，我们就改变了这个地貌的图景。

这看上去像一个复杂的过程，而它的确是一个复杂的过程。难道就没有一个更直接、更决定性的办法吗？为什么不让诗人波德莱尔直接面对当下的社会，以便让我们了解，他有什么话要对这个社会的进步人士讲（且不论他压根儿有没有话要跟他们讲）？反对这么做的理由恰恰是，我们读波德莱尔的时候，我们就让资产阶级社会给我们上了一堂历史课。我们不能忽视这些历史课的内容。批判地阅读波德莱尔与批判地修正这些历史课的内容是同一件事情。庸俗马克思主义的一个幻觉就是，我们可以不通过对其环境和其传统的种种载体的认识来决定文本或思想产品的社会功能。“当我们把文化作为对象的总和独立看待——如果不是作为它产生于其中的生产过程，那么就作为它留存于其中的生产过程——文化的概念总带有拜物教的特征”。①

① 更为决断的程序往往会带来难以预料的后果，在许多方面，这些后果令人望而生畏。比方说，把波德莱尔这样的诗人放在人类解放斗争的最先进的立场中看待这种做法是毫无意义的。从一开始，更有效的办法就是在诗人最得心应手的领域里面研究他的阴谋诡计。波德莱尔在他敌人的阵营里最自在。他的阴谋诡计对敌对阵营从来都不是什么好事情。波德莱尔是个间谍，一个心怀不满、秘密地反对自己阶级的统治的特务。

波德莱尔的作品诞生于其中的传统是一个很短的传统，但这个传统已经带上了不少历史的伤疤。批判的观察者是会对这些伤疤感兴趣的。

论 趣 味

在趣味的形成过程中，商品生产相对于任何其他生产都具有确切的优势。把产品作为供市场出售的商品生产出来的后果是，人们越来越意识不到生产的社会条件（比如剥削）和技术条件。消费者在跟手艺人订货的时候多多少少是个专家，因为手艺人总是个别地向他提供建议，但当他作为一个买主出现的时候，一般是不具备有关商品的知识的。更何况，以提供廉价商品为目的的大生产一定具有掩盖低劣质量的倾向。在大多数情况下，它情愿买主对产品一无所知，因为这样更有利可图。工业越发达，它就越能够向市场投放仿制品。商品总是沐浴在一种亵渎神圣的光芒中，这种光芒和制造出它的"神学的欢呼雀跃"的光芒毫无共同之处，但对社会却有一定的重要性。查普塔尔（Chaptal）在1834年7月17日有关商标的一次演说中说道："顾客无论如何也搞不清楚不同质料之间的差别。先生们，不会的。消费者并不是质量的裁判；他只认商品的外表。可只是看看摸摸，怎么能确定颜色是否耐久、质地是否精良、做工是否地道呢?"随着顾客专门知识的衰退，趣味的重要性就增加了，对消费者和厂家来说都是如此。对于顾客来说，趣味以一种繁复的方式掩盖了他自己缺乏行家眼光的事实，而对厂家来说，趣味给消费带来新鲜的刺激，给消费者带来满足感，从而消除了他的其他要求，而那些要求的满足对于厂家来说就会昂贵得多了。

文学通过“为艺术而艺术”反映出来的正是这种变化。这个教条和与它相应的文学实践第一次在诗的领域里赋予趣味以决定性的地位。当然，趣味并不是［19 世纪后期］诗歌的对象；它没有在哪一首诗里被提起。但这并不说明问题。正如 18 世纪有关审美的讨论常常提到趣味，但事实上，那些争论的中心却是内容。在“为艺术而艺术”的旗号下，诗人第一次像一个买主在露天市场里面对商品一样面对语言。他已经在一个特别高的程度上失去了对语言生产过程的熟悉和精通。“为艺术而艺术”的诗人最不能担当的称呼就是“来自人民”。他们没有任何急切的东西要表述，从而能让内容决定词语的**创制**。所以他们只能在他们的词语中**挑挑拣拣**。“被挑中的词”立刻变成德国青年文学运动（Jugendstil）的座右铭。[①]“为艺术而艺术”的诗人最想要带入语言的是他自己，包括他自己的小怪癖、小精妙，和他天性上那些根本称不出分量的东西。所有这些因素都在趣味上反映出来。诗人的趣味指引着他对词语的选择。然而，他能在其中作取舍的词语却不是已经由**对象**本身创制出来的，所以，它们根本就没有被包括进生产过程之中。

就事论事地讲，“为艺术而艺术”理论在 1852 年左右获得

① “Pierre Louys ecrit：le throne：on trouve partout des abymes，des ymages，ennuy des fleurs，etc. ...Triomphe de l'y.”

了决定性的重要性，这正是资产阶级寻求从作家和诗人手中接过自己的“奋斗目标”的时候。在《路易·波拿巴的雾月十八日》里，马克思这样回忆这个历史瞬间：“议会外面的资产阶级大众通过对自己新闻界的粗暴滥用”向拿破仑施压，要求他“消灭他们的言论和写作分子，消灭政治活动家和文人，以便他们能在强大、不受制约的政府的保护下信心百倍地埋头打理私人事务”。我们可以在这个社会变化的终点找到马拉美和“纯诗”（poesie pure）理论。在马拉美这里，他的阶级的奋斗目标已经变得和诗人毫不相干，所以一种没有对象的诗歌就成为讨论的中心话题。在马拉美本人的诗里常常可以看到这样的讨论，他的诗总是围着“苍白”（blanc）、“缺席”（alsence）、“沉默”（silence）和“空洞”（vide）这些词转。这就像是一个硬币的表面，而它的另一面也同样重要，在马拉美尤其如此。它们提供了证据，表明马拉美已经不再为他自己所属的阶级效力了。这是从这个阶级一切明明白白的经验里面抽身而去。要把生产活动建立在这种退场的基础上，就会遇到具体的、难以逾越的困难。正是这些困难将马拉美的诗变成了神秘晦涩的诗。波德莱尔的诗并不神秘。然而，他作品里反映出来的种种社会经验绝不是来自生产过程，至少不是来自最发达的生产过程，即工业生产过程。尽管如此，波德莱尔的诗仍以曲折的、拐弯抹角的方式从这一过程中生发出来，这在他的作品里可以看得清清楚楚。这里面最重要的就是神经衰弱的经验，大城市居民的经验，消费者的经验。

第二部

论波德莱尔的几个母题

一

波德莱尔预见到，对今天的读者而言，抒情诗已经变得越来越难以理解了。《恶之花》(*Fleurs du mal*) 的导言诗就是写给这些读者的。意愿的力量和集中精力的本领不是他们的特长；他们偏爱的是感官快乐；他们总摆脱不了那种扼杀兴趣和接受力的忧郁。碰上这么一位向回报最少的读者说话的抒情诗人真是奇怪。当然对此自有解释。波德莱尔渴望被人理解；他把自己的书献给了精神的同类。致读者的那首诗以这样的致意结尾："虚伪的读者，——我的同类，我的兄弟！"① 我们不妨从另一方面着眼，以为波德莱尔从开始写这本书时就没有指望立即获得流行的成功，这样看可能更合适。他所想见的读者在导言诗里给描绘出来，这就显出一种富于远见的判断。他最终要找到他作品所针对的读者。这种境况，换句话说，这种正变得越来越不适于抒情诗生存的气候，在种种事物中已由三种因素证明了。首先，抒情诗人已不再表现诗人自己。他已不复为一个"游吟诗人"，像拉马丁 (Lamartine) 依旧是的那样了；他变成了一个流派或风格的代表。〔魏尔仑 (Verlaine) 就是这种专门化的具体例子；兰波 (Rimbaud) 也只能被认作一个深奥玄秘的形象，一个作品与公众之间有段不怎么亲密的距离的诗人。〕其次，自波德莱尔以来，抒情诗从未获得大规模的成功。〔维克多·雨果的

① 夏尔·波德莱尔：《全集》二卷本，巴黎，1931—1932，第一卷，第18页(以下只注卷码及页码)。

抒情诗在它刚出现的时候还能激起有力的反响。在德国，海涅（Heine）的《歌谣集》标志着一座分水岭。〕结果，第三种因素便是公众对抒情诗更加冷淡，尽管它是作为文化传统的一部分而流传下来的。我们所讨论的时期大致可以回溯到上个世纪中叶。在那段时期里，《恶之花》的声名正在不断传播。这本书预期是要被那些最苛刻的读者来读的，一开始读它的人也的确不怎么宠爱它；但数十年后，它就获得了经典的地位，并成为一本广为印行的书。

如果积极接受抒情诗的条件已经大不如前了，那么有理由认为，抒情诗只能在很少的地方与读者的经验发生密切的关系。这或者是由于他们经验结构的改变。尽管如此，人们仍应该承认这种发展而要去准确指出在哪方面发生了变化就更为艰难了。因此，人转向哲学寻求答案，这使人面对那种陌生的环境。自上世纪末以来，哲学进行了一系列的尝试，以图把握一种“真实”经验，这种经验同文明大众的标准化、非自然化了的生活所表明的经验是对立的。人们习惯性地把这些努力归在“生命哲学”的标题之下。完全可以理解，他们的出发点并不是人在社会中的生活。他们乞灵于诗，更甚，乞灵于自然，而最终乞灵于神话时代。狄尔泰（Dilthey）的《体验与诗》（*Das Erlebnis und die Dicbtung*）是这种努力的最早表现，而这种努力终结于克拉格斯和荣格，克拉格斯（Klages）和荣格（Jung）都与法西斯主义不谋而合。这种文学的顶峰是柏格森（Bergson）早期的不朽著作《物质与记忆》，它比其他著作更注意维护同经验研究之间的关系。他更倾向于生物学。书名就暗示了它把记忆结构视为经验的哲学样式的决定性因素。经验的确是一种传统的东西，在集体存在和私人生活中都是这样。与其说它是牢固地扎根于记忆的事实的产物，不如说它是记忆中积累的经常是潜意识的材料的会聚。然而无论如何，柏格森的意图不是给记忆贴上任何特殊的历史标签。相反，他反对任何记忆的历史决定论。从而，他首先设法阐明那种他自己的哲学由以发展的经验，或更确切地说，他的哲学正是作为对这种经验的反应而出现的。这个时代是一个大规模工业化的不适于人居住的令人眼花缭乱的时代。在把这种经验拒于视线之外的同时，他的眼睛感受了一种以自发的形象后（afterimage）形式出现的补足性的自然。柏格森的哲学表现出详细说明这种形象后并把它固定为一种永恒的记录的企图。因而他的哲学间接地为经验提供了线索，而这种经验也以他的读者的形象按其未被歪曲的形态呈现在波德莱尔的眼前。

二

《物质与记忆》（*Matière et mémoire*）在时间的绵延（durée）中说明经验的本质，其方式使读者只能得出这样的结论：只有诗人才是胜任这种经验的惟一主体。而真有这么一位诗人对柏格森的经验理论加以检验。普鲁斯特（Proust）的作品《追忆似水年华》或许被视为企图在今天的境况里综合地写出经验的尝试，这正是柏格森的想象，因为，那种经验自己变得自然一些的希望是越来越渺茫了。顺便说一下，普鲁斯特并没有在他的著作中回避这个问题。他甚至引入了一个新的因素，包含着对柏格森的一种内在的批评。柏格森强调从记忆中出现的生命活动（vita activa）与特殊的生命的沉思（vita contemplativa）之间的对抗性。但他引导我们相信，使生命的流动完全成为沉思默想的是一种自由选择。从一开始，普鲁斯特就很内行地阐述了他的不同意见。在他那里，柏格森理论中的纯粹记忆变成了一种“非意愿记忆”（mémoire involontaire）。普鲁斯特随即让这个非意愿的记忆直接对立于意愿的记忆，后者是为理智服务的。他的巨著的第一页就用来澄清这个关系。在这种思考中，普鲁斯特讲给我们听多年来他对曾在那儿度过一段童年时光的贡布雷镇的回忆是多么贫乏。一天下午，一种叫玛德兰的小点心（他之后经常提到它）的滋味把他带到了过去，而在此之前，他一直囿于听从注意力的记忆的提示。这被他称为意愿记忆（mémoire volontaire），它的特点是：它所提供的过去的信息里不包含一点过去的痕迹。“它同我们自己的过去一样。我们徒然地尝试再次把它捕获；我们理智的努力真是枉费心机。”① 因而普鲁斯特总结道：“过去是在某个理智所不能企及的地方，并且是丝毫不差地在一些物体中（或在这些物体引起的感觉中）显现出来的，虽然我们并不知道是哪一些物体。而我们能否在有生之年遇上它们全仗一种机会。”②

在普鲁斯特看来，个体能否形成一种自我形象并把握住自己的经验要看机遇。但在这种事上绝非不可避免地要仰仗机遇。人的内在关怀并非本质上就有无足轻重的私人性质，这只有在人用经验的方式越来越无法同化周围世界的材料时方才如此。报纸就是这样无能的诸多证据之一。如果报纸的意图是使读者把它提供的信息吸收为自身经验的一部分，那么它是达不到它的目的的。但它的意图却恰恰相反，而且这个意图实现了，即：

① 普鲁斯特：《追忆似水年华》卷一《在斯万家那边》，巴黎，1917，第69页。
② 同上。

把发生的事情从能够影响读者经验的范围里分离出来并孤立起来。新闻报道的原则（新闻要新鲜、简洁、易懂，还有最重要的，即排除单个新闻条目之间的联系）对实现这个意图作出的贡献绝不亚于编排版面所作的贡献。（卡尔·克劳斯总是不厌其烦地向人表明报纸的语言习惯能使读者的想象瘫痪到何等严重的程度。）新闻报道同经验相脱离的另一个原因是，前者没有进入到“传统”中去。报纸大量出现，没什么人还能夸口说他能给其他读者透露点儿新闻了。

历史地讲，多种多样的传播模式是互相竞争的。老式的叙事艺术由新闻报道代替，由诉诸感官的报道代替，这反映了经验的日益萎缩。反过来，有种同所有这些形式和故事相对立的东西，它是传播的最古老的方式之一。它不是由故事的对象来讲述自己所发生的事情——这是新闻报道的目的；相反，它把自己嵌入讲故事人的生活中去以便把它像经验一样传达给听故事的人。因而，它带着叙述人特有的记号，一如陶罐带着陶工的手的记号。

普鲁斯特的八卷著作表明了他要在现在一代人面前重新树立讲故事的人的形象的意图。普鲁斯特以无比的坚韧从事这项工作。一开始他着力于再现自己的童年。他认为问题是否能根本解决要看机遇；而他的确淋漓尽致地展现了它的艰巨。在结合这些思考时他创造了“非意愿的”和“回忆”这两个词。这个概念本身说明了它由以产生的情境：它是这样或那样孤立着的个体的存货的一部分。在严格意义上的经验之中，个体过去的某种内容与由回忆聚合起来的过去事物（材料）融合了起来。庆典、仪式、他们的节日（很可能普鲁斯特的著作里并没有这些回忆）不断地制造出这两种记忆成分的混合体。它们在某一时刻打开了记忆的闸门，并在一生的时间里把握住了回忆。这样，意愿回忆和非意愿回忆就不再是互相排斥的了。

三

为更具体地说明普鲁斯特的“智性的记忆”（mémoire de l'intelligence）中作为柏格森理论的副产品出现的东西，我们最好还是回到弗洛伊德（Freud）。1921年弗洛伊德出版了他的论文《超越快乐原则》；它以一种假设的形式表现出记忆（非意愿记忆意义上的记忆）与意识之间的关联。下面在这个基础上讨论的东西并不是想强调它；我们只有远离弗洛伊德的写作意图来研究这个假设的成果才会使自己满意。弗洛伊德的学生们就更乐于这样做了。雷克（Reik）有关自己的记忆理论的一些文章同普鲁斯特对于意愿记忆和非意愿记忆的区分是一致的。雷克写道：“回忆（Gedächtnis）功能是印象的保护者；记忆（Erinnerung）却会使它瓦解。回忆本质上是保存性的，而记忆是消解性的。”① 弗洛伊德的基本思想，即这些议论的基础是由这个假定阐明的：“意识只在有记忆痕迹的地方出现。”②（这里，弗洛伊德文章中使用的记忆和回忆之间并无实质性的差别。）因而，“意识与所有发生有心理系统的事物不同，它的兴奋过程并不在它的成分中留下一种内在变化，而是在成为有意识的现象中消亡。这是意识的特殊性质。”③ 这个假设的基本阐述是，“进入意

① 雷克：《震惊心理学》，莱顿，1935，第132页。
② 弗洛伊德：《超越快乐原则》，维也纳，1923，第31页。
③ 同上书，31页以下。

识和留下一个记忆的踪迹在同一个系统中是不能兼容的两个过程。”① 相反，当遗留下的某桩小事永远也进入不了意识时，记忆的残片“经常是最有力、最持久的”。② 用普鲁斯特的方式说，这意味着只有那种尚未有意识地清晰地经验过的东西，那种以经验的形式在主体身上发生的事才能成为非意愿记忆的组成部分。据弗洛伊德，“作为记忆的基础的内在踪迹”对于刺激过程的贡献被“另一个系统”——它必须被认为是与意识不同的系统——储存了起来。③ 在弗洛伊德看来，这样的意识怎么也得不到记忆踪迹，但却另有一个重要的功能：抑制兴奋。对于一个生命组织来说，抑制兴奋几乎是一个比接受刺激更为重要的功能；保护层由它本身的能量储备装备起来，它必然力求维护一种能量转换的特殊形式，在这种形式中，它的能量抵制着外部世界过度的能量的影响，而这种过度的能量会导致潜势的均等以致导致毁灭。④ 这些能量对人的威胁也是一种震惊。意识越快地将这种能量登记注册，它们造成伤害的后果就越小。精神分析理论力图“在它们突破刺激防护层的根子上”理解这些给人造成伤害的震惊的本质。根据这种理论，震惊在“对焦虑缺乏任何准备”⑤ 当中具有重要意义。

---

① 弗洛伊德：《超越快乐原则》，1923，维也纳，第31页。

② 同上书，第30页。

③ 普鲁斯特曾反复地关注“其他系统”的问题，肢体是他最喜欢的代表。他常常谈到在肢体里面储存的记忆，比如人的腿、胳膊、肩膀像以前那样放在床上的位置会突然不经意识的指令而作为形象进入记忆的领域。“肢体的非意愿记忆”是普鲁斯特心爱的话题之一，见《追忆似水年华·在斯万家那边》（卷一），巴黎，1962，第6页。

④ 《超越快乐原则》，34页以下。

⑤ 同上书，第41页。

弗洛伊德的研究是由阵发性精神病患者的梦特征引起的。这种病的特征是患者重演他本人卷入的灾祸。这类梦按弗洛伊德看来“竭力通过发展焦虑而回溯性地把握刺激，而那种焦虑的遗漏正是伤害性精神病的原因”。[①] 瓦雷里（Valéry）似乎有类似的看法。巧合是值得注意的。因为瓦雷里对在当前条件下的心理机制的特殊功能感兴趣。（瓦雷里甚至还能使这种兴趣同他完全是抒情风味的诗作相一致。从而，他作为惟一直接返归波德莱尔的诗人脱颖而出。）瓦雷里写道：“人对印象与感觉的接受完全隶属于震惊的范畴；它们证明了人的一种不足……回忆是一种基本的现象；它旨在给我们时间来组织我们原本无法接受的刺激。”[②] 对震惊的接受通过妥善处理刺激的训练而变得可能了；如果需要，梦和记忆也可以用来服务于这个目的。因而弗洛伊德认为，不管怎样，作为一条规则，这种训练是在清醒的意识之上发展起来的，它位于皮层的某个部位，这个皮层“如此经常地受到刺激的打击”[③]，以致它提供了接受刺激的最好条件。从而震惊就是这样被意识缓冲了，回避了，这给事变带来了一种严格的意义上的体验特征。如果它直接在有意识的记忆的登记注册中联合起来，它就把这个事变对诗的经验封闭起来。

这个问题本身提示了抒情诗如何能把以震惊经验为标准的经验当作它的根基。人可能会期待这样的诗具有大量的意识内容；他会觉得有一个计划在写作中起作用。在波德莱尔的诗里

---

① 《超越快乐原则》，第 42 页。

② 瓦雷里：《全集》，巴黎，1960，卷二，第 741 页。

③ 弗洛伊德：《超越快乐原则》，第 32 页。

的确如此；这在他的前辈中与爱伦·坡（Poe）建立起一种联系，在他的后继者中间同瓦雷里建立起联系。普鲁斯特曾写了一篇关于波德莱尔的文章，其重要性甚至超过了他小说中的类似思想。瓦雷里在《波德莱尔的地位》一文中提供了《恶之花》的经典引言。他写道："波德莱尔的问题在于：做一个伟大的诗人，但既不是雨果又不是拉马丁也不是缪塞（Musset）。我并不是说这是波德莱尔的有意识的野心；但它一直萦绕着他，这是他的'国家大计'（raison d'etat）。"① 把国家大计用在一个诗人身上有些奇怪；对此要做些说明：摆脱经验的束缚。波德莱尔的诗担负着一个使命。他发现了一个空旷地带并用自己的诗填补了它。他的作品不能像任何其他人的作品一样仅仅是属于历史的范畴，但它却愿意这样，而且它也就是这样看待自己的。

四

震惊的因素在特殊印象中所占成分愈大，意识也就越坚定不移地成为防备刺激的挡板；它的这种变化愈充分，那些印象进入经验（Erfahrung）的机会就愈少，并倾向于滞留在人生体验（Erlebnis）的某一时刻的范围里。这种防范震惊的功能在于它能指出某个事变在意识中的确切时间，代价则是丧失意识的完整性；这或许便是它的成就。这是理智的一个最高成就；它能把事变转化为一个曾经体验过的瞬间。如果没有思考，那么除了突然的开始——它往往是震惊的感觉，据弗洛伊德看，这证明了防范震惊的失败——便什么也没有了。波德莱尔在一个刺眼的意象中描绘

① 参看《恶之花·导言》（瓦雷里作），巴黎，1928。

了这种境况。他讲了一场决斗，其中那个艺术家在即将被打倒之前惊恐地尖叫起来。[①] 这个决斗本身是一种创造性的过程。从而波德莱尔把震惊经验放在了他的艺术作品的中心。这个被几个同时代人印证了的自画像具有极大的重要性。既然是他自己面临震惊的，那么波德莱尔少不了引起震惊。瓦雷斯（Vallès）给我们讲了他的乖僻的怪相[②]，在纳吉奥（Nargeot）作的画像的基础上，蓬马尔丹（Pontmartin）确立了波德莱尔吓人的外表，克劳代尔强调了他言语中的尖刻的特点，戈蒂耶（Gautier）谈到波德莱尔背诵诗时沉醉于用手在下面加横线[③]；纳达尔（Nadar）描绘了他的痉挛的步态。[④]

精神病学了解导致精神伤害的种种类型。波德莱尔的精神自我和肉体自我力求回避震惊，不管它来自何方。震惊的防卫以一种搏斗的姿态被图示出来。波德莱尔描绘了他的朋友康斯坦丁·吉斯（Constantin Guys），他总是在巴黎沉沉睡去的时候去探访这位朋友："……他是怎样俯向他的桌子，仔细地读着那张纸，专心致志得就像白天处理身边的事情；他怎样用钢笔、铅笔和刷子刺过去，怎样把杯子里的水喷向天花板，并在衬衣上试钢笔；他怎样迅速而又专注地从事他的工作，好像生怕他总要避开来自自己的打击。"[⑤] 在他的诗《太阳》（*Le Soleil*）的开放性诗节里，波德莱尔描绘了他自己埋头于这种幻想的搏斗；

---

① 引自欧内斯特·雷诺：《夏尔·波德莱尔》，巴黎，1922，第 317 页以下。

② 参看儒尔·瓦雷斯：《夏尔·波德莱尔》，见贝耶：《战斗的作家》，巴黎，1931，第 192 页。

③ 参看欧仁·马尔桑：《保罗·布尔杰的手杖和菲特林的正确选择，优雅的小生产者》，巴黎，1923，第 239 页。

④ 参看费尔曼·梅拉尔德：《智慧之城》，巴黎，1905，第 362 页。

⑤ 《全集》第二卷，第 334 页。

这或许是《恶之花》中惟一一处表现诗人在工作的地方。

穿过古老的郊区，那儿有波斯瞎子
悬吊在倾颓的房屋的窗上，隐瞒着
鬼鬼祟祟的快乐；当残酷的太阳用光线
抽打着城市和草地，屋顶和玉米地时，
我独自一人继续练习我幻想的剑术，
追寻着每个角落里的意外的节奏，
绊倒在词上就像绊倒在鹅卵石上，有时
忽然会想到一些我梦想已久的诗句。①

震惊属于那些被认为对波德莱尔的人格有决定意义的重要经验之列。纪德（Gide）曾经研究过波德莱尔诗的意象和观念，词与物之间的裂隙，而这些地方才真正是波德莱尔诗的激动人心之处。② 里维埃尔（Rivière）曾指出过动摇了波德莱尔的诗的那种暗地里的震惊；它们造成了词语间的缝。里维埃尔曾说明过这种分裂的词③。

但有谁知道我梦中的鲜花能否在
像堤岸一样被冲刷的泥土中，找到那
给予它力量的神秘的滋养？④

---

① 《全集》第一卷，第96页。

② 参看安德烈·纪德：《波德莱尔与M.法盖》，见《选集》，巴黎，1921，第128页。

③ 参看雅克·里维埃尔：《论著》，巴黎，1948，第14页。

④ 《全集》第一卷，第29页。

或者：

西贝尔，谁爱它们，增加她翠绿的清新？①

另外一个例子是这著名的头一句：

那个你妒忌的宽宏大量的仆人。②

在他的诗行之处同样给予这些隐藏着的法律以它们应得的地位是波德莱尔的散文诗《巴黎的忧郁》（*Spleen de Paris*）的意图。在他全集献给《快报》（*La Presse*）主编阿尔塞涅·乌萨耶（Houssaye）的题词中，波德莱尔写道："在我们当中有谁不曾在一个踌躇满志的时刻梦想一种诗的散文的奇迹，梦想那没有节奏和韵律的音乐，明快流畅而又时断时续，足以适于灵魂抒情的激荡，梦的起伏的波纹和意识的突然跳跃？这种萦绕不去的理想首先是大城市经验的孩子，是无数的联系相交叉的经验的孩子。"③

这段话给我们两个启示。其一是，它告诉我们受惊形象与大城市大众的交往在波德莱尔身上的紧密联系。其二是，它告诉我们这些大众真正意味着什么。他们并不为阶级或任何集团而生存；不妨说，他们仅仅是街道上的人，无定形的过往的人

① 《全集》第一卷，第31页。
② 同上书，第113页。
③ 同上书，405页以下。

群。波德莱尔总是意识到这种人群的存在，虽然它并未被用作他哪一部作品的模特儿。① 但它作为一种隐蔽的形象在他的创造性上留下了烙印。正如它为前面所引的那些诗句提供了隐蔽的形象。我们可以从中分辨出击剑者的形象，他所实施的那些出击是要为自己在大众中打开一条路径。《太阳》的作者把郊区作为自己的逃路，而郊区无疑是荒漠。但隐蔽的形象（它揭示出那节诗的最深处的美，很可能是这样的：诗人在荒漠的街道上从词、片段和句头组成的幽灵般的大众中夺取诗的战利品。

五

大众——再也没有什么主题比它更吸引 19 世纪作家的注目了。它已准备好以一种能够轻松熟练地阅读的阶层广泛的公众形象出现。它变成了一个顾客；它希望自己在当代小说中被描绘出来，就像赞助人在中世纪绘画中被画出来一样。这个世纪的最成功的作家们在自身的内在需要之外遇到了这种要求。对于他们大众意味着——几乎在古代的意义上——市民群众、公众。维克多·雨果是第一个在他的书名中提及大众的人：《悲惨的人们》（*Les Misérables*，通译《悲惨世界》）、《海上劳工》（*Les Travailleurs de la mer*）。在法国，雨果是惟一一个能够同连载小说竞争的作家。像一般人知道的那样，欧仁·苏（Eugène Sue）是属于这一风格的，它开创了表现街上人的传统。在 1850 年他以压倒

---

① 游荡者的特殊目的就是给这个人群赋予一个灵魂。游荡者从不厌倦于讲述他与人群的种种遭遇。对这种幻象的种种反映构成了波德莱尔作品的有机组成部分。它至今仍然是文学创作活动中的一种活跃的力量。儒尔·罗曼斯（Jules Romains）的“无名者”就是这种力量近来的令人钦佩的表现。

多数当选议会中的巴黎议员。年轻的马克思选择苏的《巴黎的秘密》（*Les Mystères*）作为攻击的对象不是偶然的。他很早就认识到，把那种不成形的大众锻造为钢铁般的无产阶级是他的任务；而当时的审美社会也正在向这一大众频送秋波。恩格斯的早期著作应看作是马克思一个主题的谦虚的序曲。在他的《英国工人阶级的现状》一书中写道："像伦敦这样的城市，就是逛上几个钟头也看不到它的尽头，而且也遇不到表明接近开阔的田野的些许征象——这样的城市是一个非常特别的东西。这种大规模的集中，二百五十万人口这样聚集在一个地方，使这二百五十万人的力量增加了一百倍……但是，为这一切付出了多大的代价，这只有在以后才看得清楚。只有在大街上挤上几天，费力地穿过人群，穿过没有尽头的络绎不绝的车辆，只有到过这个世界城市的贫民窟，才会开始觉察到，伦敦人为了创造充满他们城市的一切文明奇迹，不得不牺牲他们的人类本性的优良的特点……这种街头的拥挤中已经包含着某种丑恶的违反人性的东西。难道这些群集在街头的代表着各阶级和各个等级的成千上万的人，不都具有同样的特质和能力，同样是渴求幸福的人吗？……可是他们彼此从身旁匆匆走过，好像他们之间没有任何共同的地方。好像他们彼此毫不相干，只有一点上建立了默契，就是行人必须在人行道上靠右边行走，以免阻碍迎面走来的人；谁对谁连看一眼也没想到。所有这些人愈是聚集在一个小小的空间里，每一个人在追逐私人利益时的这种可怕的冷漠，这种不近人情的孤僻就愈使人难堪，愈是可怕。"①

这个描述与那些较次要的法国大师诸如戈兹朗（Gozlan）、

① 恩格斯：《英国工人阶级的现状》，莱比锡，1848，第36页以下。

德尔沃（Delvau）、吕林（Lurine）明显不同。它没有那种游荡者借以在人群中活动和新闻记者渴望从那里学得的技巧和轻松。恩格斯被大众弄得灰心丧气；他以一种道德反应和一种美学反应来作答复；人们彼此匆匆而过的速度扰乱着他。他的描述的魅力在于使一种过时的观点同不可动摇的批判的正直性结合了起来。作者来自当时仍算是欧洲的“外省”的德国；他大概从没有面对那种在人流里失落自己的诱惑，当黑格尔在他去世前不久第一次来到巴黎时，他给他妻子写信道：“当我沿街散步时，人们看上去同在柏林的一样；他们穿同样的衣服，面孔也差不多相同——同样的外表，但却是大群的。”[①] 在这个人群中活动是巴黎人的本性。不管一个个体与之保持多大的距离，他俩会被它涂上颜色，而且他们不像恩格斯能站在它之外来看它。比如波德莱尔，大众是一切，惟独不是外在于他的；确实，在他的作品中追踪他对吸引和诱惑的防卫反应是很容易的。

大众如此地成为波德莱尔的一部分，以致在他的作品里很少能够找到对于它的描绘。他的最重要的主体很少以描述的形式出现。由于德雅尔丹（Dujardin）如此善于这样做，他“更接近于把形象嵌入记忆之中，而非精心修饰它”。[②] 在《恶之花》或《巴黎的忧郁》里很容易找到那种雨果拿手的城市描绘的对应物。波德莱尔既不写巴黎人也不写城市。这样的描绘的高明之处在于它能够借此说彼。他的大众总是城市里的大众，他的巴黎也总是人口过剩。这一点使他优于巴贝尔（Barbier），后者

---

① 黑格尔：《全集》第十九卷，书信，莱比锡，1887，第257页。

② 保罗·德雅尔丹：《夏尔·波德莱尔》，见《蓝色街道》，巴黎，1887，第23页。

的描述方法导致了大众与城市之间的裂隙。[①]《巴黎风光》中大众的秘密出现几乎在哪里都可以展现。当波德莱尔把黎明当作他的主题时，荒凉的街道散发出“沉默的人群”，雨果在夜间的巴黎也觉察到了这种东西。当波德莱尔注视着满布尘埃的塞纳河岸上待售的解剖学著作的标签时，死去的大众代替了这些页面上的单个的骨架。在这种“死神之舞”（dans macable）的形象里，他看见了拥挤的大众在晃动着。组诗《小老太婆》所集中描写的枯萎的老女人的英雄主义表现在她们独立于大众之外，不再保持它的步态，不再让思想参与当前的事情。大众是一幅不安的面纱，波德莱尔透过它认识了巴黎。[②]大众的出现决定了《恶之花》中的最为著名的一部分作品。

在十四行诗《致一位交臂而过的妇女》（A une passante）中

---

① 巴尔贝的方式典型地表现在他题为“伦敦”的这首诗里。它用二十四句诗描绘了伦敦，并以这样笨拙的句子结尾：

最终，伴着巨大而阴沉的杂物堆
一个发黑的人，在寂寂中生死。
千万种生命，循着命定的本能
或善或恶的手段追逐金子。

（奥古斯特·巴尔贝：《抑扬格与诗》，巴黎，1841）

巴尔贝的富于倾向性的诗，尤其是伦敦组诗《传染病院》（*Lazare*），比一般人乐于承认的程度更深刻地影响了波德莱尔。波德莱尔的《黄昏的微光》（*Crépuscule du soir*）是这样结尾的：

他们气数已尽，走向共同的深渊
医院里充斥着他们痛苦的呻吟，就在今晚
有些人再也回不到爱人的身边
在炉火边喝着香喷喷的汤。

不妨把这个结尾同巴尔贝的《纽卡斯尔的未成年人》（*Mineurs de Newcastle*）的第八段作一比较：

有些人在心里梦到了家中，
甜蜜的家和妻子湛蓝的眼睛，
在深渊的深处找到了永恒的坟墓。

② 译文见注①。

大众根本没有名字。不管是一个名字还是一句话。然而它却在整体上决定了这首诗，就像一只行驶的小船的航线由风而定。

> 大街在我的周围震耳欲聋地喧嚷。
> 走过一位身穿重孝、显出严峻的哀愁
> 瘦长苗条的妇女，用一只美丽的手
> 摇摇地撩起她那饰着花边的裙裳；
>
> 轻捷而高贵，露出宛如雕像的小腿。
> 从她那孕育着风暴的铅色天空
> 一样的眼中，我像狂妄者浑身颤动，
> 畅饮销魂的欢乐和那迷人的优美。
>
> 电光一闪……随后是黑夜！用你的一瞥
> 突然使我如获重生的，消逝的丽人，
> 难道除了在来世，就不能再见到你？
>
> 去了！远了！太迟了！也许永远不可能！
> 因为，今后的我们，彼此都行踪不明，
> 尽管你已经知道我曾经对你钟情！①

一个裹在寡妇的面纱里的陌生女人被大众推搡着，神秘而悄然地进入了诗人的视野。这首十四行诗所讲的只不过是：对大众的体验远不是一种对立的、敌视的因素，相反，正是这个大众给城市居民带来了具有强烈吸引力的形象。使城市诗人愉

① 《全集》，第一卷，第106页（中译据钱氏译本）。

快的是爱情——不是在第一瞥中，而是在最后一瞥中。这是在着迷的一瞬间契合于诗中的永远的告别。因而十四行诗提供了一种真正悲剧性的震惊的形象。但诗人冲动的天赋仍然一直被感动着。波德莱尔说，使他的身体在颤抖中缩紧的——crispe comme un extravagant（像一个精神病人一样缩紧）——并不是那种每一根神经都涨满了爱的神魂颠倒；相反，它像那种能侵袭缠绕一个孤独者的性的震惊。如蒂博代（Thibaudet）指出，“这些东西只能在大城市里写出来。”① 这一事实并不很富有意味。他们揭示了大都市的生活使爱蒙受的耻辱。普鲁斯特是在这种洞见中读这首十四行诗的。因而他把那个招魂的名字“巴黎女人”作为一个回声给予了在一天早上遇到的以阿尔贝蒂娜面目出现的女人。“当阿尔贝蒂娜再次进入我房里时，她穿了件黑缎子衣服。这使她显得苍白，她属于那种激烈但却苍白的巴黎女人的类型，这些女人总得不到新鲜空气，在大众的生活中或许还在一种堕落的气氛中深受影响。这类人如果脸上没有脂粉只消这么一眼就能认出来。”② 这便是只有城市居民才能经验的爱的对象的样子，即使像普鲁斯特这么晚近的人也看到了它。波德莱尔认为他的诗捕捉住了这种爱，而人们经常会说，在波德莱尔的诗里，爱并非得不到满足，而是本来就不需要满足。③

---

① 蒂博代：《内在世界》，巴黎，1924，第 22 页。

② 普鲁斯特：《追忆似水年华》卷六，《女囚》，巴黎，1923，第 138 页。

③ 有关一个交臂而过的妇女的母题也出现在斯特凡·盖奥尔格早年的一首诗里。但诗人漏掉了重要的事情：即妇女在其中穿过的由人群而生的人流。结果不免是一首自我意识的挽歌。诗人的一瞥他因而必须向他的女士坦白已经“移向远处，为期望的泪水所模糊/在他们还未能将你淹没的时候。”（斯特凡·盖奥尔格《赞歌，朝圣，阿尔加巴》，柏林，1922。波德莱尔则毫无疑问地看进了过往者眼睛的深处。

六

波德莱尔翻译的一篇爱伦·坡的小说可视为以大众为主题的早期作品的经典例子。它以某种独特性为标志，只要进一步审视，就可以看到这种独特性暴露了某种力和内隐深度的社会性力量的种种方面，我们必须把这些方面作为能够独自对艺术作品产生微妙而又深刻影响的因素而加以考虑。小说题为《人群中的人》。故事发生在伦敦，叙述者是一个久病之后重又回到喧闹拥挤的城市去冒险的男人。在一个秋日的傍晚时分，他安坐在伦敦一家大咖啡馆的窗子后面。他扫视着其他客人，望着报上的广告出神，但他的兴趣却主要集中在窗外街道上蜂拥而过的熙熙攘攘的人群。“街道是城市的主要通道，尽日拥挤不堪。但是，当黑暗降临，拥挤程度便骤然增加；而当路灯朗照的时候，络绎不绝的稠密的人流便冲过门口，我从来没有在夜晚这个特殊时分，坐在这样一个位置上；喧嚣如海的人头使我产生了一种妙不可言的新奇的冲动。我终于把所有要照管的东西都交给旅馆，在外面尽情地享受这景象给我的满足。”这段话非常重要，这对叙述者来说只是一个序幕，但让我们抛开他来检验一下故事的背景吧。

坡所描绘的伦敦大众的面貌就像人头顶上的煤汽灯一样幽暗而飘忽不定。这不仅适用于“在黑夜降临后从他们的窝里被带出来的贱民。对那些上等阶层的雇员们，那些牢靠的商号的上等职员们”，坡是这样描写的：“他们的头都微微有些秃，那只长期习惯用来架笔的右耳朵奇怪地从根上竖着。我看到他们总是用两手摘下或戴上帽子，他们戴着表，还有一根样式古朴实在的短短的金表链。”他对于人群运动的描述更加惊人。“远处，人数众多的过往行人带着心满意足的生意人的举止，似乎一心只想着在人丛中走自己的路。他们眉头紧蹙，眼珠快速地转动着，一旦被同路人推撞了，他们丝毫不表示出不耐烦的神情，只是整整衣服加快步子。其他形形色色的人也都在不停地运动着，他们涨红着脸，同自己说着话，打着手势。仿佛因四周稠密的同伴而感到孤寂隔膜。如果被人流挡住前进不得了，这些人便会突然停止喃喃自语，手势却多了一倍，等待中唇边带着一种心不在焉的疲惫的微笑。如果被人撞了，他们便大度地向撞了他们的人鞠躬，并露出非常迷惑不解的神色。”① 人们可能以为他在讲半醉的可怜虫，但事实上，他们是“高贵的人，商人，业务代理人，交易人，股票经纪人”。②

坡的表现手法不能称之为现实主义。坡在运用这种手法时

① 这段文字在《雨天》中有一段对应的诗句。尽管它署着另一个名字，但这首诗肯定可以归于波德莱尔。最后一段给这首诗染上了极度阴郁的色彩，它在《人群中的人》里有段精确的摹本。坡写道：“汽车的光线在于同奄奄一息的白昼的搏斗中，最初是苍白柔弱的，但最后终于强壮起来，把周围的一切都投上了恰到好处、光彩照人的光芒。一切都是昏暗的，但却辉煌耀灿——像是被用来比喻德尔图良（Tertullian）风格的乌檀木。”这种一致最惊人之处在于下面这些诗句写于1843年以前，那时波德莱尔还不知道坡。

每个人都在打滑的人行道上用胳膊肘推搡我们/每个人都自私而野蛮，匆匆而过，把积水溅在我们身上/要不然就加快脚步，越过我们，把我们推在一边/到处是泥泞，倾盆大雨天空阴沉/这阴郁者埃泽基尔梦见过的阴郁。

② 马克思眼里的美国形象同坡的描写非常接近。他强调了一种“物质生产的狂热和充满青春活力的节奏”。他批评这种节奏，因为事实上，在那里“既没有时间也没有机会废除陈旧的精神世界”（卡尔·马克思：《路易·波拿巴的雾月十八日》，作品已注，第30页）。在坡那里，甚至生意人相貌上都带着一种恶魔般的东西。波德莱尔曾描绘在黑暗中“邪恶的魔鬼们在大气里/像实业家一样睁开睡眼”。《黄昏的微光》中的这几句或许是由坡的作品激发灵感的。

有意展现出一幅变形的想象，这使得作品同人们通常所提倡的社会现实主义模式相去甚远。巴贝尔或许是人们心目中这类现实主义的最好代表，他描写事物的方式不那么乖僻。另外，他选择了一种更明朗的主体：被压迫的大众。坡与此毫不相干，他同“人民”打交道，纯粹而又简单。他们所展现的场面对于他，就像对于恩格斯一样，带有某种威胁性。而恰恰是这个大城市大众的形象对于波德莱尔来说具有决定意义。如果他屈从于那种力量，被那种力量拉进他们中去，甚至像一个游荡者那样成为其中的一员，那么他就再不能使自己摆脱掉那种根本上的非人性的组成性质了。尽管他同他们分手了，但他还是变成了他们的同谋。他如此之深地卷进他们中间，却只为了在轻蔑的一瞥里把他们湮没在忘却中。他谨慎地承认了这种矛盾心理，这里有某种强迫性的东西，或许那首《黄昏的微光》（*Crépuscule de soir*）如此难以理解的魅力就在于此。

七

波德莱尔认为，把坡的叙述者穷形尽相地描绘出来的夜间伦敦的“人群中的人”同“游荡者”相提并论是颇恰当的。[①]这个观点难以接受。人群中的人绝非游荡者。在人群中的人身上，沉静让位于狂暴行为。因而他举例说明道，一旦人被剥夺了他所属的环境，就不得不成为一个游荡者。如果伦敦曾经给予他什么，那肯定不是坡所描绘的背景。相对而言，波德莱尔的巴黎倒保留了一些唤起幸福旧时的回忆的特征。在如今已是

① 参看《全集》，第二卷，第328—335页。

大桥飞跨的地方，仍有渡船在塞纳河上摆渡。波德莱尔去世那年，仍有些承包商为了投合富人们的舒适而用五百辆花轿马车在全城绕行。拱廊街能使游荡者不致暴露在那些全然不把行人放在眼里的四轮马车的视野中，它自始至终受到欢迎。① 行人让自己被人群推撞，但游荡者却要求一个回身的余地，并且不情愿放弃那种闲暇绅士的生活。让大多数人忙于他们的日常事务吧；闲暇者尽可以陶醉于游荡者的晃荡中，只是这样的话他便已经被抛出了他原有的社会坐落。他在这种完完全全的闲暇中与在那种狂热的城市喧嚣中一样成为了游荡者。伦敦有自己的人群中的人，与这种人相应的是南特孩子（费迪南），1848 年 3 月革命前柏林街角上常见的形象；而巴黎的游荡者可谓居两者之间。②

闲暇者如何看待大众，这在霍夫曼（E．T．A．Hoffmann）最后所写的题为《表弟的街角窗户》（*The Cousin's Corner Window*）的短篇小说里表现得清清楚楚。它比坡的小说早十五年，或许在最早试图捕捉大城市街头景象的小说之列。两者间的不同值得注意。坡的叙述者从咖啡馆的窗子后面观察，而那个表弟却待在家里。坡的观察者惑于景象的吸引，最终听任自己走出去卷进了大众的旋涡。霍夫曼的表弟从他的街角窗户中看，

---

① 漫步者知道怎样不失时机地挑衅性地表现一下他们对事物的漠不关心。1840 年左右，有一小段时间带着乌龟散步成了一种时髦。游荡者（flâneurs）乐意让乌龟给自己定迈步的速度。如果如其所愿，他们会迫使进步也调整到这个速度的。不过这种态度没能风行。倒是宣扬“打倒懒汉”的泰勒在当时走红。

② 闲暇者在格拉斯布莱纳（Glassbrenner）的人物里像是“市民”（citoyen）的微不足道的后裔。南特（Nante），这个柏林街角上的孩子没有什么理由可以激励自己。他使自己在街头就像在家里一样，街头自然不会把他引向任何别的地方，他在这里就像市侩在家的四壁中一样舒服自得。

像个瘫痪人似的动弹不得，即使他身在大众中也不会跟随他们的。他对大众的态度不如说是居高临下，这像是由他在公寓大楼窗户内的观察位置决定的。从这个制高点上，他仔细地审视着人群；这是个集日，人人都适得其所。他的歌剧望远镜能让他挑选出一些个人风格的画面。这个仪器的使用全然取决于使用者的内在安排。他承认①，他喜欢教客人如何掌握这门“不看的艺术的原则”②。这包含了一种欣赏热闹、一种比德梅尔（Biedermeier）时期流行的追捕游戏的能力。启发人的话给了我们解释。③ 人们不妨把这种叙述看成一种在此后付诸行动的企图。但显然，柏林这个环境影响了它获得完全的成功。如果霍夫曼曾在巴黎或伦敦驻足，或者如果他一直致力于描绘大众，那么他就不会只盯住一个市场了；他就不会把景色描绘得好像是由女人牵着鼻子走，他或许会抓住那种坡从煤汽灯下蜂拥而过的大众那里得来的主题。事实上，如果为了描绘出那种其他

---

① 霍夫曼：《选集》第十四卷：《生活与遗产》卷二，斯图亚特，1839，第205页。

② 导致这种自白的东西很值得注意。在霍夫曼的小说里，来访者说那个表弟注视楼下的纷攘忙乱只是由于他欣赏那种色彩变幻的游戏，在长途旅行时，他说，这肯定让人厌倦。此后不久，果戈理（Gogol）以同样的格调写到了乌克兰的一场火灾：“那么多人在路上跑着，简直让人的眼睛辉眩。”活跃的人群的日常景象使人的眼睛不得不首先适应这个画面。从根本上说，一旦人的眼睛把握了这个任务，他们就会乐于找机会试验一下他们新获得的官能。在这个意义上说，印象主义的绘画技巧——由色彩的狂欢组成画面——作为某种经验的反映早已为大城市居民的眼睛所熟悉。莫奈（Monet）的《大教堂》的画面像一堆密密麻麻的石头，它可以作为这种假设的图解。

③ 霍夫曼在小说里有许多启发人的思考，比如对抬头望着天空的瞎子的思考。波德莱尔知道这篇小说，而且还在他的诗里推进了这种启发性的内容。《盲人》的最后一行这样写道：“盲人们在天空里寻找什么？”（Que cherchent-ils au ciel，tous les aveugles？）

大城市的相面学学生也能感受到的离奇场面，也许就无需这些主题了。海涅的一段富于思想的观察用在这里很贴切。1838 年一位记者在给瓦尔恩哈根（Varnhagen）的信中写道："春天的景象给海涅带来了极大的苦恼。上次我同他一起沿林荫道散步，那条奇特的大道的宏伟和它的生机唤起我无限的仰慕，但这时却有些东西促使海涅强调了一种恐怖，这个世界的中心蒙着那种恐怖。"①

八

害怕、厌恶和恐怖是大城市的大众在那些最早观察它的人心中引起的感觉。在坡看来它有些野蛮；纪律只勉强能使它驯服。此后，詹姆士·恩瑟尔（James Ensor）没完没了地使纪律与野性遭遇。他喜欢把军队放进他的狂欢的人群中去，并且让二者相处得极为融洽——在典型的极权国家里，警察和强盗是携手合作的。瓦雷里敏锐地看到了所谓的"文明"的一组征兆，并描绘出其中一桩有关的事情。他写道："住在大城市中心的居民已经退化到野蛮状态中去了——就是说，他们都是孤零零的。那种由于生存需要保存着的依赖他人的感觉逐渐被社会机制磨平了。"这种机器主义的每一点进展都排除掉某种行为和"情感的方式"。② 安逸把人们隔离开来，而在另一方面，它又使醉心于这种安逸的人们进一步机器化。19 世纪中叶钟表的发明所带来的许多革新只有一个共同点：手突然一动就能引起一系列运

① 海涅：《书信·日记》，俾伯编，柏林，1926，第 163 页。
② 瓦雷里：《全集》，第 588 页。

动。这种发展在许多领域里出现。其中之一是电话，抓起听筒代替了老式摇曲柄的笨拙动作。在不计其数的拨、插、按以及诸如此类的动作中，按快门的结果最了不得。如今，用手指触一下快门就使人能够不受时间限制地把一个事件固定下来。照相机赋予瞬间一种追忆的震惊。这类触觉经验同视觉经验联合在一起，就像报纸的广告版或大城市交通给人的感觉一样。在这种来往的车辆行人中穿行把个体卷进了一系列惊恐与碰撞中。在危险的穿越中，神经紧张的刺激急速地接二连三地通过体内，就像电池里的能量。波德莱尔说一个人扎进大众中就像扎进蓄电池中。他给这种人下定义，称他为“一个装备着意识的 Kaleidoscope（万花筒）”。[①] 坡的“过往者”东张西望，他只显得是漫无目标，然而当今的行人却是为了遵照交通指示而不得不这样。从而，技术使人的感觉中枢屈从于一种复杂的训练。不知从什么时候开始，一种对刺激的新的急迫的需要发现了电影。在一部电影里，震惊作为感知的形式已被确立为一种正式的原则。那种在传送带上决定生产节奏的东西也正是人们感受到的电影的节奏的基础。

马克思很有理由强调体力劳动各部分之间联系的巨大的流动性。这种联系以一种独立的、具体化了的形式在流水线上向工厂工人显现出来。要被加工的物体专横地进入又跑出工人的工作区域，完全独立于他的意志。马克思写道，“任何一种资本主义生产……在这一点上是共同的，那就是不是工人使用劳动工具，而是劳动工具使用工人。但是只有在工厂系统内这个转

① 《全集》，第二卷，第 333 页。

变才第一次获得了技术和可感知的现实性。”① 在用机器工作的时候，工人们学会了调整他们自己的“运动以便同一种自动化的统一性和不停歇的运动保持一致”。② 这些话揭穿了那种荒谬的统一性，坡想把它加于大众——那种行为和打扮的统一性，以及面部表情的统一性。那些笑给思想提供了粮食。他们或许是同一类，即所谓“总是微笑”的一类，在那种境况里他们起到了类似震惊吸收器的作用。在上面那段话里，马克思说道：“所有的机器工作需要先对工人进行训练。”③ 这种训练同实习不同。实习是手工作坊里的个人的事情，仍还是一种体力活。以此为基础，“产品的每一个特殊部分都能在经验中找到它据为己有的技术形式，并**慢慢地**使之完善。”可以肯定，“一旦当它成熟到一定程度，一切就都明朗了。”④ 在另一方面，这种体力劳动却“在它所从事的每一种手艺上都制造出所谓的‘非熟练工人’这一阶层，这个阶层是被手工业严格排斥在外的。如果它以牺牲一个人的劳动能力的整体性为代价来使业已极大地简化了的分工日臻完善，那么它也开始了把一种任何发展都少不了的缺点注入了劳动分工。按照这种等级差别，便有了把劳动者分为熟练的和非熟练的划分”。⑤ 非熟练工人是受机器贬黜最厉害的一部分人。他的工作被经验拒之门外；实习在那里是一钱不值的。⑥ 游乐场用船、车和其他类似的逗人玩意儿为人提供

---

① 《全集》，第二卷，第 404 页。

② 同上书，第 402 页

③ 同上。

④ 同上。

⑤ 同上书，第 336 页以下。

⑥ 一个产业工人的训练时间越短，一个军人的训练时间就越长。把生产实践的训练转移为破坏实践的训练，这或许是一个社会的总体战争准备的一部分。

的不过是一种训练的滋味而已，非熟练工人必须服从这种训练，某些时候给他们略尝一口对他们说来已是整顿佳肴了；而业已成为一个小丑的艺术则能像个游乐场似的为小人物们提供一个训练的场所，其兴衰总与失业率的涨落保持一致。坡的作品使我们懂得了野性与纪律之间的真正联系。他的那些行人的举止就仿佛他们已经使自己适应了机器，并且只能机械地表现自己了。他们的行为是一种对震惊的反射。“如果被人撞了，他们就谦恭地向撞他的人鞠躬。”

九

过往者在大众中的震惊经验与工人在机器旁的经验是一致的。但这并不是说我们认为坡对现代工业生产过程了如指掌。无论怎么说，波德莱尔对此是一无所知的。他被一种过程迷住了。在懒汉身上，我们可以研究由机器强加于工人的反射机制。如果我们认为这个过程是赌博游戏，结论就会显得自相矛盾。哪儿还能找到比工作和赌博之间的矛盾更有说服力的例子呢？阿兰（Alain）下面这段话却使它令人信服：“赌博的概念本身就有这个意思：没有什么游戏依赖于先前的游戏。赌博不在乎既得的地位。它对前面赢到的东西是不加考虑的，在这点上，它与工作不同。它漠视沉重的过去，而这正是工作赖以建立的基础。”[①] 这里阿兰心目中的工作是一种高度专门化的东西（诸如脑力劳动，或许带着某种手工艺的特点）；这并不是大多数工厂工人的工作，更不是那种非熟练工人的工作。这种工作肯定缺

① 阿兰：《理想与时代》，巴黎，1927，卷一，第 183 页以下。

少冒险的机会，缺少那种让赌徒着迷的海市蜃楼般的缥缈的幻影，不过它肯定不乏有害和空虚以及一个在工厂领工资的奴隶对于完成自己的分内事的无能。赌徒的样子甚至应和了那种工人被自动化造就出来的姿势，因为所有的赌博都必不可少地包含着投下骰子或抓起一张牌的飞快的动作。工人在机器旁的震颤的动作很像赌博中掷骰子的动作。工人在机器旁的动作与前面的动作是毫不相关的，因为后者是前者的不折不扣的重复。机器旁的每一个动作都像是从前一个动作照搬下来的，就像赌博里掷骰子的动作与先前的总是一模一样，因而劳动的单调足以和赌博的单调相提并论。两者都同样缺乏一种实质。

赛内菲尔德（Senefelder）的一幅版画描绘了一个赌博俱乐部。那些画面上的人没有一个像通常那样专注于游戏。他们都被一种情绪支配着。一个人流露出压抑不住的欣喜；另一个人对他的对家疑心重重；第三个人带着阴沉的绝望；第四个显得好斗；剩下的那个人已准备好离开人世。所有这些举止神态有个共同的隐蔽的特征：画中的形象展示出赌徒们信奉的机制是怎样攫获了他们的身心，即使他们是在私下里，也不管他们是多么焦躁不安，他们只能有反射行为。他们的举动也就是坡的小说里行人的举动。他们像机器人似的活着，像柏格森所想象的那种人一样，他们彻底消灭了自己的记忆。

波德莱尔并不曾热衷于赌博，尽管他对醉心于此道的人表示过友情般的理解甚至敬意。[①] 他在写夜的小品 Le Jeu（赌博）里表现的主题是他对现时代看法的一部分，而且他认为写这首诗是自己使命的一部分。在波德莱尔的作品里，赌徒的形象已

---

① 参看《全集》第一卷，第456页；及第二卷，第630页。

成为古代角斗士形象的一个典型的现代替手。两者对于他都是英雄人物。当路德维希·波尔尼（Ludwig Börne）用波德莱尔的眼睛看事物时他说道："如果欧洲年复一年地虚掷在赌桌上的能量和热情能被保存下来，从中足够产生罗马人和一部罗马史。然而仅仅是如果。因为每个人生来都是罗马人，资产阶级社会却要使之非罗马化，这就是有那么多冒险游戏、小说、意大利歌剧和流行报刊的原因。"① 只是在19世纪，赌博才变成一种资产阶级娱乐的保留节目；在18世纪，只有贵族才赌博。拿破仑的军队把各种冒险游戏带到了四面八方，而现在，它们已经成了"时髦生活以及在大城市底层无处安身的千百万人的生活"的一部分，成为一种大场景的一部分，而在这个场景里波德莱尔宣称他发现了英雄主义——"它是我们时代的特征。"②

如果有人不仅要从技术上，而且还要从心理学观点上来考察赌博，波德莱尔关于它的概念就显得更为重要了。很明显，赌徒一心想赢，然而一个人是不愿意把他要赢、要赚钱的欲望在严格的文字意义上称为希望的。他可能内在地被贪心或一种更罪恶的决心所驱使，无论怎样，他的精神状态已使他不怎么能运用经验了。③ 一个希望，不管怎么说，是一种经验，歌德说："年轻时希望的东西，年老时会变得丰富。"人一生希望得

① 波尔尼：《文集》，汉堡与法兰克福；1862，第38页以下。

② 《全集》第二卷，第135页。

③ 赌博使经验的标准无效。或许正由于这种阴晦的意义，那种"对经验的庸俗低级的喜好"（康德）在赌徒中颇为盛行。赌徒就像城市居民说"我的款式"那样说"我的数目"。在第二帝国晚期这种姿态流行起来。打赌助长了这种趋向。打赌是通过某种安排和设置使事件带上一种震惊的色彩，从而把它们从经验的环境中分离出来。对于资产阶级来说，甚至政治事件也可以恰当地以赌桌上的突发事件的形式表现出来。

越早，得到满足的机会就越大。希望在时间中走得越远，得到满足的可能也越大。是经验伴随着人在时间中行进，是经验填充并划分了时间。因而，一个满足了的希望是经验的圆满完成。在民间故事的象征中，空间的距离可以替代时间的距离；这就解释了为什么那些坠入无限空间的流星会成为满足了的希望的象征。而滚入**下一个**格子的象牙球，落在最上面的**下一张**牌都恰好是流星的对立面。在流星冲入闪光的瞬间里包含的一段时间，正如儒贝尔（Joubert）在他习惯性的断言中的描述，“时间即便在永恒中也能找到；但这已不是地球上的、世界上的时间了……那种时间不会毁灭，它只是完成。”① 这是地狱中的时间的对立面，在地狱里，不允许人们去完成任何他们已经开始做的事情。赌博游戏之所以声名狼藉是基于这个事实：玩游戏的人自己是这个游戏的一部分。（而一个不可救药的抽彩老主顾却不会像一个严格意义上的赌徒那样被剥夺公民权。）

一切周而复始正是游戏规则的观念，就像干活拿工资的观念一样。因而，波德莱尔的“中间人”如果看上去像是赌徒的伙伴的话，那是很富有意义的：

> 记住，时间是一个狂热的赌徒，总是赢
> 却从来用不着欺诈——这是规律！②

在另一处，撒旦本人取代了这个中间人。③《赌博》一诗把

① 儒贝尔：《通感的预见》卷二，巴黎，1883，第162页。

② 《全集》第一卷，第49页。

③ 同上书，第455—459页。

那些迷恋赌博的人放逐到山洞静寂的角落里去。那里无疑是诗人的天地的一部分。

这里你看见地狱一般的景象，那是一个夜晚，
在梦中我看见它在我超凡的及目前展开；
在这安静的洞中部拐角的深处，
我看见我自己，躬着身，寒冷，阴沉，妒忌
妒忌那些人的坚韧的热情。①

诗人并没有加入这场游戏，他缩在他的角落里，一点也不比那些玩着的人高兴。他同样被骗掉了他的经验，他也是一个现代人。仅有的不同是，他反抗那种赌徒们所寻求的麻醉。赌徒们用这种麻醉来淹没那种被移交给中间人的意识。②

---

① 《全集》第一卷，第 110 页。

② 赌博对经验的麻醉效果首先是针对时间的，就像那种人们误以为可以减缓痛苦的疾病一样。时间是一种材料，而赌徒的变幻不定的幽灵就在其中翻腾。德·热努亚（Gourdon de Genouillac）在《夜晚的死神》中写道："我宣布在所有的热情之中，赌博的狂热是最神圣的，因为它包括了所有其他的热情。一系列撞运气的 coups（动作）带给我的快乐比一个非赌徒在整整一年里能有的快乐还多……如果你认为我只关心落进我腰包的金钱你就大错特错了。我在这里面找到了我将要征服的快乐。我全身心地完完全全地享受着这种快乐，它们来得太快了，绝不会让我感到疲惫；它们的种类也太多了，绝不会使我感到厌倦。我在这一种生活里过着几百种生活。当我旅行时我就像一道电流那样旅行。如果我很吝啬，把我的银行股票也用来赌博，那是因为我知道时间的价值太好，我不能像其他人那样用它来进行投资。我准许自己享有的快乐会让我以千百种其他的享受为代价。我有智慧的快乐，其他我什么也不要。"阿纳托尔·法朗士（Anatole France）在他的作品《伊壁鸠鲁的花园》（*Jardin d'Épicure*）里对赌博也有相似的观点。

然而我的心在战栗着——在妒忌那些可怜的人们
正狂乱地奔向陡峭的深渊，
血液的奔突把他们灌醉，宁要
不幸但不要死亡，宁要地狱但不要虚无！！①

在这最后一段，波德莱尔把焦躁不安作为赌徒热情的深层基质描绘出来。他在自身里面，在其最纯粹的形式中找到了它。他的暴躁脾气是乔托（Giotto）的帕都亚（Padua）的伊拉坎迪亚（Iracundia）的最好表现。

十

如果我们遵循柏格森（Bergson），那么是绵延的现实化使人的魂摆脱了对时间的执迷。普鲁斯特也有这种信念。由此出发，他毕生致力于一种技巧，以便把那些浸透了回忆的往事再现出来。当他逗留在潜意识中的时候，这些回忆进入了他身上的每一个毛孔。普鲁斯特是《恶之花》无与伦比的读者，因为他从中领会到一种同类的成分。对波德莱尔的熟悉必然包含了普鲁斯特对他的体验。普鲁斯特写道："波德莱尔的时间总是奇特地割裂开来；只有很少几次是展露出来的，它们是一些重要的日子。因而我们就可以理解为什么诸如'一个晚上'这样的语句会在他的著作中反复出现。"②（按儒贝尔的意思）这些重

① 《全集》第一卷，第110页。

② 普鲁斯特：《论波德莱尔》，《新法兰西评论》（*Nouvelle revue française*），第16期，1921年6月号，第652页。

要的日子便是时间得以完成的日子，它们是回忆的日子，而不为经验所标明。它们与其他的日子没有联系，卓然独立于时间之外。就其实质而言，波德莱尔在“通感”（correspondances）概念里给它下了定义。在波德莱尔看来，这个概念与“现代美”（modern beauty）的概念并列，但却没有联系。

普鲁斯特在“通感”问题上蔑视学究气的文学（它是神秘主义的通行内容，波德莱尔在傅立叶的文章中读到过它们），他不再对联觉（synaesthesia）条件下的艺术多样性感到迷惑。重要的是“通感”记录了一个包含宗教仪式成分在内的经验的概念，只有通过自己同化这些成分，波德莱尔才能探寻他作为一个现代人所目睹的崩溃的全部意义。只有这样，他才能从中认识到那种只对于他才有的挑战，即他在《恶之花》里与之联合起来的挑战。如果在这本书里真的有一座隐秘的建筑——许多人为此冥思苦想——那么第一卷的组诗或许是致力于某些无可挽回地失落了的事情。这组诗包含两首主题相同的十四行诗。第一首题为《通感》，开头是这样的：

自然是一座神殿，那里有活的柱子
不时发出一些含糊不清的语音；
行人经过该处，穿过象征的森林，
森林露出亲切的眼光对人注视。

仿佛远远传来一些悠长的回音。
互相混成幽昧而深邃的统一体，
像黑夜又像光明一样茫无边际，

芳香，色彩，音响全在互相感应。①

波德莱尔的“通感”所意味的，或许可以描述为一种寻求在预防危机的形式中把自己建立起来的经验。这只有在宗教仪式的范围里才是可能的。如果它超越了这个范围，它就把自身作为美的事物呈现出来。在美的事物中，艺术的宗教仪式的价值就显现出来了。②

---

① 《全集》第一卷，第23页。

② 美可以通过两种方式来定义，即通过它与历史的关系和通过它与自然的关系。在这两种关系中，美的事物的外表以及它的成问题的因素都把自己表现了出来。（让我们简单地说明一下第一种关系。在历史存在的基础上，美是一种与在一个更早的时代欣赏它的东西结合起来的感染力；被感动是一种 ad plures ire，罗马人用它来称呼死。根据这个定义，美的外观意味着人们在作品里找不到欣赏的同一个对象。这种欣赏收获了先辈们在它里面注入的欣赏。歌德的话在此说出了智慧的最终结论：“任何具有巨大效果的事物都不能估价。”）美与自然（nature）的关系可以说“只有在它蒙上一层面纱时它才保持着本质上的真实”。通感（correspondance）告诉我们这层面纱的意味。我们不妨斗胆地简称之为艺术作品的“复制的一面”（reproducing aspect）。在由通感组成的判决法庭上，艺术对象被证明是一个忠实的复制品，这无疑使它整个地成问题了。如果谁想用语言来复制这种先验（aporia），谁就是把艺术定义为在相似状态下的经验的对象。这个定义可能同瓦雷里的阐述一致：“美或许要求严格摹仿对象中不可定义的东西。”如果普鲁斯特这样迫不及待地回到这个主题（在他的作品中表现为复得的时间），我们不能说他是在谈什么神秘。不如说，这正是他的技巧的特征；他运用这种技巧反复不断地围绕着美的概念建筑他的回忆和思考，在此，美的概念简而言之就是艺术的“奥妙的一面”（hermetic aspect）。他写出他作品的根源和意图，其流畅和文雅会使一个精益求精的业余爱好者受益匪浅。他在柏格森那里找到了它的对等物。这位哲学家说明的可期待从生成的川流中不可阻断地呈现出来的一切事物的视觉的现实化在普鲁斯特那里变成了一种气息的回忆。“我们可以让我们的日常存在被一种具体化所渗透，从而——这要归功于哲学——享受到一种类似艺术提供的满足；但这种满足对于平常生活中的平凡的人来说却是更经常、享有规律，也更容易接受的。”瓦雷里的更好的歌德式（Goethean）的理解把它具体化“这里”，在此不充分性成为一种真实性，柏格森认为这是可以为人所把握的。

“通感”是回忆的材料——不是历史的材料，而是前历史的材料。使节日变得伟大而重要的是同以往生活的相逢。波德莱尔在一首题为《过去的生活》的十四行诗中记录了这一点。在第二首十四行诗的开头唤来的山洞、植物、乌云、波浪等意象是从思乡病的泪水里，从泪水的热雾中涌现出来的。“漫游者凝望泪水模糊了的远方，歇斯底里的泪水充满了眼眶”，波德莱尔在对马尔塞兰·戴博代-瓦尔莫尔（Marceline Desbordes-Valmore）的诗所作的评论中这样写道。① 没有同时的通感，如象征主义者后来想达到的那样。往事的喃喃低语或许能在通感中听到，而它们的真正的经验则存在于先前的生活：

破坏者们，在天空摇晃着影子
神秘而又孤独地，混合了
他们华丽音乐的有力的和弦
和落日在我眼里投映的色彩

我仍然活着……②

普鲁斯特的重建仍停留在尘世存在的界限内，而波德莱尔则超越了它，这个事实或许可视为波德莱尔所面对的无可比拟的更基本、更强横的反动力量的征兆。或许在此他获得了比他向他们妥协投降的时候更了不起的完美。

---

① 《全集》第二卷，第536页。
② 《全集》第一卷，第30页。

勾勒出深深的天空下面的古老的岁月，
看那死了的离去的岁月，穿着
过时的衣服，倚着天空的露台。①

在这些段落里，波德莱尔退了一步，让自己向那种在过时的伪装下逃之夭夭的被遗忘的时间表示尊敬。当普鲁斯特在他著作的最后一卷里转向那种以一块玛德兰点心的滋味将他围绕起来的感性时，他把出现在阳台上的时光想象为贡布雷岁月的亲密的姐妹，“在波德莱尔那里……这种怀旧甚至为数更多。显然它们不是偶然的。对我来说，这赋予他们绝对的重要性。再也没有别人能像他这样以从容不迫的兴致，挑剔然而又若无其事地捕捉着内在相关的通感——诸如在一个女人的气息中，在她头发或胸脯的芬芳中——这种通感使他写出了像‘蔚蓝的广阔、穹隆的天空’或是‘充满桅杆和火焰的港口’这样的句子。”② 这些话是普鲁斯特作品的坦白的座右铭。它联系着波德莱尔的作品，而波德莱尔的作品把回忆的日子汇集进一个精神的岁月中。

但如果《恶之花》包含的一切只不过是这个成功，那么它也就不成其本来面目了。它之所以独特是因为它能从同样的安慰的无效、同样的热情的毁灭，和同样的努力的失败里获得诗。这种诗无论从哪方面说也不比那些通感在其中大获成功的诗更低级。《忧郁与理想》是《恶之花》组诗的第一首。“理想”提

① 《全集》第一卷，第 192 页。

② 普鲁斯特：《追忆似水年华》卷八，《重现的时光》，巴黎，1927，卷二，第 82 页以下。

供了回忆的力量；而“忧郁”则召集了大批的分分秒秒来反对它。它是它们的指挥官，一如邪恶是苍蝇的主子一样。一首“忧郁”诗《虚无的滋味》（*Le Goût du néant*）写道：“可爱的春天失去了她的芳香。”① 在这里波德莱尔极其谨慎地表达了一种极端的东西；这毫无疑问是他特有的。Perdu（失去）一词宣告了他曾享有的经验目前正处于崩溃的境地。气息无疑是非意愿记忆的庇护所。它未必要把自己同一个视觉形象联系起来；它在所有的感性印象中，只与同样的气息结盟。或许辨出一种气息能比任何其他的回忆都更具有提供安慰的优越性。因为它极度地麻醉了时间感。一种气息能够在它唤来的气息中引回岁月。这就赋予波德莱尔的诗句以一种不可估量的安慰感。对于无法再经验的人，是没有安慰可言的。然而一种强烈的感情（如狂怒）的核心正是这种经验的极度无能。一个发怒的人“什么也不听”；他的原形泰门对人不加区别地发怒；他不再有能力区分他的可信的朋友和道德上的敌人。德·渥里维利（D'Aurevilly）非常透彻地认识到波德莱尔的这种情况，称他为“一个有阿喀琉斯天赋的泰门”。② 愤怒的暴发是用分分秒秒来记录的，而忧郁的人是这种计时的奴隶。

> 一分钟一分钟过去，时间将我吞噬，
> 像无边的大雪覆盖一个一动不动的躯体。③

---

① 《全集》第一卷，第89页。

② 巴尔比·德·渥里维利：《19世纪：著作与人》第一编，第三部分《诗人》，巴黎，1862，第381页。

③ 《全集》第一卷，第89页。

这几行紧接着前面所引的那些句子。在“忧郁”中，时间变得具体可感；分分秒秒像雪片似的将人覆盖。这种时间是在历史之外的。就像非意愿记忆的时间一样。但在“忧郁”中，对时间的理解是超自然地确切的。每一秒都能找到准备插入到它的震惊中去的意识。①

尽管编年表把规则加于永恒，但它却不能把异质性的、可疑的片段从中剔除出去。把对质的认识同对量的测量结合起来是日历的工作。在日历上，回忆的场所以节日的形式留给了空白。失去经验能力的人感到他像是掉进了日历。大城市的居民在星期日懂得这种感觉，波德莱尔在一首“忧郁”的诗中先行将它描绘为：

> 突然间那些钟愤怒地向前跳跃
> 向天空投下可怕的谩骂
> 像游荡着的无家可归的魂灵
> 破碎成顽固的哀号②

---

① 在神秘的《莫诺与尼那谈话录》（*Colloquy of Monos and Una*）中，坡不妨说是突入了空无的时间序列，进入到一种绵延之中；在那个空无的时间序“忧郁”的人被抛弃了，而现在他却摆脱了恐惧，这使他感到狂喜。这是从互相分离的事物中获得的“第六感”，它表现为一种能力，即使从空无的时间段落中也能抽绎出一种和谐。无疑，这种和谐非常容易被秒针的节奏毁掉。“有种东西会从脑子里突然蹦出来，对这种东西，没有任何语言可以为人的理智提供一个甚至是模糊的概念。我就把它称为心理钟摆的脉动吧。它是人有关时间的抽象观念的精神体现。这种运动的绝对的均衡调整了天穹的轨迹。我用它来衡量壁炉架上的时钟和佣人手上的手表走得有多不规律。秒针走动的声音像洪钟一样传进我的耳朵，任何一点偏离正确比例的误差都影响到我，就像种种对抽象真理的冒犯习以为常地影响世人的道德感一样。”

② 《全集》第一卷，第88页。

钟，曾是节假日的一部分，像人一样被从日历里抛了出来。它们像不安地游荡在历史之外的可怜的灵魂。如果说，波德莱尔在《忧郁》和《过去的生活》中把握住了真实历史经验的消散的碎片，那么柏格森在他的“绵延”概念里就变得同历史更加疏远了。“柏格森这个形而上学家压制死亡”①，死从柏格森的绵延里被排除掉了，这个事实使它有效地独立于历史的（同时也是前历史的）秩序之外。柏格森的“行动”概念与此是一致的，“实践的人”所特有的“健全的常识”是它的教父。② 把死从中排除掉的绵延有一个可怜的无穷无尽的名册。传统被排除在外。③ 这种绵延是一个正在消逝的瞬间（体验）的精髓，它披着借来的经验的外衣神气活现地四处炫耀。而“忧郁”相反，它把正在消逝的瞬间赤裸裸地暴露出来。忧郁的人惊恐地看到地球回复到原本的自然状态。没有史前史的呼吸包围着它；压根儿就没有灵晕（aura）。在我刚引的那首诗下面的《虚无的滋味》中的两句表明了地球是如何出现的：

从冥冥高处我看着圆形的地球，
我不再去寻找小屋的庇护。④

---

① 霍克海默（Max Horkheimer）：《柏格森的形而上学》，《社会学年刊》，第三期（1934），第 332 页。

② 柏格森：《物质与记忆》，巴黎，1933，第 166 页以下。

③ 经验的堕落在普鲁斯特的终极意图的完全实现中向他表明了自己。他通过一种无与伦比的巧创和坚定不移的方式漫不经心却又持续不断地告诉读者：拯救不过是我个人的展现（Redemption is my private show）。

④ 《全集》，第一卷，第 89 页。

十一

如果我们把灵晕指定为非意愿回忆之中自然地围绕起感知对象的联想的话，那么它在一个实用对象里的类似的东西便是留下富于实践的手的痕迹的经验。建立在使用照相机以及类似的许许多多机械装置基础上的技术把意愿记忆的领域扩大了；通过这些装置，他们使得一个事件在任何时候都能以声、像的形式被永久地记录下来。因而他们展示出一个实践衰落的社会的重大成就。波德莱尔对达盖尔照相机有一种深深的不安和恐惧。他着了魔似的说它极其“吓人、冷酷”。[①] 因而他必然感受到了——尽管他肯定没有看透——我们刚才所说的那种关联。他总愿意承认现时代的地位，尤其在艺术里委之以一个重要的功能，这也决定了他对照相的态度。只要他还感到它是某种威胁，他就力图把它贬为一种“错误的进步”；[②] 然而他承认这些是“大众的愚蠢”导致的。“这些大众要求一个理想来满足他们的渴望和脾性……他们的牧师被一个复仇的神首肯了，而达盖尔（Daguerre）成为他的预言者。”[③] 然而波德莱尔试图采取一种调和些的观点。照相应该被解放出来以便申明对那种生命短暂的事物的所有权。这些事物理应在我们的记忆的档案中占有一席之地，只要它能弥补“无形、虚幻的领域”[④] 的不足：“在艺术里，却只有这个领域才给人一块地方来安放他灵魂的印记。”这像个神秘的所罗门的断言。不断地准

---

① 《全集》，第二卷，第197页。

② 同上书，第224页。

③ 同上书，第224页以下。

④ 同上书，第224页。

备就绪的意愿，东拉西扯的记忆，有机械再生产技术壮胆，缩小了想象力活跃的范围。这种想象力的活动保不准被定义为某种“美的东西”，它是表达某种特殊的欲望的能力，而这种“美的东西”则被视为这种表达的完成。瓦雷里说明了这种完成的境况：“我们通过这种事实来识别一件艺术作品：它能激动我们的思想，而它建议我们采用的行为模式却不能穷尽它或处置它。我们闻一朵花儿，因为我们喜欢它，它的馨香总是怡人的；我们不可能使自己从这种馨香中摆脱出来，因为我们的感觉被它唤起，没有任何回忆、任何思想、任何行为模式能抹掉它的效果或把我们从它的掌握中解脱出来。谁要把自己的任务定为创作一件艺术作品，那么他处心积虑要达到的正是这种效果。”① 根据这个观点，我们所注视的一幅画反射回我们眼睛的东西永远不会是充分的。它所包含的对一个原始欲望的满足正是不断地滋养着这个欲望的东西。因而，区别开照相与绘画的东西就很清楚了，没有适用于两者的共同的创作原则的原因是：我们的眼睛对于一幅画永远也没有餍足，相反，对于相片，则像饥饿之于食物或焦渴之于饮料。

以这种方式表明自己的艺术再生产的危机，可视为在感觉自身内的危机的一个内在组成部分。那种使我们在美之中的欢悦永远得不到满足的东西是过去的形象，即波德莱尔认为被怀旧的泪水遮住了的东西。“噢，你就是随着时间从我姐妹和妻子身上消失的东西——歌德”。这种爱的宣言是美的本质理所应当要占有的。只要艺术还以美的事物为目标，并且无论怎样谦虚地讲，要把它再造出来，艺术就以咒语把它从时间的母体中召

---

① 瓦雷里：《前言》，《法兰西百科全书》，第十六卷，《当代社会的文学艺术》，一，巴黎，1935，16. 04—16. 05 以下。

唤了出来（像浮士德唤出海伦[①]），在技术的再生产中已没有这种情形了（美的事物在那里没有立足之地）。普鲁斯特抱怨他的意愿记忆呈现给他的威尼斯的意象贫乏而且缺乏深度，这说明恰恰是“威尼斯”这个词本身使得意象的内蕴在他看来枯燥乏味得像个照片陈列。[②] 如果从非意愿记忆中出现的意象的卓然不凡的特征在于它的灵晕，那么照片就是用在“使灵晕消失上的”。甚至有人一口咬定说，那种让人不可避免地感到非人性的东西就是往达盖尔相机里看，因为相机记录了我们的相貌，却没有把我们的凝视还给我们。当这个期待满足时，就有了一个充分的灵晕的经验。（这在思维过程的情形中，可以同样用于注视心灵的眼睛，用于一个纯澈、简单的一瞥。）“感觉力”如诺瓦利斯所指出的，“是一种注意力”[③]。由此可知他心目中的感觉为非灵晕莫属了。因而，灵晕的经验就建立在对一种客观的或自然的对象与人之间的关系的反应的转换上。这种反应在人类的种种关系中是常见的。我们正在看的某人，或感到被人看着的某人，会同样地看我们。感觉我们所看的对象意味着赋予它回过来看我们的能力。[④] 这个经验与非意愿记忆的材料是一致的。（顺便说，这些材料非常奇特；它们在试图保留住它们的记

---

① 这样一种成功的瞬间本身就把自己显示为一种独特的东西。它是普鲁斯特作品的结构设计的根基。那些编年史家就在其中被失去的时间的气息所打动的每一个情景，因而都被描绘得无可比拟，并被从日子的序列中移开了。

② 参看普鲁斯特：《重现的时光》，第236页。

③ 诺瓦利斯：《诗集》，柏林，1901，第二部，第293页。

④ 这种赋予是诗的源泉。当一个人、一个动物或一个无生命的对象被诗人如此赋予时抬起他的眼睛，就会把他自己同我们拉开距离，被唤醒的自然的凝视梦想着，并把诗人拖在它的梦想后面。同样，词也可以有它们自己的灵晕。卡尔·克劳斯这样描绘道：“人看一个词时离得越近，词回头注视的距离就越远。”

忆中消失。因而，它们为一种灵晕的概念提供支持，这种概念包含了“对一个距离的奇特的表现”①，这一指明具有澄清这种现象的仪式性质的优越性。基本的距离是接近不了的：事实上，不可接近正是仪式意象的首要特性。）普鲁斯特对气味问题是多么熟悉已无须强调。然而，仍需注意，有时他间接提到它时，其中包含了他的理论：“喜欢探究奥秘的人总自以为客观对象中有种注视似的东西落在自己身上。”（这似乎是回报以注视的能力。）他们相信，“纪念碑和绘画只从敬仰的薄纱之下展现出自己，而这层薄纱是由那些仰慕者们几个世纪的热爱与敬仰为它们织成的。”普鲁斯特含含糊糊地断言：“只要他们把它同个体的有效性，即他热情的世界联系起来，这个幻想就会变成真的。”② 瓦雷里把梦中的感觉作为一种带有灵晕的东西的描述与此相似，但由于它的客观倾向而走得更远。“说在这儿我看见如此如此的一个物体，并没有在我和物体间建立起一个平等关系……在梦中，不管怎样，是有一个平等关系的，我所看见的东西像我看见它们一样看见我。”③ 使感觉和梦中的相同是教堂的特性，对此波德莱尔说：

人穿行于象征之林
那些熟悉的眼光注视着他

波德莱尔对这一现象越富于直觉的洞见，气息的消散就越

---

① 本雅明：《机械复制时代的艺术作品》，《社会学年刊》，1936 年，第五期，第 43 页。

② 普鲁斯特：《重现的时光》，第 33 页。

③ 瓦雷里：《选集》，巴黎，1935，第 193 页以下。

清楚地在他的抒情诗里被人感受到。这以一个象征的形式出现，在《恶之花》中，只要在写及人眼的注视的地方，我们就几乎能一成不变地遇到这个象征。（不去说波德莱尔没有遵循一些预想的计划。）包含在这里面的是，由人的眼睛唤起的期待并没有得到满足。波德莱尔所描绘的那些眼睛使人禁不住要说它们已丧失了看的能力。然而这正赋予它们一种魅力，在更大，或许还更具决定性的程度上说，这种魅力可以作为补偿它的本能欲望的一种方式。正是在这些眼睛的魅惑之下，波德莱尔笔下的性欲从爱欲（eros）中分裂出来，如果在 Selige Sehnsucht（永生的渴望）中

> 没有任何距离让你为难；你飞来
> 停留在一个魅惑下面
>
> ——歌德

必须被视为那种浸透着灵晕经验的爱的古典描绘，那么抒情诗里很难再有像波德莱尔的诗那样的挑战了。

> 我崇敬你像崇敬夜的天穹
> 噢，你盛满忧伤的深深的宁静
> 可我更爱你，我的爱人
> 因为你离我而去又装饰起我的夜晚
> 那隔开我的怀抱同蓝色天宇的距离
> 你讥讽似的使它变得更长。①

---

① 《全集》第一卷，第40页。

人的目光必须克服的荒漠越深，从凝视中放射出的魅力就会越强。在像镜子般无神地看着我们的眼睛里，那种荒漠达到了极点。正是由于这个原因，这样的眼睛全然不知道距离。波德莱尔在一首精妙的两行诗里表现出这种盯视的平板光滑。

让你的眼睛直看进
森林之神和山泽女仙的盯视的深处。①

女性的森林之神和山泽仙女已不复为人类家庭的成员，这是另两个世界。重要的是，波德莱尔在这首诗中引入了被 regard familier（熟悉的目光）的距离所阻碍了的眼睛的注视。② 这位未能有家庭的诗人使“家”一词充满了许诺和抛弃的回味。他自己失落在并未回报他注目的眼睛的魅惑里，而且无所幻想地屈从于它们的摆布了。

你们的眼睛，像商店的橱窗一样被点亮装饰得灯火辉煌
树木为众人的欢庆
用借来的权势耀武扬威。③

波德莱尔在他的一部最早的作品里说：“沉闷往往是美的一种装饰，因此，如果眼睛是哀伤的、半透明的，像幽黑的沼泽，或如果它们的注视油腻呆滞，像热带的海洋，那么我们应归功

① 《全集》第一卷，第 92 页。
② 《全集》第二卷，第 622 页。
③ 《全集》第一卷，第 40 页。

于这种沉闷。”① 当这样的眼睛活起来的时候，它有一种自我保护的警惕，像一只野兽在搜寻捕食的对象。(因此，妓女的眼睛在仔细打量着过往者的同时，也是在防备着警察。波德莱尔在康斯坦丁·吉斯的许多妓女画像中发现了在这类生活中形成的外貌类型。“她的眼睛像只野兽的眼睛，凝视着远方的地平线。它们有野兽的那种躁动不安……但有时也有动物的突然间的绷紧的警惕。”)② 城市居民的眼睛过重地负担着戒备的功能，这已是明显不过的事情。格奥尔格·西美尔（G. Simmel）还提到了一些它所承担的稍稍不那么明显的任务。“那些能看见却听不见的人，比那些能听见却看不见的人烦恼得多。这是大城市的特征，大城市里的人际关系的特点在于突出地强调眼睛的用处大于耳朵，这主要是对公众传播制度有所帮助。在 19 世纪公共汽车、有轨电车和无轨电车完全建立起来之前，人从来没有被放在这么一个地方，在其中他们竟能几分钟甚至数小时之久地相互盯视却彼此一言不发。”③

在戒备的眼睛里，白日梦没有向遥远的事物投降；堕落到这种放任中甚至让人感到某种快感。下面这个古怪的句子的意义大概正在于此。在《一八五九沙龙》里，波德莱尔让风景画片接受了一次检阅。在末尾他这样承认道：“我渴望西洋景再回来，它的巨大的残酷的魔力使我受制于一种有用的幻觉的魅惑。我更喜欢看舞台的布景画，在那儿我看到我酷爱的梦被交给完美无缺的技巧和可悲的简洁处理。那些东西完全是假的，却正

① 《全集》第二卷，第 622 页。

② 同上书，第 359 页。

③ 西美尔：《关系哲学文集》，巴黎，1912，第 26 页以下。

由于这个原因更接近于真实，在这里，我们尊敬的风景画家们是骗子，却只因为他们没能够说谎。”① 人们可以倾向于认为“有用的幻觉”比“可悲的简洁”更重要。波德莱尔坚持距离的魔力；他走得如此之远，以致他用书市小摊上的绘画标准来绘制风景画。他的意思是神秘的距离应被冲破；就像观看者走近画好的风景画时一样么？这在《恶之花》的两行了不起的诗中体现出来：

雾一般的快乐朝天边逃去，
一如翅膀后面的空气的精灵。②

十二

《恶之花》是最后一部在全欧洲引起反响的抒情诗作品；以后再也没有哪一部作品能穿越多少是有限的语言范围而这样深入人心。再说，波德莱尔在这么一部作品里倾注了他几乎全部的创造力。最后，不能否认他的某些主题——到目前为止的研究是针对它们的——使得抒情诗的可能性变得可疑了。这个事实历史地规定了波德莱尔，它们表明他沉着地盯住他的目标，并一心一意地献身于自己的使命。他走得如此之远，以致他宣称自己的目标是“创作陈词滥调”③；在那里，他看见了每个将来的诗人的境况；他对这些不胜任的诗人评价不高：“你喝神仙

① 《全集》第二卷，第273页。
② 《全集》第一卷，第94页。
③ 参看儒尔·勒美特尔（Jules Lemaitre）：《现代人，文学研究与肖像》，巴黎，1895，第29页。

享用的牛肉茶么？你吃帕罗斯的炸肉排么？一把里拉琴在当铺值多少钱？”[①] 对波德莱尔来说，头戴光环的抒情诗人早成了老古董，在一篇日后发现的散文《失去的光环》（*A Lost Halo*）中，波德莱尔的诗人是一个多余人。当波德莱尔的文学手稿第一次被审阅时，这篇东西被认为是“不宜出版”的；至今这篇东西还被研究波德莱尔的学者们所忽视。

“我看见什么了，我亲爱的伙计？你——在这儿？我在这名声狼藉的地方找到了你——这个饮着仙浆琼瑶，吃着山珍海味的人么？真的！没比这更让我大吃一惊的事情了。”

“你知道么，我亲爱的伙计，我是多么怕马和四轮马车，刚才我正手忙脚乱地穿过林荫大道，在这片骚动的混乱中，死亡瞬间从四面八方向你疾驰而来？我只能艰难而笨拙地移动，那光环从我头上滑落下来掉在泥泞的沥青路面上；我没有勇气把它拾起来，我觉得失去勋章的伤害比撞断骨头还是轻些。甚至我对自己说，每片云不都有一个银色的镶边么，现在我则可以隐姓埋名地四处走走了，做点坏事，沉醉在庸俗低级的行为中，就像普普通通的人们一样！”

“可你应该去为你的光环报失呀，或者去失物招领处打听一下。”

“我可不做这个梦，我喜欢这儿。你是惟一认出我的人。另外，尊严让我腻烦了，我倒乐意想象某个蹩脚人拾起它来，毫不犹豫地用来打扮自己。没什么东西比让别人高兴更让我喜欢了——尤其如果那个幸福者是可以嘲笑的人。画个 X，穿上它，

---

① 《全集》第二卷，第 422 页。

或者画个 Y。不挺滑稽么？”①

在日记里能找到同样的主题；只不过结尾不同。那诗人很快把光环拾了起来，但随即他却不安地感到这是一个不祥之兆。②

写下这些片段的人绝非游荡者。它们以一种反讽的形式写出了与波德莱尔仓促而不加任何修饰地写进下面这个句子的经验相同的东西：“迷失在这个卑鄙的世界里，被人群推搡着，我像个筋疲力尽的人。我的眼睛朝后看，耳朵的深处，只看见幻灭和苦难，而前面，只有一场骚动。没有任何新东西，既无启示，也无痛苦。”③ 在所有的构成它这种生活的经验之中，波德莱尔惟独挑出他被人群推搡作为决定性的、特殊的经验。那一片骚动的人群就好像有一个属于自己的灵魂，它的光辉，那曾让游荡者们眼花缭乱的闪亮，在他眼前黯淡下来。他为了在自己身上打下人群鄙陋的记号而过着一种日子，但在那些日子里，甚至连被遗弃的女人和流浪汉都在鼓吹一种井井有条的生活，谴责自由化，并反对除金钱以外的一切东西。在被这些最后的同盟者出卖后，波德莱尔便带着那种人同风雨搏斗时的徒然的狂怒向大众开火了。这便是体验（Erlebnis）的本质；为此，波德莱尔付出了他全部的经验（Erfahrung）。他标明了现时代通感的价格：灵晕在震惊经验中分崩离析。他为赞叹它的消散而付出了高价——但这是他的诗的法则。他的诗在第二帝国的天空上闪耀，像“一颗没有氛围的星”。④

---

① 《全集》第一卷，第 483 页以下。

② 《全集》第二卷，第 634 页以下。这首诗有可能是由一次足以致病的震惊事件引发的。它同波德莱尔的作品整体的联系方式极富启发性。

③ 同上书，第 641 页。

④ 尼采：《不合时宜的观察》，莱比锡，1893，第 164 页。

第三部

巴黎，19 世纪的都城

（随笔集）

碧水红花，暮色秀美，佳境宜徜徉。
款款淑女足出户，戏戏稚女随其后。

《巴黎，法国的首都（1897）》

Nguyen Trong Hiep

一　傅立叶与拱门街

这些宫殿神奇的立柱
左右都是摆设展品的门廊
它们从各个侧面向人们展示
工业与艺术的竞争。

《巴黎新景象》（1828）

巴黎大多数的拱门街都是在1822年后的十五年中出现的。它们出现的第一个条件是纺织品贸易的繁荣。“新商店”（magesins denoureaute），即最初用来储藏纺织品的设施开始出现。这就是百货商店的前身。巴尔扎克描写的就是这个时代：“从马德兰到圣·丹尼斯大门，展品像一段段色彩斑斓的长诗。”拱门街是豪华物品的交易中心。它们的构造方式展示了适于为商人服务的“艺术”。当时的人对它羡慕不已。在以后相当长的时间里，它们一直对外国人具有吸引力。有一份巴黎导游图这样说：“这些拱门街是豪华工业的新发明。它们是玻璃顶，大理石地面，经过一片片建筑群的通道。它们是本区房主的联合经营的产物。这些通道的两侧，排列着极高雅豪华的商店。灯光从上面照射下来。所以，这样的拱门街堪称一座城市，更确切地说，一座微型城市。”第一批汽灯就是安装在拱门街的。

钢铁在建筑中的使用是拱门街出现的第二个条件。法兰西帝国注意到这项技术对翻新古希腊建筑风格的贡献。建筑理论家伯蒂赫尔（Boetticher）表达了普遍的信念。他说：“这种新的艺术体系的形式对希腊风格的正统原则一定会显示出它的力量。”帝国是革命的恐怖主义的形式，对它来说，国家将在它内部自行灭亡。就像拿破仑没有意识到国家作为资产阶级统治工具的功能性质一样，他的时代里的建筑大师们同样没有意识到钢铁的功能性质，而建筑的原则正是以这种功能性质来统治建筑的。建筑大师们将顶柱设计成庞贝风格的圆柱，将工厂设计成住房的风格，就像后来的第一批火车站模仿小别墅一样。“建筑扮演了下意识的角色。”尽管如此，最早来源于革命战争中的工程师的观念开始有了市场。建设师和装饰师，技术学派和艺术学派的斗争也随之开始了。

人造建筑材料随钢铁第一次在建筑史上出现，其发展的节奏在本世纪中加快了。当人们在 20 年代末经试验证明火车只能在钢轨上行驶，钢铁工业得到了决定性的促进。钢轨是最早的钢铁建筑单位，它们是钢铁梁架的先驱。钢铁不用于住房建筑，而用于建筑拱门街、展览馆、火车站以及那些昙花一现的建筑物。同时，玻璃在建筑领域的使用范围扩大了。但它作为一种建筑材料而被扩大使用的社会条件只是在百年后才出现的。在席尔巴特（Scheerbart）的《玻璃建筑》（1914）一书中，它仍然出现在乌托邦的上下文中。

> 每一个时代都梦想着下一个时代。
>
> 米什莱：《“未来！未来！”》

新的生产方式的形式，这个首先要交代的问题仍然由老马克思决定着，新旧交融的集体意识中的种种意象是一致的。这些意象是一些理想，其中集体的理想不仅寻求美化，而且要超越社会产品的不成熟性和社会秩序的缺欠。在这些理想中出现了突破过时了的东西的活跃的愿望，而过时则意味着刚刚过去的。这些趋势将把那些从新意识中获得最初刺激的幻想又带回到最初的过去。在每个世纪都在意象中看到下一个世纪的梦幻中，后者似乎与史前的因素——即无阶级的社会相关联。这种社会经验在集体无意识中有它们的储蓄所，它们与新的意识相作用，产生出在生活各方面留下痕迹的各种各样的乌托邦，从坚固耐久的建筑到昙花一现的时尚。

这些关系可以在傅立叶设计的乌托邦中看出来。这些关系的最深根源在于机器的出现。但这些事实没有在他们的乌托邦的言论中表达出来。它们既出自生意世界的非道德（amorality），也出自为之服务的假道德。法仑斯泰尔[①]想把人带回到那些虚浮的道德关系中去。它高度复杂的组织与机器相似。感情的重叠，

① 法国空想社会主义者傅立叶幻想要建立的社会主义社会的基层组织。——译注

passions me'canistes（机械的感情）与 passion cabaliste（神秘的感情）微妙的统一，是以机器为基础在心理学的材料中形成的原始的比喻。这种由人构成的机制产生了安乐之乡，即傅立叶用新生活所充塞的原始的意愿象征。

在拱门街中，傅立叶看到了法仑斯泰尔的建筑准则。它们在傅立叶手中的倒退的变形是很具特色的：它们原始的目的是致力于社会的终结，但在傅立叶看来，它们变成了居所。法仑斯泰尔式的建筑成了由拱门街组成的城市。傅立叶在帝国狭窄正统的世界中建立了色彩浓重的比德麦尔（Biedermeier）田园。它逐渐暗淡的光彩一直延续到左拉。左拉在他的《工作》（*Trarail*）中继承了傅立叶的思想，诚如他在《泰莱斯·拉甘》（*Thérese Raquin*）中告别了拱门街一样。

马克思站在傅立叶的立场上向卡尔·格吕恩宣战，强调傅立叶的“人的巨大概念”。他也注意研究傅立叶的气质。事实上，让·保罗（Jean Paul）在他的《勒瓦纳》（*Levana*）一书中，把傅立叶与老师联系起来，就像席尔巴特在《玻璃建筑》中把他与乌托邦的创始者联系起来一样。

二　达盖尔与西洋景

太阳，你要小心自己！

A.J.维尔茨：《文学作品》

（巴黎，1870）

随着钢铁在建筑中的应用，建筑学便开始超越艺术；绘画也同样超越了西洋景。西洋景的筹备恰好在拱门街出现之际达到顶峰。为了使西洋景成为完美模仿自然的阵地，人们通过技术手段进行了不懈的努力。人们寻求准确地再现乡村变幻的时光，月亮的升起和瀑布的倾泻。大卫教导他的学生在大自然中绘制他们的西洋景。当西洋景力争在它们所描绘的大自然中展示逼真的客观变化时，它们通过摄影预示了无声和有声电影的到来。

与西洋景绘画艺术同时存在的还有西洋景文学。《一百零一人》、《法国人自画像》、《巴黎的魔工》、《大城市》等均属这类文学。这些作品为纯文学作品集做了准备。吉拉尔丹在30年代用通俗专栏的形式为之开辟了立足之地。这类作品集由一系列独立成篇的小品文组成。这些小品文的趣闻杂谈形式与塑料制作的西洋景相吻合。这样文学还具有西洋景的社会作用。工人最后一次脱离他的阶级，作为“另一个舞台”出现在田园诗中。

西洋景绘画标志着艺术与技术关系中的一次革命，同时也是新的生活态度的表现。在这个世纪中，城市人利用他们的政治优势，试图把农村变为城市。在西洋景绘画中，城市只被看成是一种风光，犹如后来以更巧妙的方式对待游手好闲者一样。达盖尔是西洋景绘画师普莱沃的学生，普莱沃从事艺术的地方就设在西洋景画拱门街，普莱沃和达盖尔的西洋景画就在那里展出。1893 年，达盖尔的西洋景画被焚烧。同年，他宣布发明了达盖尔相机。

阿拉戈在一次集会演说中提到了摄影，并指出了它在技术科学史上的地位。他预言了摄影在科学上的应用。艺术家们开始对它的艺术价值展开争论。摄影导致了微型肖像画家这一伟大职业的消亡，这不仅仅因为纯粹的经济缘故。早期的摄影在艺术上优越于微型肖像画。技术原因是曝光时间长，这就需要主题部分高度的集中。社会原因是，早期摄影师属于西方资产阶级艺术中的先锋派，并且他们的主顾也大都来自于这一派。当纳达尔在巴黎下水道中拍照时，他在同行中的先导作用得以证实。这首先对镜头的发明提出了要求。而且从新的技术现实和社会现实着眼，当大家意识到人对油画和素描知识的主观贡献越来越成问题时，摄影的意义就更显重大了。

首次世界性摄影大展是在 1855 年。同一年，魏尔茨发表了他关于摄影的力著。他在书中把摄影视为对绘画的哲学性启蒙。正像他本人的绘画所表明的那样：他是从政治角度来理解这一启蒙的。尽管他本人没有预见，但魏尔茨至少可以被确认为第一个要求蒙太奇的人。这便是对摄影的创造性的应用。随着通讯技术的发展，绘画的信息官能渐渐失去了意义。绘画作为对摄影的反映，开始注意强调意象的色彩因素。随着印象派的衰落，立体主义的兴起，绘画为自身开拓了摄影尚无法到达的更为广阔的领域。摄影也有其得意之时，从上世纪中叶开始，它极大地扩展了自己的社会市场范围，因为它为市场提供了无数的人物、风景、事件，而这些在过去或者是毫无用途，或者只服务于某些顾客。此外为了提高销售量，它还利用各种相机技术的时髦变化，使物体的形态不断花样翻新，这种相机技术的变化决定了后来的照相术的历史。

三　格朗德维埃与世界博览

啊，从巴黎到中国，当整个世界，
噢，神圣的圣西门，遵循你的教诲，
灿烂的黄金时代就会返归，那时的河流
流的是茶、巧克力；烤熟的羔羊
在原野上堆放，奶汁狗鱼在塞纳河
嬉游；煮好的菠菜从田野里窜起
大量的烤碎面包片随之涌出，树上
叠摞着苹果，尽管大包大筐收获，
美酒如雨，嫩鸡如雪，鸭子
从半空掉下，带着萝卜配菜。

洛戈与旺代布什:《路易与圣西门》

泰纳在1855年说，世界博览是人们膜拜商品的圣地，“整个欧洲都去看商品了”。在世界博览出现之前，欧洲各国都有自己的工业品展销，1789年的尚德马尔标志着这一现象的出现。这种现象是“取悦劳动阶级，使展销日变成他们的自由庆祝日”

这一愿望的结果。工人们作为消费者处于前列。娱乐工业的框架尚未形成。公共节日便补偿了这一缺欠。沙普塔尔关于工业的演说揭开了博览的序幕。

圣西门主义者的计划使地球工业化，他们接受了世界博览的想法。舍瓦利埃是这个领域里的第一个权威人物。他是昂方丹的学生，也是圣西门主义报纸《环球》的编辑。圣西门主义者预料到了世界经济的发展，但没有预料到阶级斗争的发展。在上一世纪中叶前后，与他们的工商大业相伴的是他们对那些切关无产阶级的问题一筹莫展。世界展览为商品的交换价值涂脂抹粉。他们创造了一种使商品的使用价值退居台后这样一种局面。他们打开一个幽幻的世界，人们到这里的目的是为了精神解脱。娱乐业通过把他们提高到商品的水平而使他们较容易获得这种满足。在享受自身异化和他人的异化时，他们听凭娱乐业的摆布。

商品登上了使人膜拜的宝座，它四周的超然之气熠熠闪光，这就是格朗德维埃艺术的神秘主题，与之相联系的是乌托邦和玩世不恭的矛盾心理。它表现死亡物的委婉词句相当于马克思所说的商品的“神学外衣”。这些话成形于各类专业：在格朗德维埃的笔下，这个时期应用于奢侈业的商品的指定方式，将大自然的整体变为各类专业。他以广告宣传产品的方式来表现各行各业——广告便是在那时出现的。格朗德维埃最终变得精神失常。

时髦：死亡先生！死亡先生！

列奥帕尔蒂：《时髦与死亡的对话》

世界博览建立了商品的天下。格朗德维埃的梦幻将商品的性格传播到宇宙，这些梦幻使宇宙现代化。土星的光环变成了铁铸的阳台。土星上的居民就在上面呼吸晚间的空气。这一画面所表现的乌托邦在文学中有同样的表现。傅立叶的门徒，自然主义作家图瑟奈尔的作品是这方面的代表。

时尚确定了被人爱恋的商品希望的崇拜的方式，格朗德维埃扩大了时尚对日用品的左右能力，就像他把时尚的统治延伸到宇宙一样。他以穷其本源的精神揭示了时尚的本质。时尚是与有生命力的东西相对立的。它将有生命的躯体出卖给无机世界。与有生命的躯体相关联，它代表着尸体的权利。屈服于无生命物的性诱惑的恋物欲是时髦的核心之所在。恋物欲对商品的崇拜起了推波助澜的作用。

维克多·雨果为1867年的世界展览发表了一篇宣言：《致欧洲各国人民》。法国工人的代表较早、较明确地开发了这些国家人民的兴趣。第一个法国工人代表团1851年被派往伦敦世界博览会；第二批代表团由七百五十名成员组成，参加了1862年的世界博览会。后一代表团对马克思创建国际工人协会有直接的意义。

资本主义文化的梦幻在1876年的世界博览会上显示了其最灿烂的光彩。法兰西第二帝国正处于权力的鼎盛时期。巴黎被举世公认为最豪华最时髦的大都市。奥芬巴赫在露天浴池确定了法国巴黎的生活节奏。小歌剧是资本永恒统治的乌托邦，这多么有讽刺意义。

四　路易·菲力浦与内部世界[①]

这个脑袋像毛茛草般躺在夜桌上。

波德莱尔：《殉难者》

在路易·菲力浦统治时期，普通市民登上了历史舞台。选举法导致的民主机制的扩展与吉佐所组织的国会的腐败巧合相遇。在这种情形的掩盖下，统治阶级在经营生意时创造了历史。它鼓励修铁路，以便更多更好地统治。七月革命使资产阶级意识到1789年革命的动机（马克思）。

对公民个人来说，工作和生活的地方第一次有了区别。后者成为人得以静息之处，而前者只为它的补充。普通人注重实际，他要求自己的居所有助于幻想。由于他不想把他所考虑的社会问题掺入到工作中去，这个需要就显得更重要了。在创造私人环境时，他压制了这两方面。由此便迸出了室内的各种幻

① 原文为 Interior，在此同时具有室内（居室）、内部世界和内在性的意思。——译注

觉。这代表着普通人的全部世界。在室内，他组合了时空中遥远的事物。他的客厅是世界剧院中的一个包厢。

关于新艺术的阐述：居室的瓦解发生在本世纪初的新艺术中。然而按着它的意识形态来看，后者好像也随之为室内带来了完善。对孤独心灵的美化是它明显的目的。个人主义是它的理论。在旺·德·维尔德那里，房屋仿佛是人的个性的表现。装饰物对这样的房屋有如印章对绘画的意义一样。新艺术的真正意义没有在这种意识形态中表现出来。它代表了被技术进步囚禁在象牙之塔里的艺术所进行的最后一次突围。它发动了人的内在世界里全部反面的力量。在线条的媒介语言中，在象征赤裸的花卉中，在与和技术武装起来的环境相抗争的草木中，这些反面的力量得到了表现。钢铁建筑的新因素——大梁的形式，使新艺术困惑不解。它企图通过装饰为艺术挽回形式。混凝土预制件对建筑中塑料形式的创造提供了新的可能。大约在这个时期，生存领域真正的重力点被转移到办公室里。失去真实意义的吸引中心在私人家庭中找到了栖息所。易卜生的《建筑大师》总结了新艺术：个人靠其内部世界的力量与技术进步相抗争的做法导致了他的失败。

我在心灵中……相信：物

居室是艺术的避难所。艺术收藏家便是居室真正的主人。他以美化物质为己任。落在他身上的是西西弗斯①的任务。这就

① 西西弗斯是古希腊的暴君，死后堕入地狱，被罚推石上山，但石近山顶时又滚下来，于是再推，如此循环不息。比喻徒劳的努力。——译注

是通过占有它们以剥掉物质的商品性格。然而他赋予它们的只是赶时髦人眼中的价值，而非其使用价值。艺术品的收藏者梦想到，他不仅在时空方面处于一个遥远的世界，而且是个更好的世界。当然，在这个世界中，人们的需求仍如日常世界中一样无法满足。但在这个世界中，物质摆脱了实用的枷锁。

居室不仅是普通人的整个世界，而且也是他的樊笼，生活的意义就在于留下痕迹。在屋室之内，这些痕迹受到重视。盖罩、铺垫、盒子、箱子被大量设计出来。日常用品的痕迹被模仿出来。考察这类痕迹的侦探小说应运而生。《家具的哲学》和他的侦探小说一样，表明了爱伦·坡是第一位居室的相士。首批侦探小说中的罪犯既不是君子，也不是无赖，而是中产阶级的普通市民。

五　波德莱尔与巴黎街道

一切对我来说都成了寓言

波德莱尔：《天鹅》

寓言是波德莱尔的天才，忧郁是他天才的营养源泉。在波德莱尔那里，巴黎第一次成为抒情诗的题材。他的诗不是地方民谣；这位寓言诗人以异化了的人的目光凝视着巴黎城。这是游荡者的凝视。他的生活方式依然给大城市人们与日俱增的贫穷洒上一抹抚慰的光彩。游荡者依然站在大城市的边缘，犹如站在资产阶级队伍的边缘一样。但是两者都还没有压倒他。他在两者中间都不感到自在。他在人群中寻找自己的避难所。对众生面貌描绘的早期贡献可以在恩格斯和坡的作品中找到。人群是一层帷幕，从这层帷幕的后面，熟悉的城市如同幽灵般向游荡者招手。在梦幻中，城市时而变成风景，时而变成房屋。二者都走进百货商店的建筑物中。百货商店也利用游荡者们销售其货。百货商店是游荡者最后的据点。

像游荡者一样，知识分子走进了市场。他们自以为去观察它——但事实上，它已经准备抓住这个买主。在这一中间阶段，他们仍有文艺资助者，但已经开始使自己熟悉市场。这时，他们便以波希米亚人的形象出现。他们经济地位的不稳定与他们政治地位的不稳定是一致的。职业密谋家为这一方面提供了可观的证据。而这些人也不例外地属于波希米亚派。他们最初的活动点是军队，后来转到小资产阶级中。然而这伙人在无产阶级领导人身上看到的是他们的敌人。《共产党宣言》结束了这伙人的政治生命。波德莱尔的诗便从这伙人叛逆的感情中汲取力量。他们站到反社会一面。他只跟一个妓女有了性关系。

通向地狱的道路是容易的

维吉尔：《伊尼德》

女人和死亡的意象交融在第三个意象——巴黎的意象中，这是波德莱尔诗的独到之处。他诗中的巴黎是一座沉陷的城市。与地下相比更似沉落到海底。这座城市的地狱神因素——它的地貌，它的古老的被遗弃的河床——在他身上找到了模式。然而，在波德莱尔那里，这座城市的“酷爱死亡的田园诗”中，确定无疑地存在着社会的、现代的潜在层次。“现代的”是他的诗的主要的重音。作为忧郁者，他碾碎了理想。但幻想出史前史的却恰恰总是现代人。这种情形是通过社会关系和这一时期的事件所持有的含糊才在这里发生的。含糊是辩证法的比喻形象。辩证法的法则此时处于停滞状态。这种停滞状态便是乌托邦。辩证法的意象因此也就是梦的意象。商品明确地提供了这样的意象，作为偶像既是房屋又是星星的拱门街也提供这样的意象。这样的意象还由融售货员和商品为一体的妓女所提供。

我为发现我的地理学而旅行

《狂人日记》，巴黎，1907

《恶之花》的最后一首诗《旅行》（*Le Voyage*）：“噢，死亡，老船长，时间到了，让我们起锚吧。”游荡者最后的旅行：死亡。它的目的：新奇。“到前所未知的深度去发现新东西。”新奇是不依靠商品的使用价值的一种品质。它是不可分割地属于意象的幻觉的源泉。这种意象产生于集体无意识。它是错误意识的精髓。流行时髦是错误意识不知疲倦的促成者。这种新奇的幻觉被反映在无限相同的幻觉中，就像一面镜子反照在另一面镜子里一样。这种反映的结果是“文化史”的梦境。资产阶级为对它的错误意识而自鸣得意。艺术开始怀疑其功能，不再是“同功利不可分的”（inseparable de l'utilite）了，它被迫把新奇当成它的最高价值。它的 arbiter novarum rerum（新的真实见证）成了势利眼。他对艺术的态度就像花花公子对时髦的态度一样。

诚如在17世纪寓言是辩证法的意象准则，在19世纪新奇成了辩证法的意象准则。新奇杂志与报纸并肩前进。新闻界组织了一开始颇见兴旺的精神价值市场。反对派抗议这种艺术向市场的投降。他们聚集在“为艺术而艺术”的旗帜下。从这一口号中产生出了艺术作品整体的概念，它的目的是要使艺术同技术的发展脱离开。那些用来庆祝这种艺术的仪式与美化商品的心醉神迷完全异曲同工。二者都是从人的社会存在中抽象出来。波德莱尔最终屈服于瓦格纳的狂想。

六　奥斯曼与街垒

我崇拜善与美，
我崇拜能唤起不朽艺术的
伟大事物和美丽的大自然
不论它们是悦耳动听，
还是娱人眼目。
我喜欢花海中的春色：
女人和玫瑰。

奥斯曼勋爵：《一头老狮子的自白》

豪华的雕饰
迷人的建筑风光
一切景物的效应
均取决于视觉的规律

弗朗兹·玻尔：《戏剧——宗教教义问答手段》

奥斯曼的城市理想是长长的街道呈现出种种远景透视。这与19世纪期间越来越明显的以艺术目的来美化技术手段、使之显得尊贵的趋势相吻合。设在林荫大道内的资产阶级世俗的和精神的统治机构被视为圣地。在这些机关的建设竣工前，人们将林荫大道用油布遮盖起来，然后像纪念碑一样举行揭幕仪式。

奥斯曼的效率与路易·拿破仑的理想一拍即合。后者鼓励金融资本。于是巴黎经历了一场巨大的投机繁荣。股份交易投机犯把封建社会遗留下来的赌博现象推到了后台。游荡者所嗜好的空间梦幻与赌徒倾心的时间梦幻相辅相成。赌博将时间变成一种麻醉药。拉法格将赌博定义为市场形势奥秘的微型再现。奥斯曼推行的一系列征收引起一时的诈骗投机浪潮。从资产阶级和奥尔良主义敌对派中获取灵感的申诉法庭的判决，加大了奥斯曼化的财政危险。奥斯曼企图挽救他的统治，并将巴黎置于紧急成立的政权之下。1864年，他在一次集会的讲话中表明了他对大城市飘游不定的民众的痛恨。这类民众则由于他的做法而不断增加。租税的提高把无产阶级赶到郊外。巴黎的街区也因此失去了它们特有的风貌。于是赤色区域出现了。奥斯曼自诩为“拆迁艺术家”。他将自己的做法视为乐趣，并在回忆录中强调了这一事实。与此同时，他把城市同与城市紧密联系着的巴黎人异化开来。人们在城市中不再感到自在。他们开始意识到这个大城市不人道的一面。马克西姆·迪康的不朽之作《巴黎》就产生于这种意识。《奥斯曼的哀诉》为这种意识提供了一个圣经式的挽歌形式。

奥斯曼工作的真实目的是想保证巴黎城免于内战。他想使巴黎永远无法设置街垒。路易·菲力浦带着同样的目的引进了木板铺路的办法。尽管如此，街垒在二月革命中依然起作用。恩格斯对街垒战的技术进行了一番思考。奥斯曼打算用两种方法结束这种现象。街道的宽度首先要使街垒的设置无法实现。其次，新的街道将在兵营和平民区间提供最短的线路。当代人将这一举动称为“战略美化”。

> 公民们，戳穿他们的诡计，
> 在红色的闪电中
> 向那些邪恶之徒
> 揭示你伟大的美杜莎的面孔！
>
> 《一八五〇年的劳工之歌》

街垒在公社起义期间被重新设立起来，而且比以往更牢固、更安全。它横贯林荫大道，常常有一层楼之高，掩护着后面的堑壕。就像《共产党宣言》结束了职业密谋家的时代一样，巴黎公社结束了控制无产阶级自由的梦幻状态。它打碎了无产阶级革命的任务是同资产阶级携手完成 1789 年事业的错觉。这种错觉主宰了从 1831 年到 1871 年，即从里昂起义到巴黎公社的这一阶段。资产阶级从未有过同样的误解。它反对无产阶级社会权利的斗争从大革命就开始了。这与慈善运动巧合。慈善运动不仅在拿破仑三世时期就经历了它最有意义的发展，而且也掩饰了资产阶级的行径。拿破仑三世时期出现了慈善运动的不朽之作：勒普莱的《欧洲工人》在隐蔽的慈善地位之外，资产阶级占据着阶级斗争的公开地位。早在 1831 年，它就在《争鸣杂志》中承认：“每个厂主都以种植园主生活在他们奴隶中的方式生活在他们的工厂里。”老一辈无产阶级起义失败是由于没有革命理论给他们做指导造成的。但另一方面也是因为他们急于夺权和建立新社会的热情导致的。这种热情在巴黎公社时期达到高峰。它有时为工人阶级赢得了资产阶级中最优秀的分子。但结果却是导致它败于无产阶级中最坏的分子。兰波和库尔贝就宣称为公社效力，巴黎的烈火是奥斯曼的拆迁说的恰当结论。

> 我善良的父亲曾住在巴黎
>
> 卡尔·古茨科夫：《来自巴黎的信》（1842）

巴尔扎克是第一个说起资产阶级废墟的人。但使人能在这片废墟上自由巡视的是超现实主义。生产力的发展将前一世纪的希望的象征变成碎石断片。这甚至发生在代表它们的纪念碑坍塌下来之前。19世纪这一发展使创造的形式从艺术中解放出来，正如16世纪科学摆脱了哲学一样。作为土木工程的建筑艺术是这一解放的先行者。接踵而来的是复制自然的摄影。这种新奇的创作实用地将自己准备成商业艺术。在文艺专栏中，诗歌服从于蒙太奇苛刻的要求。所有这些作品都即将作为商品进入市场。但它们仍在门槛上徘徊。这一重要时期涌现出拱门街、居室、展览大厅和西洋景。这些都是梦幻世界的余烬。清醒时对梦幻的利用是辩证法典型的例子。因此，辩证法的思想是历史觉醒的关键。每个时代不仅梦想着下一个时代，而且还在梦想时推动了它的觉醒。它在自身内孕育了它的结果，并且以理性的狡黠（cunning）揭示了它——这是黑格尔早已认识到的。随着市场经济的动荡，我们意识到资产阶级的丰碑在坍塌之前就是一片废墟了。

名词与人名注释

名词注释

波希米亚人（bohême）：本雅明引用马克思《路易·波拿巴的雾月十八日》的那一段全文如下："在这个团体里，除了些来历不明和生计可疑的破落放荡者之外，除了资产阶级可憎的败类中的冒险分子之外，还有一些流氓、退伍的士兵、释放的刑事犯、脱逃的劳役犯、骗子、卖艺人、游民、扒手、玩魔术的、赌棍、私娼狗腿、妓院老板、挑夫、下流作家、拉琴卖唱的、捡破烂的、磨刀的、镀锡匠、叫花子，一句话，就是随着时世浮沉流荡而被法国人称作浪荡游民的那个五颜六色的不固定的人群。"（中译见《马克思恩格斯选集》，第一卷，北京：人民出版社，1972 年，第 652 页）

俾德迈尔风格（Biedermeir）：1815—1848 年间德国的家具风格，特点是较帝国风格更为简洁、沉稳，以花草主题为主，也影响了园艺和风俗画领域。

巴黎公社（Commune of Paris）：普法战争后，于1871年3月18日在巴黎建立的革命政权，同年5月28日被梯也尔的政府军镇压，有两万多名公社社员被杀。

为艺术而艺术（l'art pour l'art）：艺术作品是自律自足的观念可以追溯到康德对“纯粹”或“非功利性”艺术作品的强调。在法国，“为艺术而艺术”的说法首见于哲学家库桑（Victor Cousin）在1818年题为“论真、善、美”的演讲，随即被雨果和戈蒂耶（Theophile Gautier）所接受。波德莱尔关于审美经验和创造性想象之至高无上的理论来自戈蒂耶和爱伦·坡。

七月革命（The July Revolution）：发生于1830年7月27—29日期间，以反对查尔斯十世为目的，导致路易·菲力浦成为“公民国王”，建立了七月王朝。

六月起义（The June Insurrection）：1848年6月23—26日，巴黎工人、学生、手工业者因反对解散国家工场而举行自发游行示威，反对新当选的保守派议会多数派。示威者在街垒战中被血腥镇压。

西洋景（Panoramas）：前身为全景画，即大型环形人工舞台景观，通常表现战场、城市风貌等。一般将画画在大型筒状物内面，人在圆心位置观看。1799年美国工程师富尔顿（Robert Fulton）将全景画引入法国。1822年达盖尔等人将全景画画在透明画布上，1831 年开始使用各种不同的光源以取得效果的变化。这就是通常意义上的西洋景。

《新闻报》（*La Presse*）：在巴黎出版的法国日报，自 1836 年起发行。1840 年代为政治反对派的喉舌。为法国历史上第一家把年定金降至 40 法郎以下、刊登广告、连载小说的报纸。

人名注释

A

戴伊（Ailly，Pierre d'，1350—1420 或 1425），法国神学家、大主教，致力于弥合教派矛盾，强调教会的统一。

阿兰（Alain，真名为 Émile Chartier，1868—1951），法国散文家、哲学家，以格言警句式样的散文写作见长。

阿波利奈（Appollinaire，Guillaume，1880—1918），法国诗人，超现实主义流派的创始人。

阿拉戈（Arago，François，1786—1853），法国光学家、电磁力理论家，巴黎观测站主任（1830）。参加七月革命，任临时政府军士部长（1848），反对拿破仑三世。

阿塞利诺（Asselineau，Charles，1821—1874），法国批评家、

版本学家。波德莱尔的好友、编辑及传记作者。

奥皮克（Aupick，Jacques，1789—1857），波德莱尔的继父，职业军人，衔至将军。曾任法国驻奥托曼帝国和西班牙大使，后成为第二帝国参议员。

B

巴布（Babou，Hippolyte，1824—1878），法国批评家、小说家，波德莱尔的朋友。

培根（Bacon，Francis，1561—1626），英国哲学家、作家，其主要著作《新工具》（1620）试图以归纳法解释自然现象，以取代亚里士多德的演绎逻辑。

巴尔扎克（Balzac，Honoré de，1799—1850），法国小说家、新闻记者，现实主义写作手法的奠基人之一，在《人间喜剧》的总标题下出版了大量作品。

邦维尔（Banville，Théodore de，1823—1891），法国诗人、剧作家、批评家。波德莱尔的朋友，与阿塞利诺一同编辑了波德莱尔作品。

巴尔贝（Barbey d'Aurevilly，Jules-Amédée，1808—1889），法国批评家、小说家，波德莱尔的好友。

巴贝尔（Barbier，Auguste，1805—1882），1830 年革命后以

讽刺道德沦丧和拿破仑个人崇拜的诗作成名，1869 年入选法兰西学院。

巴雷（Barrès，Maurice，1862—1923），作家、政客。主张把“民族能量”注入法国政治。

巴特罗缪（Barthelemy，Auguste-Marseille，1796—1867），自由派诗人、讽刺作家，持反波旁王朝和路易·菲力浦立场。他曾创立 *Nemesis*（复仇女神）杂志讽刺时政。后被路易·菲力浦以优厚的退休年俸收买，对时事保持沉默。

贝诺阿斯特（Benoist，Charles，1861—1936），法国新闻记者、巴黎高等政治学院西欧宪法史教授，法国议会议员，参与起草和制定《劳工法》（1905）。

柏格森（Bergson，Henri，1859—1941），法国哲学家，代表作有《时间与自由意志》、《物质与记忆》、《创化论》等。在 19 世纪末至 20 世纪上半叶之间，柏格森是法国最有影响的哲学家。于 1927 年获诺贝尔文学奖。

贝蒂荣（Bertillon，Alphonse，1853—1914），法国警官，以发明根据体貌和生理特征确认罪犯的方法而著名，在指纹验身法出现以前，贝氏验身法在法国和欧洲许多国家广为流行。

布朗基（Blanqui，Louis-Auguste，1805—1881），法国社会主义革命家，激进的反教会斗士。布朗基在 19 世纪法国的三场革命，即一八三〇年革命、一八四八年革命和一八七一年巴黎公社起义中都非常活跃，并在每一次革命后都被捕入狱。对他的摘引和对引文的评论是本雅明“拱廊街研究计划”的重要组成部分。

毕尔纳（Boerne，Ludwig，1786—1837），德国政论家、讽刺作家。

伯蒂赫尔（Boetticher，Karl Gottlieb Wilhelm，1806—1899），德国建筑理论家，俾斯麦的顾问。著有《希腊建筑》。

拿破仑三世（Bonaparte，Charles Louis Napoleon，1808—1873），拿破仑-波拿巴之侄，1850—1852 年间为法国第二共和国总统，此后为法国皇帝。其统治为政治权威主义与经济自由主义的结合，随法国 1870—1871 年间在普法战争中战败而倒台。

布尔杰（Bourget，Paul，1852—1935），法国小说家、批评家，在第一次世界大战前曾为保守派知识分子的发言人。

布莱希特（Brecht，Bertolt，1898—1956），德国现代戏剧家、诗人，“史诗剧”实践者和理论家，代表作有《三分钱歌剧》、《勇气妈妈和她的孩子》、《四川好人》、《高加索灰阑记》等。

布鲁图斯（Brutus，Marcus），古罗马元老院参议员、将军，为恢复共和制的纯洁性，主谋刺杀恺撒。

布尔维尔-利东（Bulwer-Lytton，Edward George，1803—1873），英国小说家、剧作家，代表作有《庞培的末日》等。

布雷（Buret，Eugène，1811—1842），法国作家，著有《英法工人的悲惨生活》（1841），对马克思、恩格斯有影响。

C

卡托（Cato），一般指老卡托，古罗马军人、政治家、史学家，反对罗马文化的希腊化，为拉丁文写作最早的经典作家之一。

卡维尼亚克（Cavaignac，Louis-Ferdinand，1802—1857），法国军事指挥官，在镇压1848年巴黎起义中任政府军事部长。同年底竞选总统未果。

卡萨尼亚克（Cassagnac，Adolphe Granier de，1806—1880），法国立法代表，半独立的新闻记者，在第二帝国期间以其强硬的保守派波拿巴主义立场著称。

塞林（Celine，Louis-Ferdinand，1894—1961，原名Louis-Ferdinand Destouches），法国作家，因小说《走向夜的尽头》（1932）成名，终其一生以反犹和民族主义立场著称。

尚夫勒里（Champfleury，真名为Jules Husson，1821—1889），法国小说家、批评家，波德莱尔的朋友，著有《论现实主义》（1857）。

查普塔尔（Chaptal，Jea-Antoine，comte de Chanteloup，1756—1832），法国物理学家、化学家。1800—1804 年间曾任政府内务部长。法国首家工学院（école des arts et des métiers）的创办人。

谢尼埃（Chenier André-Marie de，1762—1794），法国诗人、记者，尝试以模仿希腊抒情诗来重振法国诗歌，被视为拉辛与德洛瓦后最有影响的古典派诗人。1794 年 7 月 25 日在断头台上被处死。

切斯特顿（Chesterton，Gilbert Keith，1874—1936），英国作家、批评家，颇为多产，在 1900 至 1936 年间出版了一百多部作品。

谢瓦利埃（Chevalier，Michel，1806—1879），法国经济学家，鼓吹自由贸易，追随圣西门。曾因编辑《环球报》入狱（1832—1833）。拿破仑三世统治期间曾任法兰西学院教授、国民议会议员。

克洛岱尔（Claudel，Paul，1868—1955），法国诗人、剧作家、外交家，象征主义运动成员之一。

库柏（Cooper，James Fenimore，1789—1851），美国边疆小说家，主要作品有《拓荒者》、《最后的莫希干人》、《大草原》等。

高乃依（Corneille，Pierre 1606—1684），法国古典主义悲剧的代表剧作家。

库尔贝（Courbet，Gustave，1819—1877），法国现实主义代表画家，巴黎公社期间任公社艺术委员会负责人。曾因参与捣毁旺多姆广场的纪念柱而被判入狱六个月，并被罚款用以重建纪念柱。

克莱佩（Crépet，Eugène，1874—1953），法国作家。波德莱尔全集及生平传记作者。

D

达盖尔（Daguerre，Louis Jacques Mande，1787—1851），法国画家、物理学家，因将底片曝光时间从 8 小时减少到 20 分钟而对照相术的发展有重要贡献。他的工作得到法国政府的承认，于 1839 年被宣布为照相术的发明者。

多岱（Daudet，Léon，1868—1942），法国新闻记者、作家，保皇派刊物《法兰西行动》的创办人。作品包括小说、心理学和医学方面的著作、政论文章，以及文学批评。

杜米埃（Daumier，Honore，1808—1879），法国漫画家、画家、雕塑家。原先以政治漫画著名，但九月法令杜绝了大部分政治性作品的出版渠道，杜米埃遂转向表现日常生活。

大卫（David，Louis，1748—1825），法国画家，同情大革

命，罗伯斯庇尔和拿破仑的崇拜者。他为法国大革命期间英雄人物所作的新古典派肖像画对日后法国学院派的发展颇具影响。

德拉克洛瓦（Delacroix，Eugène，1798—1863），法国浪漫派美术的代表人物，作品多从历史和文学中取材，也表现当代生活。

德拉图士（Delâtouche，Henri de Latouche，1785—1851），法国作家，作品 *Fragoletta* 以阴阳同体为主题。

德拉特尔（Delâtre，Auguste，1822—1907），法国画家，发明活动石板印刷术。

德洛尔德（Delord，Taxile，1815—1877），法国新闻记者，《巴黎生理学》（*Physiologie de la Parisienne*，1841）的作者。

德尔沃（Delvau，Alfred，1825—1867），法国新闻记者，波德莱尔的朋友，著有《巴黎时光》（*Les Heures Parisiennes*，1866）。

戴马尔（Démar，Claire，1799 或 1800—1833），圣西门空想社会主义的热情追随者，自杀身亡。著有《我未来的法律》（*Ma Loi d'avenir*，1834）。

戴博代-瓦尔莫尔（Desbordes-Valmore，Marceline，1785—1859），法国诗人。

德贝尔（Deubel，Léon，1879—1913），法国颓废派诗人poète maudit）。

德雅尔丹（Desjardins，Paul，1812—1870），法国哲学家、作家。

狄更斯（Dickens，Charles，1812—1870），英国现实主义小说家。

狄尔泰（Dilthey，Wilhelm，1833—1911），德国哲学家，生命哲学和现代阐释学代表人物。

杜康（Du Camp，Maxime，1822—1894），法国作家，福楼拜的朋友，与波德莱尔一起办《巴黎评论》（*La Revue de Paris*），六月起义期间在国民卫队服役，被卡维尼亚克授予勋章。著有《现代之歌》（*Les Chants modernes*，1855）以及六卷本关于19世纪巴黎的著作。

大仲马（Dumas pere，Alexandre，1802—1870），法国剧作家、小说家，代表作有《基督山恩仇纪》、《三个火枪手》、《铁面人》等。

杜邦（Dupont，Pierre-Antoine，1821—1870），大众诗人、共和主义歌词作家，社会主义人道主义者，温和反对派。在1851年前同雨果、戈蒂耶、波德莱尔等过从甚密。波德莱尔尤其称道杜邦为自由而献身的精神。1851年12月2日政变后，杜邦逃往萨伏瓦，但仍遭缺席审判，被判处流放七年。失去巴黎的读者和听众后，杜邦陷入贫困，被迫于1852年宣誓效忠当局，从此在巴黎销声匿迹。

杜娃儿（Duval，Jeanne），法国妓女，黑人与白人的混血儿，波德莱尔多年的情妇，为好几首波德莱尔的诗提供了灵感。

杜威希埃尔（Duveyrier，Charles，1803—1866），法国剧作家。

E

昂方丹（Enfantin，Barthélémy-Prosper，1796—1864），又称昂方丹神父，圣西门主义领导人，1832年于Ménilmontant创立样板公社，倡导与上帝的交流和性自由。后任里昂铁路公司总裁。

恩格斯（Engels，Friedrich，1820—1895），德国社会主义理论家和实践者，社会史学家。

恩瑟尔（Ensor，James，1860—1949），比利时画家、铜板蚀刻家。

F

费瓦尔（Feval，Paul，1817—1887），法国小说家，其一系列小说在当时和大仲马的作品一样流行。最有名的作品为《驼背人》。

福楼拜（Flaubert，Gustave，1821—1880），法国小说家。

傅立叶（Furier，Charles，1772—1837），法国社会理论家、改革家，呼吁以农业公社“法伦斯泰尔”（Phalansteries）为基础重新组织社会。法伦斯泰尔的成员在不同的生产系统中不断改换工作。傅立叶和布朗基一样在本雅明“拱廊街计划”中占有重要地位。

富尔奈尔（Fournel，Victor，1829—1894），法国艺术批评家，著有《新巴黎与未来的巴黎》（*Paris nouveau et Paris futur*），《老巴黎的街道》（*Les Rues du Vieux Paris*），《游手好闲的艺术》（*L'Art deflânerie*）等。

法朗士（France，Anatole，1844—1924），原名雅克·蒂博（Jacques Thibault），讽刺小说家、诗人、剧作家。

傅雷杰（Frégier，Honoré-Antoine，1789—1860），法国警官，著有《危险社会阶层》。

弗洛伊德（Freud，Sigmund，1856—1939），奥地利精神分析创始人。

福克斯（Fuchs，Eduard，1870—1937），德国收藏家、文化史学家。

福斯特尔·德·库朗杰（Fustel de Coulanges，Numa Denis，

1830—1889），法国史学家。

G

高尔（Gall，Franz Joseph，1758—1828），德国物理学家，在维也纳创立研究大脑和颅骨的研究所，被其学生称为颅相学研究所，在当时引起争议，并于1802年被关闭。该所搜集的大量头骨标本现藏于巴黎人类博物馆（Musee de l'homme）。

戈蒂耶（Gautier，Théophile，1811—1872），法国诗人、评论家，巴纳斯派领袖。

热夫洛瓦（Geffroy，Gustave，1855—1926），巴黎记者、小说家、艺术批评家。

格奥尔格（George，Stefan，1868—1933），德国诗人，波德莱尔、莎士比亚、但丁的德语译者。

纪德（Gide，André，1869—1951），法国小说家。

乔托（Giotto，1266—1337），意大利画家。

吉拉尔丹（Girardin，Emile de，1806—1881），法国新闻记者，于1836年创办法国首份大量印行的报纸《快报》（*La Presse*），为现代报业带来一系列创新，如在传统的政治、文艺方面的报道之外，该报增加了大量的时尚、流言、丑闻方面的内容。最重要的是，《快报》增辟了“小说连载”专栏，为大众读者提供种种遁世、冒险、言情的娱乐。

吉拉尔丹夫人（Girardin，Madame de，1804—1855），曾以夏尔·德·罗内（Charles de Launay）的笔名发表小说、喜剧、诗歌。

歌德（Goethe，Johann Wolfgang von，1789—1832），德国诗人。

果戈理（Gogol，Nikolai Vasilievich，1809—1852），俄国小说家。

古尔芒特（Gourmont，Rémy de，1858—1915），法国小说家、散文家、诗人，象征主义运动主要作家之一。

戈兹朗（Gozlan，Léon，1803—1866），法国剧作家。

格朗德维埃（Grandville，1803—1847），原名 Jean Ignace Isidore，法国漫画家、插图画家。

格律恩（Gruen，Carl，1817—1887），德国作家、记者、费尔巴哈的追随者；普鲁士议会议员，1840 年代“真正的社会主义”运动代表。

基佐（Guizot，François，1787—1874），法国政治家、史学家，1840—1848 年间法国政府总理，被一八四八年革命赶下台。

吉斯（Guys，Constantin，1805—1892），法国画家，生于荷兰。波德莱尔《现代生活的画师》（*Le Peintre de la vie moderne*）一书讨论的主题为吉斯描绘巴黎的水墨画和水彩画。作品主要为表现巴黎咖啡馆生活、军事场景和第二帝国期间巴黎时尚生活的水彩画、铜版画和素描。波德莱尔把吉斯视为现代美术的典范，是因为他能将“永恒的东西”和“稍纵即逝的东西”同时捕获并结合起来。

H

奥斯芒（Baron Haussmann，Georges-Eugene，1809—1891），男爵，法国行政官，城市规划者，负责巴黎改造工程，将它从一座中世纪城市改造为一座现代都市。早年学习法律，1831 年进入法国国家文官系统，获快速升迁，1853 至 1870 年间任巴黎塞纳河区行政长官。奥斯芒与拿破仑三世密切合作，在巴黎改造过程中使城市面貌焕然一新。他在扭曲盘结的中世纪街道中间拓出宽阔的大道，修建了现代供水和排水系统，在市中心开辟大公园，并监督建造了一系列大型标志性城市建筑，如歌剧院（Opera）和中央市场（Les Halles）。

海涅（Heine，Heinrich，1797—1856），德国抒情诗人、批评家，生为犹太人但改信基督教，1831 年后在巴黎居住。

德·拉·渥德（Hodde，Lucien de La，1808—1865），法国记者、诗人、史学家、警方探员。其作品除本书中提到的八卷本《1830—1848 年间的秘密社会及共和党人小史》外，还包括大量报刊文章，若干卷诗作，和一部一八四八年革命史。

霍夫曼（Hoffmann，E. T. A.，1776—1822），德国作曲家、音乐批评家，幻想故事作家。

霍夫曼斯塔尔（Hofmannsthal，Hugo von，1874—1929），奥地利诗人、剧作家、散文家。

霍克海默（Horkheimer，Max，1895—1973），德国哲学家、社会学家，法兰克福社会研究所（Institut fuer Sozialforschung）创始人之一。

乌萨耶（Houssaye，Arséne，1815—1896），法国文人、1849—1856 年间任法兰西喜剧院经理。

雨果（Hugo，Victor，1802—1885），法国剧作家、小说家、诗人，浪漫派作家领袖。虽然日后以《悲惨世界》、《巴黎圣母院》等小说著称于世，但雨果在 19 世纪文学史上的主要贡献却是其抒情诗创作。

I

易卜生（Ibsen，Henrik，1828—1906），挪威剧作家、社会批评家。

J

儒贝尔（Joubert，Joseph，1754—1824），法国思想家、格言家，与狄德罗和夏多布里昂过从甚密，在大革命早期参加革命，后退出政治。

荣格（Jung，Carl Gustav，1875—1961），瑞士心理学家。

K

卡恩（Kahn，Gustave，1859—1936），法国诗人、理论家，自封为自由体诗歌的发明者，号召诗人抛弃亚历山大体，让诗歌的韵律节奏跟随诗人内心思想的流动。

康德（Kant，Emmanuel，1724—1804），德国哲学家。

卡尔（Karr，Alfonse，1808—1890），法国记者、小说家，以讽刺作品见长。晚年移居尼斯，以种花为生。

克拉格斯（Klages，Ludwig，1872—1959），德国哲学家，格奥尔格文艺圈子的成员。

克劳斯（Kraus，Karl，1874—1936），奥地利新闻记者、诗人、批评家。

L

拉法格（Lafargue，Paul，1842—1911），法国激进社会主义者、作家，马克思和恩格斯的亲密战友。

拉福格（Laforgue，Jules，1860—1887），法国诗人、批评家，象征主义运动最杰出的诗人之一。

拉渥德（La Hodde，Lucien de，1898—1965），法国警察密

探，著有《法国秘密社会与共和国主义政党史》。

拉马丁（Lamartine，Alphonse Marie Louis de，1790—1869），法国浪漫派诗人、小说家、政治家。代表作为《诗意的沉思》（*Meditations poetiques*，1820），其中包括脍炙人口的名篇“湖”（*Le Lac*）。一八四八年革命后曾担任过渡政府的外交部长。他的《吉伦特党史》出版于1847年。

拉鲁斯（Larousse，Pierre，1817—1875），法国文字学家、字典和百科全书编纂者。

拉瓦泰尔（Lavater，Johann Kaspar，1741—1801），瑞士作家、新教牧师。其“生理学”（观象术）理论在8世纪晚期产生广泛影响。他的四卷本《观象术论文集》（1775—1778）的基本论点是人的精神能力和素质皆在其身体特征上有所表现。

勒布列东（Le Breton，André，1808—1879），法国批评家，著有《巴尔扎克：人与作品》。

勒孔特（Leconte de Lisle，Charles，1818—1894），法国诗人，作品表现幻灭与怀疑，巴纳斯派领袖。

勒梅西埃（Lemercier，Iouis Jean Népomucène，1771—1840），法国诗人、剧作家。

勒美特尔（Lemaitre，Jules，1853—1914），法国作家、批评

家，因其对当代作家影响巨大的评价而于 1895 年入选法兰西学院。晚年取保皇和反犹太人的“法兰西行动”团体的右翼立场。

勒普雷（Le Play，Frédéric 1806—1882），法国工程师、经济家，1867—1870 年间为法国议会参议员，“社会天主教”的代表人物。

路易·菲力浦（Louis Philippe，King，1773—1850），波旁-奥尔良血统贵族出身，1790 年间入雅各宾党，任革命军上校。1796—1800 年间在美国和英国居住，1817—1830 年间回到法国，经营巨额家产。七月革命期间被梯也尔称作“公民国王”，1830 年 8 月被选为立宪君主。其统治标榜中间路线，在位期间积极振兴和主导工业和金融，使资产阶级力量迅速上升。1848 年二月革命推翻其统治，退位后逃往英国。

M

梅斯特尔（Maistre，Joseph de，1753—1821），法国散文家、外交家，以博学多才、鲜明的写作风格和一系列反对启蒙理性主义的谩骂著称。在其代表作《论教皇》（1819）和《圣彼得堡辩论》（1821）中，他鼓吹将世界统一于教皇的精神统治之下。《培根哲学研究》在他死后于 1845 年出版。

马拉美（Mallarmé，Stéphane，1842—1898），法国象征派

诗人。

梅林（Mehring，Franz，1846—1919），德国社会主义政治家、史学家。

梅里庸（Meryon，Charles，1821—1868），法国铜板蚀刻画家，波德莱尔的朋友。

米什莱（Michelet，Jules，1798—1874），1838—1851 年间任法兰西学院历史学教授，以民主、反教会、排犹立场著称。著有《法国史》、《法国革命史》、《人的圣经》等。

米勒库尔特（Mirecourt，Eugéne de，1812—1880），法国记者，因一系列传记素描而被逐出巴黎。

莫奈（Monet，Claude，1840—1926），法国印象派画家。

穆尼埃（Monnier，Henri，1799—1877），法国讽刺作家，以《流行场面》（*Scenes populaires*，1830）系列著称。该系列中心人物为约瑟夫-普鲁多姆，一个典型的资产阶级，没有坏心眼，但愚蠢、装腔作势、啰里啰唆。在《巴黎的有产者》（*Les Bourgeois de Paris*，1834）和《约瑟夫-普鲁多姆回忆录》（*Memoires de Josph Prudhomme*，1857）中，穆尼埃将讽刺范围扩大到中产阶级。

穆尔杰（Murger，Henri，1822—1861），法国作家、医生，因穷困得到奈瓦尔资助。其报刊连载作品合集为《波希米亚生活场景》，成为普契尼歌剧《波希米亚人》素材。

N

纳达尔（Nadar，1820—1910），原名 Félix Tournachon。法国摄影师、记者、讽刺作家，波德莱尔的朋友。

拿破仑三世（Napoleon III，Charles Louis Napoleon Bonaparte，1808—1873），通称路易·拿破仑。拿破仑一世的侄子，曾流亡国外，拿破仑第二去世后接掌波拿巴家族。1848 年选入国民议会，随后被选举为共和国总统。1851 年通过政变成为独裁者，一年后称帝。1870—1871 年间使法国卷入普法战争，在色当战役中战败被俘，囚至战争结束。1871 年被国民议会罢免后在英国度过。

奈瓦尔（Nerval，Gérard de，1808—1855），原名 Gérard Labrunie，负有盛名的法国诗人，以怪异著称，后自杀身亡。歌德《浮士德》的法文译者。

内特芒（Nettement，Alfred，1805—1869），法国新闻记者、史学家。

阮崇燮（音译，Nguyen Trong Hiep，1834—1902），《巴黎，法国的首都》（*Paris*，*capitale de la France*：*Recueil de vers*，河内，1897）作者。

尼采（Nietzsche，Friedrich，1844—1900），德国哲学家。

诺瓦尔（Noir，Victor，1848—1870），法国记者，在同拿破仑三世一个表亲的争执中被杀，其葬礼引发了一场反对第二帝国的游行和骚乱。

诺瓦利斯（Novalis，1772—1801），原名 Friedrich von Hardenberg，德国早期浪漫派抒情诗人、批评家。

O

奥芬巴赫（Offenbach，Jacques，1819—1880），音乐家、作曲家。出生于德国科隆，后入法国籍。创作多部小歌剧，广受欢迎。

P

巴纳斯派（Parnassians），法国诗歌流派，领袖为勒孔特，主张不介入社会政治，强调艺术手法上的完美和描绘的精确。有合集《当代诗神》（*Le Parnasse contemporain*）。

保罗（Paul，Jean，1763—1825），原名 Johann Paul Richter，德国诗人、散文家。

佩吉（Péguy，Charles，1873—1914），法国诗人、政论家。

普拉内西（Pranesi，Giovanni Battista，1720—1778），意大利著名版画家、建筑师、古玩鉴赏者。

爱伦·坡（Poe，Edgar Allan，1809—1849），美国小说家、诗人、批评家。以写神秘、恐怖题材的短篇小说著称。尽管爱伦·坡的文学成就在他死后才被广泛承认，但他的作品一直在欧美主要作家中间受到欢迎。他们中的许多人都坦言在艺术上受惠于爱伦·坡的写作。

庞特马尔丹（Pontmartin，Henri Gomte de，1844—1916），保守派批评家，波德莱尔称他为“小客厅里的传教士”。

波尔谢（Porché，François，1877—1944），法国诗人、批评家。

普列沃斯特（Prévost，Pierre，1764—1823），法国画家。

普鲁东（Proudhon，Pierre-Joseph，1809—1865），法国政治思想家，无政府主义之父，鼓吹通过经济行动取代暴力革命，以建立地方互助团体的世界联邦。著有《何为财产》等书。

普鲁斯特（Proust，Marcel，1871—1922），法国作家。

R

拉辛（Racine，Jean，1639—1699），法国古典主义剧作家。

拉斐尔（Raphael，1482—1520），意大利文艺复兴时期画家。

豪默尔（Raumer，Friedrich von，1781—1873），德国史学家，以支持普鲁士统一德国的立场著称。

莱诺德（Raynaud，Ernest，1864—1936）。

雷克（Reik，Theodor，1888—1969），出生于奥地利的美国心理学家。

里泰尔（Rethel，Alfred，1816—1859），德国画家、版画家，以画历史题材见长。

里戈（Rigault，Raoul George Adophe，1846—1871），巴黎公社指挥员，在政府军攻占巴黎后被处死。

兰波（Rimbaud，Arthur，1854—1891），法国象征主义诗人。

里维埃尔（Riviére，Jacques，1886—1925），法国小说家、批评家，1919—1925 年间为《新法国评论》（*Nouvelle Revue française*）主编，大力推荐普鲁斯特、斯特拉文斯基、尼金斯基等人。

罗曼（Romains，Jules，1885—1972），法国小说家、诗人、剧作家。

卢梭（Rousseau，Jean-Jacques，1712—1778），法国哲学

家、作家。

S

萨德（Sade，Marquis de，1740—1814），法国情色作家，鼓吹为感官解放，不惜将其推向犯罪的边缘。他在一生中将各种冲动付诸实施，令同代人目瞪口呆，饱受刺激。

圣西门（Saint-Simon，Claude Henri de Rouvroy，Comte de，1760—1825），法国哲学家、社会改良家，共认为法国社会主义创始人。曾参加美国革命（独立战争）。在土地投机中发财，但很快又丧失了财产，最后二十年生活在相对贫困中。著有《欧洲社会改造》、《工业系统》、《新基督教》。他的思想由追随者传播，形成圣西门主义。

圣伯夫（Saint-Beuve，Charles-Augustin，1804—1869），法国文学批评家、作家，发展出一套建立在对作家生平传记和心理的洞察基础上的文学批评方法。他的批评文章见于当时各主要评论杂志，后编为十五卷本《星期一琐谈》（*Causeries du lundi*）。1844 年入选法兰西学院；1857 年开始任教于巴黎高等师范（Ecole Normale Superieure）；1865 年当选法国参议员。

萨尔旺蒂（Salvandy，Narcisse-Achille de，1795—1856），记者、史学家、政客，曾任公共教育大臣。

乔治·桑（Sand，George，1804—1876），原名 Aurore Dudevant，浪漫派小说家，主张在一切社会关系里的自由。以同梅里美、缪塞和肖邦的恋爱而闻名。

席尔巴特（Scheerbart，Paul，1863—1915），德国作家。

施密特（Schmidt，Adolf，1812—1887），德国史学家。

斯克里布（Scribe，Eugéne，1791—1861），法国通俗剧作家，写了三百五十多部反映布尔乔亚生活趣味的戏剧和歌剧脚本。

塞耶尔（Seilliére，Ernest，1866—1955），法国文学批评家、哲学家，以反对浪漫主义著称。

塞南古（Senancour，Etienne Pivert de，1770—1846），法国作家，代表作有小说《奥贝尔芒》，其中主人公有卢梭式的敏感，为文明对人类天性的腐蚀而痛苦。

赛内菲尔德（Senefelder，Alois，1771—1834），出生于捷克，平版印刷和平版彩印的发明者。

雪莱（Shelley，Perce Bysshe，1792—1822），英国浪漫派诗人。

西美尔（Simmel，George，1858—1918），德国社会学家、新康德主义哲学家、现代性理论家。著有《钱的哲学》（1900）以及《大都会与精神生活》这样的经典论文。西美尔的工作深刻影响了下一代社会哲学家，其中不少是他的学生，如卢卡奇（Georg Lukacs）、卡西尔（Ernst Cassirer）、布洛赫（Ernst Bloch）、克拉考尔（Siegfried Krakauer）和本雅明。

索莱尔（Sorel，Georges-Eugene，1847—1922），法国社会主义者、革命工团主义者，其独创的、挑战性的社会理论强调神话和暴力在历史进程中的积极、创造性作用。后期转向历史和政治学领域，于 1893 年发现马克思主义。作于 1908 年的《关于暴力的思考》对本雅明有重要影响。后者写于 1921 年的“暴力批判”即为对索莱尔的回应。

斯普雷（Spuller，Eugéne，1835—1896），法国作家、政治家。

史蒂文生（Stevenson，Robert Louis，1850—1894），英国小说家。

欧仁·苏（Sue，Eugène，1804—1857），法国小说家，代表作为十卷本《巴黎的秘密》，以情节剧的手法描绘七月王朝期间巴黎下层平民的苦难生活，获得巨大成功。

T

泰纳（Taine，Hippolyte，1828—1893），法国哲学家、历史学家，实证主义代表人物之一，1864—1883 年间任巴黎美术学院（Ecole des Eaux-Arts）美学与艺术史教授。

泰勒（Taylor，Frederick Winslow，1856—1915），美国效率工程师，著有《科学管理原理》。

蒂博代（Thibaudet，Albert，1874—1936），法国文学批评家。

梯也尔（Thiers，Adolphe，1797—1877），历史学家，新闻记者，曾在路易·菲力浦统治期间（1830—1848）担任重要行政职务。他反对第二帝国，在1871—1873年间担任法国总统。

图瑟奈尔（Toussenel，Alphonse，1803—1885），法国自然主义者，报刊编辑，傅立叶的信徒。

特利东（Tridon，Gustave，1841—1871），法国政治家、政论家，布朗基的得力干将，在巴黎公社期间极为活跃。

特鲁巴（Troubat，Jules，1836—1914），法国文人，圣西门的最后一位秘书，负责出版多部圣西门遗著。

V

瓦雷里（Valéry，Paul，1871—1945），法国诗人、散文家，象征主义和后象征主义代表人物。

瓦雷斯（Vallès，Jules，1832—1885），法国社会主义者、新闻记者、小说家，巴黎公社成员。

范德维尔德（Van de Velde，Henry Clemens，1863—1957），比利时建筑师、手工艺人，“新艺术运动”（Jugendstil）在建筑和美术领域的代表人物。

瓦尔恩哈根（Varnhagen von Ense，Karl August，1785—1858），德国外交家、作家。

维尔哈伦（Verhaeren，Émile，1855—1916），比利时诗人，诗作糅合了象征主义和自然主义手法。

魏尔仑（Verlaine，Paul，1844—1896），法国象征主义诗歌代表人物。

维罗尼塞（Veronese，Paolo，1528—1588），意大利画家。

维尧（veuillot，Louis，1813—1883），法国新闻记者。

维尔-卡斯特尔（Viel-Castel，Louis de，1800—1887），法国外交家、批评家。

维尼（Vigny，Alfred de，1797—1863），法国浪漫派诗人、剧作家、小说家。其诗歌创作受拜伦影响；小说创作受司各特影响。

维尔曼（Villemain，Abel-François，1790—1870），法国作家、政治家。

维吉尔（Virgil，70—19 B. C.），古罗马诗人。

费希尔（Vischer，Friedrich Theodor，1807—1887），德国诗人、黑格尔派美学家。

W

瓦格纳（Wagner，Richard，1813—1883），德国作曲家。

魏斯（Weiss，Jean-Jacques，1827—1891），法国文人、教授、新闻记者。

魏尔茨（Wiertz，Antoine Joseph，1806—1865），比利时画家。

Z

左拉（Zola，Émile，1840—1902,）法国自然主义小说家。

修订译本后记

本雅明《发达资本主义时代的抒情诗人》中译本第一版由三联书店于1989年出版。其中第一部分第二章（“游荡者”）和第三部分若干小节由魏文生翻译，其余部分由张旭东翻译。

这次修订由张旭东校订了全书，订正了第一版中的一些翻译和印刷上的错误，改变了个别术语的译法，并补译了英文版第一部分后面的附录（“论唯物主义方法”和“论趣味”）。同时将第一版后面的“人名表”改为“名词与人名注释”，原有的“本雅明主要作品年表”经修订后将附于另一部本雅明文选《启迪》（三联即出）的书后。

张旭东

2006年秋，于纽约